OS SEGREDOS DOS OLHOS DE
LADY CLARE

CAROL TOWNEND

OS SEGREDOS DOS OLHOS DE
LADY CLARE

TRADUÇÃO DE

SILVIA MOREIRA

Rio de Janeiro, 2018

Título original:
Copyright © 2014 by Carol Townend

Todos os personagens neste livro são fictícios. Qualquer semelhança com pessoas vivas ou mortas é mera coincidência.

Direitos de edição da obra em língua portuguesa no Brasil adquiridos pela Editora HR LTDA. Todos os direitos reservados. Nenhuma parte desta obra pode ser apropriada e estocada em sistema de banco de dados ou processo similar, em qualquer forma ou meio, seja eletrônico, de fotocópia, gravação etc., sem a permissão do detentor do copyright.

Direitos exclusivos de publicação em língua portuguesa cedidos pela Harlequin Enterprises II B.V./ S.À.R.L para Editora HR Ltda.

A Harlequin é um selo da HarperCollins Brasil.

Contatos:
Rua da Quitanda, 86, sala 218 – Centro – 20091-005
Rio de Janeiro – RJ
Tel.: (21) 3175-1030

CIP-BRASIL. CATALOGAÇÃO NA PUBLICAÇÃO
SINDICATO NACIONAL DOS EDITORES DE LIVROS, RJ

T673s
    Townend, Carol
        Os segredos dos olhos de Lady Clare / Carol Townend ; tradução Silvia Moreira. - 1. ed. - Rio de Janeiro : Harlequin, 2018.
        256 p. : il. ; 23 cm.

        Tradução de: Unveiling Lady Clare
        ISBN 978-85-398-2559-2

        1. Romance inglês. I. Moreira, Silvia. II. Título.

18-47769
        CDD: 823
        CDU: 821.111-3

Capítulo 1

Janeiro de 1174
Chalés na praça dos mercadores de Troyes,
Condado de Champagne

A TEMPERATURA ESTAVA AMENA PARA o mês de janeiro. As janelas tinham sido abertas para iluminar o chalé o máximo possível. Clare ajudou Nicola a se levantar da cama e a levou para o banco que ficava ao lado da mesa. Com isso ganhou um sorriso de recompensa. O coração de Clare se enlevou. Nicola estava muito fraca e doente, por isso os sorrisos eram preciosos.

– Percebi que recebeu visitas enquanto eu estava no mercado – disse Clare.

Nicola resmungou ao se movimentar e encostar-se à parede de tábuas.

– É verdade. E não foi uma visita qualquer, mas sim de um nobre, que me trouxe um presente. Eu não vou usar, mas talvez você e Nell gostem. Eu queria contar a você antes de Nell. Não há razão para deixá-la empolgada se você se recusar a ir. Sei o quanto você se preocupa sempre que sai de casa.

– Um presente? – Clare colocou uma manta sobre as pernas de Nicola.

O visitante misterioso, talvez o conde Lucien, tinha feito bem a Nicola. Havia anos que os olhos dela não brilhavam daquele jeito. Clare esperou que Nicola confirmasse a identidade do visitante. Desde a morte de Geoffrey não havia segredos entre as duas.

– Você está confortável? Se a corrente de ar estiver incomodando, posso fechar a janela.

– Por Deus, não! Precisamos aproveitar a luz tão rara nesta época do ano.

Clare tirou o véu que sempre usava quando ia ao mercado e o pendurou num gancho, por cima da capa. Os cachos da cor do cobre emolduraram seu rosto. Enquanto trançava o cabelo, olhou para a lareira com o fogo baixo. A fumaça subia na direção de uma abertura no telhado do chalé.

– Quer que eu coloque mais lenha na lareira?

– Não se preocupe, estou bem. Economize a madeira para a noite.

Clare acenou com a cabeça e colocou a cesta que trouxera do mercado sobre a mesa. Dali, tirou farinha, queijo, um punhado de peras maduras, cebolas e feijões secos. E graças à generosidade do suserano de Geoffrey, conde Lucien, trouxera também porco salgado e peixe seco.

– E os ovos? – perguntou Nicola.

– Estavam muito caros. Volto amanhã, mas temo que o preço não abaixe até a primavera. – Clare olhou-a de relance. – E então? O que é o presente misterioso?

Nicola alcançou a bolsa em cima da mesa, abriu e jogou uma moeda sobre o tampo de madeira.

– Dinheiro. – Surpresa, a voz de Clare ficou sem reação. – Lorde d'Aveyron esteve aqui de novo.

Toda vez que pensava em Lucien Vernon, conde d'Aveyron, lembrava-se da tolice imprudente que Geoffrey havia cometido. Ele tinha feito um pacto maldito com um bando de ladrões. Antes de morrer, Geoffrey havia confessado a Clare sua participação em um roubo para ajudar a mãe. Ela também sabia como ele se arrependera e tentara consertar, mas, no momento em que resolvera se livrar do pacto, assinou sua condenação. Os ladrões o mataram.

Além de Clare, o conde Lucien também sabia do conluio de Geoffrey com os ladrões. Apenas Nicola desconhecia esses fatos e vivia na feliz ignorância do erro fatal do filho. Para Clare, era melhor que continuasse assim; por ela, Nicola jamais saberia do que Geoffrey havia feito. Um baque daqueles no estado frágil em que ela estava poderia levar à morte. Até aquele dia, o conde Lucien não havia falado nada sobre a transgressão de Geoffrey, mas Clare tinha medo de suas visitas. Geoffrey fora um dos cavaleiros pessoais do conde e ela tinha medo de que um dia o conde deixasse escapar alguma coisa...

— Não precisa fazer careta – disse Nicola, empurrando a moeda na direção de Clare. – O conde é um bom homem, que honra a memória de Geoffrey cuidando de mim. Olhe direito, isto não é dinheiro.

Depois de colocar as peras em uma tigela, Clare pegou a moeda e viu que não era exatamente uma moeda; era um pouco maior do que um centavo e tinha sido forjada em prata.

— É algo simbólico.

— Isso mesmo.

O palácio de Troyes havia sido cunhado em um dos lados e, do outro, havia a imagem de um cavaleiro portando uma lança. Clare sentiu uma dor no peito e colocou a moeda de volta sobre a mesa.

— Espero que não seja o que estou pensando.

A expressão de alegria do rosto de Nicola se transformou.

— Isso é um convite para assistir ao Torneio da Noite de Reis, e se sentar perto de onde as damas ficam. Clare, pensei que... – Nicola fez uma pausa – ... eu *esperava* que você quisesse ir, principalmente tendo um lugar para se sentar nos bancos perto das damas. Será seguro.

Clare fixou os olhos na moeda e hesitou antes de dar um passo atrás. O Torneio da Noite de Reis. Desde que o ano começara não se falava em outra coisa na cidade.

— Não posso ir.

— Mas fará bem a você. Suas saídas se limitam às idas ao mercado. Pensei que...

— Nicola, só vou ao mercado porque, caso contrário, morreríamos de fome. Não faço isso por prazer.

— Você ainda tem medo de ir mais longe, mesmo depois de tanto tempo.

— Se fosse eu, você também não teria receios? – indagou Clare, empinando o queixo.

— Sim. Não, não sei. – Nicola balançou a cabeça e suspirou. – O que sei é que você é muito nova e não pode se esconder para sempre. Pensei que estivesse feliz aqui...

— Estou, mas...

— Esta é a sua casa... Você está em segurança em Troyes.

– Obrigada por ter pensado em mim, mas não quero ir. – Clare bateu na moeda com o dedo indicador. – Poderíamos conseguir um bom dinheiro por isto, as pessoas estão fazendo de tudo por um ingresso.

Os olhos de Nicola se encheram de lágrimas.

– Nell adoraria ir ao Torneio da Noite de Reis, sabe como ela gosta de ver os cavaleiros. Eles a lembram de Geoffrey.

Clare estreitou os olhos. Aquele tinha sido um golpe baixo para convencê-la.

– Nell pode ir com outra pessoa. Falando nisso, por onde ela anda?

– Foi levar lã para Aimée.

– Aimée não poderia acompanhá-la ao torneio?

– Eu preferia que fosse você. – Nicola juntou as mãos em súplica. – Por favor, Clare. Nell ainda é uma criança e tenho medo de que esqueça Geoffrey quando crescer. Quero que ela se lembre do irmão. Se Nell for ao torneio, a imagem se fixará na mente dela.

– Como assim?

– Quando estiverem lá, você pode falar de Geoffrey para ela, explicar o torneio e deixá-la orgulhosa do irmão, um menino simples que ganhou suas esporas. Quero que Nell se lembre sempre do irmão que, mesmo em uma hora de necessidade, não se esqueceu da mãe em momento algum.

A moeda-convite brilhava como um olho sinistro sobre a mesa. Por arrependimento e pena, Clare não disse nada, mas a situação ficava cada vez mais estranha. O orgulho que Nicola sentia do filho era visível e ela não a magoaria dizendo o contrário. No entanto, sentiu-se fraquejar.

Geoffrey cometera muitos erros na vida, mas, até onde Clare sabia, tinha sido um bom samaritano. Mesmo sendo uma estranha, ele a havia provido de um teto e confiado nela a ponto de deixá-la tomar conta de sua mãe. Apesar de todos os defeitos, Geoffrey amava muito Nicola, e gostaria de honrar os desejos de sua mãe.

Em princípio, não havia nada de errado em levar Nell ao Torneio da Noite de Reis, seria apenas um favor simples... mas só à primeira vista.

– Nicola, e se Nell não gostar do torneio? Pode haver derramamento de sangue. – Clare reprimiu um arrepio. Entretanto, o Torneio da Noite de Reis era conhecido por ser mais um espetáculo do que uma batalha. Um espetáculo para as damas de Champagne. Mesmo assim, ainda era uma luta que podia gerar sangue e assustar Nell. Na verdade, Clare não suportava ver sangue, porque a fazia lembrar de coisas que deviam ficar no passado. Afastando a memória ruim da mente, ela precisou engolir antes de voltar a falar. – É provável que Nell se lembre que perdeu o irmão num torneio.

– O conde Lucien explicou a ela como Geoffrey foi morto ao evitar um ataque à condessa Isobel. A situação era bem diferente e Nell sabe disso. Por favor, leve-a, Clare. Ela vai adorar sua companhia.

– O Torneio da Noite de Reis – murmurou Clare, balançando a cabeça. – Oh, Virgem Maria, dai-me forças.

Não seria um simples favor. Não que não gostasse de sair, mas, caso a violência saísse do controle, não tinha certeza de que poderia confiar em si mesma. A imagem de manchas de sangue escurecendo a túnica de um homem lhe veio à mente. Ela poderia desmaiar, ou ao menos ficaria enjoada, o que era mais provável. Se houvesse derramamento de sangue, talvez acabasse chamando atenção para si.

– Por favor, Clare. Por favor.

Rendendo-se, ela pegou a moeda-convite e jogou na bolsa, com o coração aos pulos.

– Está bem. Por você, eu levo Nell ao Torneio da Noite de Reis.

– Obrigada, minha querida. – O sorriso voltou a iluminar o rosto de Nicola. – Tenho certeza de que vai gostar quando estiver lá. Por favor, empurre a roca mais para cá e me dê a lã. Não gosto de ficar sem fazer nada.

Logo, o leve e ritmado barulho da roca dominou a sala. Os dedos de Nicola não eram mais tão ágeis, mas ela fiava rápido. O novelo talvez ficasse cheio de imperfeições, mas Clare sabia que a amiga se consolava com o trabalho. E o novelo tinha serventia, pois a vizinha, Aimée, possuía uma incrível habilidade de fazer xales com aquela lã. Não eram bordados alexandrinos, mas as falhas da lã de Nicola conferiam ao tecido uma textura diferente e incomum. As damas da sociedade podiam virar o nariz para um xale tão artesanal, mas Clare o usava com gosto.

Enquanto observava os dedos hábeis de Nicola girando a lã, ela teve um estranho pensamento. Se todas as imperfeições fossem abolidas do mundo, viveriam num lugar bem mais pobre.

—⚜—

Sir Arthur Ferrer, capitão dos Cavaleiros Guardiões do conde Henry, suspirou enquanto um de seus cavalariços amarrava o gibão grosso, dentro do pavilhão verde. Durante todos aqueles anos, sonhara em ter o próprio local em um torneio, mas agora que finalmente conseguira, não sabia o que fazer. Sentia falta da companhia de seus amigos cavaleiros. Sentia falta das brincadeiras e da rivalidade.

– Oh, céus – murmurou, passando a mão pelo cabelo escuro.

Ivo, o cavalariço, levantou a cabeça para fitá-lo.

– Está muito apertado, sir?

– Não, está perfeito. Obrigado, Ivo – disse Arthur, dobrando e movimentando os braços.

Desde que o Festival de Inverno tinha terminado, a cidade esvaziara e havia poucos arruaceiros dando trabalho pelas ruas. Mesmo assim, Arthur estava com uma sensação crescente de mal-estar, ainda que não soubesse especificar o que era. Ainda tinha muito trabalho a fazer. Ele seria o último a dizer que todos os arruaceiros tinham saído das ruas de Troyes. Mas a natureza humana era assim, e aquele dia provavelmente nunca acabaria. No entanto...

Um rapaz de cabelo louro como o trigo passou pela entrada do pavilhão.

– Gawain! – Reanimando-se com a presença do amigo, Arthur fez um gesto para que entrasse. – Seja bem-vindo.

Sir Gawain entrou, parou diante da mesa e observou as armas de Arthur.

– Vi o estandarte com o unicórnio e achei que estivesse aqui. – Com vagar, pegou a espada reluzente de Arthur, testando seu peso. – Foi esta que seu pai fez?

Arthur ficou tenso, mas obrigou-se a relaxar. Gawain era um amigo e não estava brincando, embora nunca se podia ter certeza absoluta.

— Essa mesma.

— É uma bela espada e proporciona um equilíbrio incrível. Você a está usando?

— Hoje não. Está reservada para uma luta de verdade. Você não vai competir, Gawain? Não vi seu pavilhão.

— Estou dividindo o pavilhão com Luc, o que foi um erro, pois está cheio de gente.

— Se quiser uma companhia não tão louvável, será bem-vindo comigo.

— Muito obrigado. Não me importo com isso. Um momento. Vou procurar meu cavalariço e já volto.

Gawain saiu rapidamente do pavilhão e voltou na companhia do cavalariço antes mesmo que Arthur abotoasse a bainha da espada.

— Ainda preciso falar com Luc — disse Arthur, enquanto Ivo abria espaço sobre a mesa para colocar as armas de Gawain. — Como vai a vida em Ravenshold? Está tudo bem?

Sir Gawain era o mordomo-mor no castelo do conde Lucien d'Aveyron, que ficava perto dali, em Ravenshold. Ele ocupara a posição havia pouco tempo, depois de ter saído dos Cavaleiros Guardiões.

— Bem o suficiente — respondeu Gawain descontraído, embora o rosto tenso o traísse.

Pela expressão de cansaço, Arthur percebeu que o amigo não dormia havia dias.

— Soube que a condessa Isobel será a Rainha do Torneio.

— *Aye*, ela entregará os prêmios — respondeu Gawain, com os olhos fixos na liça. — Não me lembro se já perguntei isto antes, Arthur, mas você tem visto Elise ultimamente, a criada da condessa Isobel?

— Elise? Não a conheço.

— É uma moça morena e tímida. — Gawain blasfemou baixinho.

— Sei que você não deixaria de notar uma mulher... — Arthur estava prestes a continuar, mas alguma coisa no semblante de Gawain o fez parar. Na verdade, nunca tinha visto o outro cavaleiro com uma expressão tão séria. Claro que ele não estaria saindo com uma criada. Impossível. — Você está precisando ir ao Black Boar, meu amigo. Há uma mulher de nome Gabrielle...

Gawain riu alto. Para Arthur, pareceu um riso forçado.

— Nossa, você sabe o nome dela? Deve ser ótima.

— Estou sendo sincero, Gawain, a garota é uma maravilha e tem muita imaginação. A comida da taverna continua péssima, mas eles acabaram de receber um tonel de vinho do vinhedo do conde Henry. Ainda preciso provar.

— Vamos ao Black Boar esta noite, certo? — Gawain meneou a cabeça.

— As regras de sempre?

— *Aye*, aquele que fizer menos pontos no torneio paga a conta.

— Ótimo! Estou ansioso para esvaziar seus bolsos. — Arthur sorriu.

Clare segurou a mão de Nell com força enquanto se dirigiam às arquibancadas. Do outro lado da liça, o palácio de Troyes se erguia como uma sentinela de pedras reluzentes pela geada. No alto da muralha, os estandartes com as cores do conde Henry — azul, branco e dourado —, e o bando de pombos em espiral balançavam com a brisa fria, contrastando com o azul do céu. As sentinelas estavam de prontidão nas torres da guarda. Nas frestas das ameias havia vários homens se espremendo para assistir ao torneio.

— Esta moeda lhe dá o direito de sentar na primeira fileira, *mademoiselle* — disse o menino que pegou a moeda de Clare. Ele vestia uma túnica branca com uma faixa diagonal bordada de dourado, assim como nas mangas. Eram as cores do conde Henry novamente. Aquele devia ser um dos pajens. Havia outros garotos trajados da mesma forma, desempenhando tarefa similar.

Clare se sentou num dos bancos, e Nell, saltitante como um peixe numa panela quente, ao seu lado. Com medo que a menina esbarrasse ou pisasse no vestido da senhora que estava sentada perto, murmurou um pedido de desculpas.

Para sua surpresa, a senhora abriu um sorriso para Nell.

— Este é o primeiro torneio a que ela assiste?

— Sim. — Clare relutava em falar com estranhos, pois a primeira coisa que notavam eram seus olhos incomuns, e algumas vezes faziam perguntas que não conseguia responder. Para não prolongar a conversa virou a cabeça na direção do campo de batalha.

Os pavilhões dos cavaleiros estavam unidos em grupos dos dois lados da liça. Uma quantidade de estandartes dançava com o vento: azuis, verdes, vermelhos, roxos... Os cavaleiros do lado direito representavam aqueles que moravam em Troyes, enquanto à esquerda ficavam os visitantes, convidados do conde Henry e alguns criados voluntários para equiparar os números.

Um perfume nauseante pairava no ar, ressaltando-se dos outros cheiros de suor humano, fumaça e carne assando.

– O pavilhão azul pertence ao lorde d'Aveyron, não é? – perguntou Nell.

Clare acenou que sim com a cabeça e chamou a atenção para o estandarte tremeluzente sobre o pavilhão.

– Está vendo o corvo preto no estandarte do conde Lucien? Os cavaleiros têm cores e paramentos diferentes para se reconhecerem quando os visores de seus elmos estiverem baixados.

– Estou vendo, sim! – Nell apontou para várias direções. – O estandarte do pavilhão ao lado tem um lobo. E, olhe, aquele verde tem um unicórnio. De quem é? Gosto de unicórnios.

– Não sei quem é o cavaleiro, mas já vi as cores dele pela cidade. Talvez seja um dos Guardiões do conde Henry.

– Geoffrey tinha um estandarte azul com linhas brancas onduladas. Ele me disse que o branco representava a prata – disse Nell, melancólica.

– Os amigos dele participarão hoje. – Clare passou a mão sobre os ombros da garota num gesto de carinho.

Nell ficou séria por uns instantes, mas logo estava sorrindo de novo, olhando em todas as direções, como se quisesse absorver tudo.

Os times eram inspecionados de cada lado da liça.

– Lá vem os cavalos! Olhe, Clare, eles também têm roupas coloridas.

– As cores dos paramentos dos cavalos têm de ser iguais aos dos cavaleiros.

Nell estava extasiada com a festa diante de seus olhos. Clare sentiu-se feliz por ela.

– Meu irmão foi um cavaleiro – disse a menina, de pé, segurando-se no corrimão a sua frente. Sua voz exalava orgulho e felicidade.

Crianças são extraordinárias, pensou Clare. Geralmente elas lidam melhor com a morte do que os adultos, pelo menos nas aparências. Graças a Deus que a morte de Geoffrey não afetaria muito sua irmãzinha. *Fico feliz por tê-la trazido, ela precisava ver isto. Nicola tinha razão em insistir que eu viesse.*

Arthur puxou as rédeas e acariciou o pescoço branco de seu cavalo, Steel. Nada melhor do que um torneio para aguçar a mente. O tédio que sentira mais cedo tinha passado, o que acontecia sempre que se sentava numa sela. Naquele dia, não se esperava derramamento de sangue... talvez só um pouco. Não haveria duelos ferrenhos.

O conde Henry havia decretado que a Justa da Noite de Reis seria toda em homenagem às damas. Mesmo assim, um evento água com açúcar como aquele era melhor que nada. No mínimo seria um bom treino.

Um leve tilintar chamou a atenção de Arthur para os cavaleiros internos do conde Henry. O cavaleiro, sir Gérard, estava contando o time adversário. O barulho que ouvira não podia ser de sinos. Entretanto, ao apurar melhor a vista, notou que sininhos estavam sendo colocados nos paramentos do cavalo de Gérard. Quando o juiz sinalizou que a competição estava aberta, as trombetas soaram para que os cavaleiros se alinhassem para a revista. Gérard desfilou diante do palanque onde estavam a condessa Marie de Champagne e a condessa Isobel d'Aveyron, incitando o cavalo a fazer uma mesura.

As damas escondiam os risinhos e suspiravam por Gérard. Arthur e Gawain reviraram os olhos. Gérard considerava uma arte o flerte com uma dama nobre, por isso jamais perderia a oportunidade de se pavonear diante delas.

A condessa Isobel usava uma coroa elaborada que a condecorava como a Rainha do Torneio.

Assim como a justa, a coroa não era verdadeira, apenas mais um detalhe para o show. Mas era uma peça que chamava a atenção, pois os cristais brilhavam a cada movimento da condessa, tornando-a ainda mais bonita.

Ela era loura como um anjo. Não era à toa que lorde d'Aveyron tinha orgulho de sua nova condessa.

O rufar dos tambores e a ovação da multidão lembraram Arthur de que o torneio era um espetáculo para as pessoas também. Ele relanceou o olhar pela multidão que se aglomerava atrás das cordas ao longo da liça.

– Conde Henry deve ter sido um mercador – murmurou.

– Como assim? – Gawain franziu a testa.

– Ele bem sabe que um torneio traz de volta movimento e comércio para Troyes. Mal acabou o Festival de Inverno, ele já organizou esta festa. Muito inteligente.

O céu estava azul. Os sininhos soavam dos paramentos do cavalo de Gérard, e as damas soltavam risinhos. No meio da festa, um xale azul na arquibancada chamou a atenção de Arthur.

– Sir Gérard, aceite meu lenço como um amuleto da sorte.

– Não, sir, favoreça a mim!

– Nada disso! Use o meu lenço!

As moças acenavam seus lenços e os risinhos continuavam. Os sininhos reluziam com o sol de inverno.

Arthur meneou a cabeça para Gérard e se forçou a lembrar-se de que aquela justa era para entreter as damas.

Naquele instante, com as trombetas chamando para a inspeção, um homem correu diante da arquibancada das damas. Arthur o observou, enquanto guiava o cavalo para a posição. O desconhecido estava bem-trajado, vestindo uma capa com as bordas de pele e uma túnica apertada demais para alguém com uma barriga tão grande. Devia ser um mercador. Como o capuz estava abaixado, a cabeça sem cabelo reluzia. Bem, quem quer que fosse, não devia estar no campo. Um pajem o tinha visto e gritou:

– Sir, *sir*! Saia da liça!

O mercador não deu ouvidos ao aviso e seguiu na direção de uma moça na primeira fileira da arquibancada. Ela estava vestida com simplicidade e parecia familiar. A moça estava sentada ao lado da condessa Isobel e sua coroa brilhante, indicando que tinha alguma ligação com o conde Lucien, mas Arthur não conseguiu identificá-la.

As trombetas soaram novamente. Arthur esporeou os flancos do cavalo e seguiu para a liça. Quando o arauto chamou os nomes e as posições dos cavaleiros, Gawain postou-se ao seu lado.

Arthur olhou novamente na direção do mercador. Dois pajens tentavam puxá-lo para fora da liça. O mercador os empurrou e pegou a mão da menina, dizendo alguma coisa. Arthur estranhou quando a moça puxou a mão e abraçou uma criança ao seu lado. Sua primeira reação foi defensiva, pensou em protegê-la, pois estava claro que a moça não queria ouvir o que dizia o mercador.

– *Sir Arthur Ferrer!* – gritou o arauto, chamando a atenção de Arthur para o torneio.

Arthur levantou a mão para cumprimentar todos e seguiu-se uma ovação da multidão. Sir Gérard podia usar o lenço de uma das damas, mas ele preferia ter a aprovação das pessoas. Ao terminar de desfilar, tomou posição na liça e olhou na direção do pequeno tumulto. Os pajens deviam ter convencido o mercador a sair, pois não havia mais sinal dele.

Clare tremia muito ao abraçar Nell, enquanto olhava o desfile dos cavalos sem prestar muita atenção. Por sorte, o cavaleiro com o unicórnio estampado no estandarte se aproximava para saudar a Rainha do Torneio e Nell estava com os olhos fixos nele. Pelo brilho nos olhos da menina, estava claro que já havia escolhido seu cavaleiro preferido, e o assédio do mercador tinha passado despercebido. O homem montado num cavalo branco, paramentado em seda verde, era muito mais interessante do que a conversa de Clare com um estranho. Sorte.

O mercador – seu nome era Paolo da Lucca – se misturou à multidão do outro lado da liça. Ele havia sido gentil em avisá-la, mas Clare tinha esperanças de nunca mais vê-lo. Com uma única frase – "Traficantes de escravos foram vistos em Troyes." – ele fizera o sangue dela congelar nas veias.

Traficantes de escravos. Será que nunca escaparei?

Parecia que não. A última vez que Clare vira Paolo tinha sido quando ele a deixou sair de Apulia em uma de suas carroças de mercadorias. Paolo estava indo para Paris, então Clare ficou nos arredores de Troyes, onde por sorte foi encontrada pelo jovem cavaleiro, sir Geoffrey. Procurava não pensar no que teria acontecido se ele não a tivesse encontrado. Não tinha nem dinheiro, nem amigos. Nicola havia lhe oferecido abrigo, e o alojamento passou a ser seu primeiro lar de verdade. Clare sentiu os olhos lacrimejarem. Se os traficantes de escravos estavam em Troyes, teria de partir.

Mas eu quero ficar!

Pensar em deixar Nicola e Nell era insuportável. A menina estava agitando o cachecol que Aimée tinha feito para o cavaleiro de túnica verde. Lenços e echarpes de todas as cores do arco-íris flutuavam na direção dele, mas, por mais improvável que pudesse parecer, o cavaleiro notou a presença de Nell.

Clare percebeu o olhar dele quando o cavalo se virou na sua direção.

– Ele me viu! – Nell tremia de tanta emoção. – Ele está vindo para cá!

A menina pulava e acenava o cachecol como se fosse uma dama bem-nascida oferecendo um amuleto para o cavaleiro escolhido.

– Sir! Senhor Cavaleiro! Favoreça a mim!

Clare suspirou, ciente de que o homem ignoraria o chamado de uma garotinha. Na certa, pegaria um lenço de seda de alguma dama atrás delas e Clare passaria o restante do dia enxugando as lágrimas de Nell.

Mas, para seu espanto, o cavalo cinza – Clare se lembrava de que os cavaleiros se referiam aos cavalos brancos como cinza – parou diante das barras com os arreios chocando-se e fazendo barulho. O estandarte verde tremulava com a brisa, o unicórnio de seu brasão refletia os raios de sol.

– Senhor cavaleiro? – perguntou Nell em dúvida, fixando os olhos nas narinas dilatadas do cavalo.

Ela estendeu o cachecol simples, de artesanato caseiro e puído nas pontas. O homem levantou a viseira do elmo e inclinou a cabeça na direção de Clare, que viu bem de perto os olhos escuros dele. O cavaleiro sorriu para Nell e pegou o cachecol de sua mão. O cavalo se movimentou impaciente.

– Milady, importa-se em me ajudar? – perguntou o cavaleiro, inclinando-se e oferecendo o braço.

Não sou nenhuma lady, pensou. Mesmo assim, Clare pegou o cachecol e amarrou no braço dele.

– Muito obrigado – disse o cavaleiro, encarando-a.

Todos olharam na direção dela.

No instante seguinte, aquele homem estranho esporeou o cavalo e galopou de volta ao campo, deixando para trás alguém suspirando.

– Sir Arthur nunca me favorece – disse uma moça com pesar. – E agora pega o cachecol de uma criança!

Clare sentiu que Nell puxou-lhe as saias.

– Ele pegou o meu cachecol! Ele me favoreceu! Será que é um dos amigos de Geoffrey?

– Parece que sim. Acho que é um dos Cavaleiros Guardiões, um homem muito importante.

Clare lembrou que Geoffrey dissera certa vez que um cavaleiro chamado Arthur tinha sido o mordomo-mor no castelo de Ravenshold. Só podia ser ele. Era bem provável que o conde Lucien tivesse pedido a Arthur que desse atenção a elas.

– Gostaria de saber quem é ele – disse Nell.

– Você não ouviu quando o arauto disse o nome dos cavaleiros? Ele foi anunciado como sir Arthur Ferrer.

As trombetas soaram de novo, outros cavaleiros desfilaram e mais lenços trocaram de mãos. Conde Lucien dirigia-se ao palanque para cumprimentar sua esposa, a Rainha do Torneio.

– Olhe, Nell, aquele é o suserano de Geoffrey.

– Ele irá favorecer a condessa Isobel – disse Nell baixinho.

Clare murmurou algo, mas sua atenção estava além dos cavaleiros, na multidão atrás das cordas nas laterais da liça. Imaginou se Paolo da Lucca ainda estaria ali. Viu alguns rostos conhecidos, mas nenhum era o de Paolo. Deveria ter pedido mais detalhes sobre os traficantes de escravos, mas ficara assustada ao ser abordada inesperadamente. E agora não o via mais. Havia perdido a chance de falar com calma, pois não sabia onde ele estava hospedado.

Mesmo com os pensamentos longe dali, Clare percebeu quando o conde Lucien passou por elas e cumprimentou Nell. A garota deu uma risadinha e corou. Clare retribuiu o sorriso do conde. Lucien tinha sido muito gentil em convidar a irmã de Geoffrey a se sentar na arquibancada das damas.

Enquanto os cavaleiros se alinhavam no final da liça, preparando-se para os primeiros testes de equitação, Clare voltou a atenção à multidão.

Seria muito bom encontrar Paolo.

Suspirou ao pensar na possibilidade de sair de Troyes, já que estava tão acostumada a viver ali. Olhou por cima do ombro, temendo que alguém viesse a lhe tocar as costas, avisando que seus dias de liberdade tinham terminado.

Sentia-se tão escrava quanto no dia em que chegara. Será que um dia conseguiria a liberdade? Algumas vezes, Clare era só dúvidas e tristeza. Aquele era um desses dias. Não importava o que fizesse, o pesadelo estava sempre rondando. As pessoas não conseguiam evitar fitar seus olhos destoantes, um azul acinzentado e outro verde. Olhos assim eram impossíveis de se esconder.

Capítulo 2

Arthur acalmou seu cavalo e olhou para a liça. Até então, a competição estava empatada. Seu time, os habitantes de Troyes, e o conde Lucien tinham ganhado tantos pontos quanto Gérard e os Visitantes. Naquele momento começavam as sessões decisivas com as justas individuais. Por causa da presença das damas, as lanças estavam sem ponta, não haveria lutas de fato. O conde Henry decidira que a condessa Marie era sensível demais para assistir a um torneio de verdade. Segundo os rumores, ela estava grávida.

Arthur estava ansioso para ver com quem lutaria nas próximas sessões. Sorriu contente ao ver que Gérard estava em campo. O cavalariço de seu oponente tirou a lança do apoio e a entregou a ele. Seria divertido ver como Gérard reagiria quando fosse ao chão e sujasse de lama sua armadura reluzente. O objetivo era razoável, já que Arthur teria três chances de alcançá-lo.

O juiz deu o sinal para que a justa começasse, e Arthur esperou. Podia jurar que tinha ouvido o tilintar dos sinos do outro lado da liça. Com o canto dos olhos, viu que a menininha de quem havia pegado o cachecol estava agitada e impaciente na arquibancada. Decidiu assoprar-lhe um beijo. *Este é para você, pequenina.* A garota corou. Ela segurava nas barras como se sua vida dependesse daquilo. Que doce! A menina queria mesmo que ele ganhasse.

Por um momento, os olhos raros da moça que acompanhava a garota cruzaram com os dele. Um dos olhos era azulado e o outro verde. Ele nunca tinha visto olhos assim. A não ser... um lampejo o fez lembrar de alguém com aqueles mesmos olhos.

Espere... claro que já vi esses olhos. Eu me lembro de...

A memória lhe escapou. Elusiva. No entanto, sabia que tinha visto aqueles olhos antes. Ainda se esforçava para lembrar quando o juiz declarou o começo da luta.

Arthur segurou a lança com força e focou a atenção na justa, esquecendo todo o resto. Quando soaram as trombetas, o cavalo de Arthur saiu a galope. A primeira justa valia ponto e Gérard estava prestes a ser derrubado do cavalo. Consciente da torcida feminina nas arquibancadas gritando a favor de seu oponente, Arthur focou os olhos em seu alvo. Dez metros, cinco...

A lança de Arthur atingiu o escudo de Gérard, partindo-se em vários pedaços. Distraído que estava com a gritaria feminina, Gérard perdeu o golpe e se desequilibrou da sela.

– Acredito que o ponto é meu... – murmurou.

Steel, o cavalo de Arthur, empinou no final da liça e se virou. Um cavalariço entregou-lhe a segunda lança e no momento seguinte ele galopava na direção de Gérard novamente. Pedaços de grama voavam ao pisar dos cascos dos cavalos. Gérard havia perdido o primeiro *round*, mas empunhava o escudo com firmeza, enquanto os sininhos dos paramentos tilintavam.

Arthur estava mais bem posicionado ao atingir o escudo de Gérard de novo. Tinha sido fácil demais. O outro cavaleiro caiu da sela no gramado com um baque surdo, enquanto o cavalo seguia galopando ao som dos sininhos pelo ar.

Metade da multidão reclamou, a outra metade aplaudiu. Como a competição resumia-se na melhor das três justas, Arthur havia ganhado. Gérard praguejou alto, tirou o elmo e o jogou para o lado. Por mais que fosse popular com as moças da corte, não era bem-visto aos habitantes de Troyes, que clamavam pela vitória de Arthur.

Ele levantou o visor do elmo e balançou o braço, agradecendo a torcida. Atrás das cordas, os aldeões assobiavam e gritavam. Mas a torcida feminina não vibrou com sua vitória, a não ser por uma garotinha que gritava e pulava feliz na arquibancada. A moça dos olhos diferentes sorria para a menina e também levantou os braços para aplaudi-lo. De longe, não via os olhos dela, mas quando o vento levantou-lhe o véu, deixou visível o cabelo que reluzia como cobre sob o sol de inverno. Mais uma vez Arthur sentiu um arrepio na espinha, reconhecendo-a, embora não se lembrasse de onde.

Quem é ela? Ainda não fomos apresentados, mas conheço aqueles olhos. Quem é ela?

Quando a Rainha do Torneio se levantou para entregar os prêmios, Arthur já havia descoberto de onde conhecia aquela jovem. Tinham se visto no funeral de Geoffrey.

Ele fora um dos cavaleiros internos do conde Lucien, que o conhecia bem antes da morte prematura. O rapaz tinha sido morto enquanto protegia lady Isobel durante um torneio no Campo dos Pássaros. Aquela jovem na arquibancada das damas estivera no funeral de Geoffrey. No dia do enterro, Arthur havia reparado na moça de cabelo ruivo e roupas artesanais, que permanecera com a cabeça baixa até depois de o corpo ter sido enterrado, tendo sido a última a sair do local. Durante todo o ritual funerário, ela deixara a impressão de estar a ponto de fugir. Arthur a comparara a uma frágil e trêmula violeta. Naquele dia, não se aproximara o suficiente para notar os olhos diferentes, mas havia percebido o cabelo ruivo, que o levaram a reconhecê-la agora. Era a mesma moça, sem dúvida. Segundo Lucien, ela não possuía parentesco algum com Geoffrey. Talvez tivesse sido uma das amantes dele.

Arthur se lembrou do que acontecera no começo do torneio. O que aquele mercador teria dito que a deixara tão transtornada? Será que a havia ameaçado? E por quê? Arthur teria dado o prêmio do torneio para saber o que havia acontecido. Considerou se o fato tivera alguma relação com a morte de Geoffrey.

O conde Lucien desconfiara da honestidade do cavaleiro. Antes do Natal, havia mencionado suas suspeitas de que Geoffrey estivera envolvido no roubo de um relicário do mosteiro. Arthur arrependeu-se por não dar atenção à história na época. Sabia-se que uma gangue de foras da lei estava atuando na cidade. Aquela jovem podia ter alguma ligação com o grupo. Como capitão dos Guardiões do conde Henry, o assunto interessava a Arthur. O conde Henry queria que os ladrões fossem varridos de Champagne. Na verdade, fora esse o propósito da criação dos Cavaleiros Guardiões. A primeira tarefa dele tinha sido manter a segurança nas ruas e estradas da cidade.

O Festival de Inverno havia terminado, e depois do torneio a cidade voltaria ao normal. Era a ocasião perfeita para investigar sobre os ladrões. Se aquela jovem tivesse algo a ver com isso, então era seu dever descobrir. Assim que fosse possível, pretendia visitá-la e julgar se tinha alguma conexão com os bandidos ou não. E estaria cumprindo com as expectativas que o conde Henry depositava sobre o capitão de seus Cavaleiros Guardiões.

O som das trombetas silenciou o burburinho da multidão e interrompeu os pensamentos de Arthur. O campo estava inundado de flâmulas azuis, e a condessa Isobel se preparava para entregar os prêmios. Seu marido, o conde Lucien, havia ganhado o prêmio pela luta individual; e seu time, dos aldeões de Troyes, o prêmio por equipe.

Conforme o conde Lucien se aproximava da condessa e sua coroa brilhante, Arthur elevou a voz junto a todos para louvá-lo. Era bom lutar ao lado dos vencedores. Gawain e ele celebrariam a vitória com uma visita à taverna Black Boar.

No final da manhã do dia seguinte, Nicola cochilava na cama perto da lareira. Atendendo a um pedido de Clare, Nell tinha ido levar mais um novelo de lã para Aimée havia algum tempo. Olhou pela janela preocupada com a demora da menina, se perguntando se Nell estaria brincando na rua com as duas filhas de Aimée, que adorava visitar. Nell costumava voltar sempre perto do horário do almoço.

Clare teve o vislumbre de um tecido verde movimentando-se perto do chalé. Alguém estava se aproximando. Com as mãos fechadas em punhos, aguardou, mas seu coração deu um salto com a forte batida na porta. Olhou por uma fresta na madeira e perguntou:

– Quem está aí?

Pela pequena abertura não conseguiu ver muito mais do que uma túnica creme cobrindo um tórax largo e um broche de prata prendendo a capa verde no lugar.

– Bom dia, *madame*. Sou sir Arthur Ferrer, às suas ordens.

Era o campeão de Nell! Clare olhou para Nicola e a ouviu ressonar. A amiga tinha dificuldade para dormir e ela evitava perturbá-la. Bem, sir Arthur não era nenhuma ameaça. Na noite anterior soubera que ele trabalhava para o conde Lucien antes de entrar para os Guardiões. Além do mais, aquele cavaleiro conhecia Geoffrey. Não havia perigo algum em conversar com ele do lado de fora do chalé por alguns minutos. Convencendo-se de que não seria possível que alguém soubesse o que a trouxera para Troyes, vestiu a capa e destravou a porta. Tinha se esquecido de colocar o véu, mas, como o encontro não iria demorar, achou que não teria importância.

– Bom dia, sir Arthur – cumprimentou, fazendo uma rápida reverência.

Sir Arthur tinha o cabelo castanho, farto e brilhante. Usava a espada, mas não estava acompanhado pelo cavalariço, nem por seu cavalo. O quartel não ficava longe dali, então, o mais provável era que tivesse vindo a pé.

– Desculpe-me por não convidá-lo a entrar, sir, mas só temos um cômodo e Nicola está dormindo.

– Ela é a mãe de Geoffrey?

– Sim, ela dorme pouco, por isso não quero acordá-la.

Clare esperava que ele dissesse logo a que viera, mas não foi o que aconteceu. Arthur a observava com atenção, a começar pelo cabelo e depois os olhos. Tímida com a inspeção, ela levantou o capuz da capa. Se bem que de nada adiantaria, pois julgava sua aparência uma maldição. Deus tinha sido irônico com as cores que lhe conferira. *Ele me deu todas as razões para estar sempre em fuga, pois já nasci condenada por este cabelo vermelho dramático e olhos incomuns.*

– Foi o conde Lucien que o mandou nos visitar, sir?

Os olhares dos dois se prenderam por um instante.

– Qual é o seu nome?

– Clare.

Desconhecia se tinha sido batizada. Havia escolhido aquele nome depois que fugira de Apulia.

– Clare – murmurou Arthur, estudando-lhe os olhos e meneando a cabeça. – Pensei que seu nome significasse alguma coisa, mas...

– Como, *monseigneur?*

– Sou um cavaleiro e não um lorde, senhorita – disse, travando os dentes.

– Sir?

– Não tem importância. – Arthur tamborilou os dedos sobre a empunhadura da espada. – Pelo seu sotaque vejo que não é de Troyes.

– Não, sir.

Os olhos escuros de Arthur voltaram a estudá-la com critério. Depois, para espanto de Clare, ele dobrou o braço, convidando-a:

– Vamos andar um pouco.

Em um primeiro momento, hesitou em sair acompanhada de um Guardião. Não confiava nos homens, mas sabia distinguir uma ordem de um simples convite. Decidindo que um cavaleiro que já trabalhara para o conde d'Aveyron não a ameaçaria em plena luz do dia, pousou a mão no braço dele e foi conduzida à rua. Rezava enquanto caminhava.

Meu Deus, faça com que Paolo tenha se enganado. Se os traficantes de escravos estivessem mesmo na cidade e a vissem...

– Não posso demorar muito, sir. Nell deve voltar logo para casa e...

– Nell? – Arthur relaxou um pouco. – A menininha que pediu que eu a favorecesse?

– Essa mesma.

– Não vamos demorar. Preciso conversar sobre um assunto longe dos ouvidos da mãe de Geoffrey.

Clare sentiu o coração disparar e o medo invadiu seu corpo. Então ele queria falar sobre Geoffrey ou tinha descoberto seu segredo? Será que o senhor dos escravos de Apulia a havia encontrado?

A razão principal para ter vindo a Troyes era porque ali a escravidão não era permitida. Mas a injustiça predominava em todos os lugares, tendo em conta o que havia acontecido com Geoffrey. Ela vivia tensa esperando o dia em que o senhor de escravos, conhecido como Veronese, batesse a sua porta.

Não voltarei jamais. Nunca mais!

– Sir Arthur... – ela respirou fundo antes de prosseguir – o senhor é um dos Cavaleiros Guardiões, não é? – Nicola tinha contado o que sabia sobre ele quando chegaram à casa depois do torneio. A criança estava muito animada falando de "seu cavaleiro, sir Arthur". Foi uma surpresa que tivessem dormido naquela noite.

Arthur consentiu com um aceno de cabeça, e Clare continuou insistindo consigo mesma que não precisava ter medo, embora não fosse fácil se convencer. Mesmo sendo um capitão, Arthur era um estranho, e ela nunca fora bem-vista até Geoffrey levá-la para morar com Nicola.

A praça estava quase deserta. Algumas galinhas ciscavam do lado de fora da taverna, duas mulheres dobravam lençóis diante de uma casa grande de madeira e um menino carregava um balde cheio com dificuldade, derrubando água pelo caminho.

– Você e Geoffrey eram casados? – perguntou Arthur de repente.

– Claro que não – respondeu ela, piscando seguidas vezes.

Geoffrey tinha demonstrado muita compaixão por ela. Na verdade, fizera muito mais do que isso. Tinha a pedido em casamento, concluindo que assim a protegeria no caso de Veronese a encontrar, mas entendeu quando ela relutou. Para Clare, o casamento era apenas um nível acima da escravidão. Além do mais, sir Geoffrey de Troyes não precisava casar com uma escrava fugitiva. Mesmo que quisesse se casar com ele, não teria aceitado o pedido. Aliás, recusaria qualquer pedido. Casamento definitivamente não estava em seus planos.

– Ele era seu pretendente?

Clare endireitou os ombros e o encarou nos olhos.

– Não entendo por que tenho de responder, uma vez que o senhor não tem nada com isso.

Arthur esboçou um sorriso e ela suspirou. Ao assumir uma postura mais relaxada, tornou-se um dos homens mais atraentes que ela já vira.

— Acho que está certa. Desculpe-me, *madame*, ou devo dizer *mademoiselle*?

— Como quiser, sir.

— Então será *mademoiselle*. *Mademoiselle* Clare. Ontem, durante o torneio, vi um homem se aproximar da arquibancada onde estava. Poderia me contar o que ele disse?

— Ele... eu... não o conheço bem, sir.

— Isso não responde a minha pergunta — disse ele sem desviar o olhar, franzindo o cenho. — Percebi o quanto estava temerosa.

Clare mordiscou o lábio inferior. Seu instinto dizia que podia confiar naquele cavaleiro, o que não significava que estivesse pronta para confessar ser uma escrava fugitiva.

E certamente não significava que estivesse pronta para contar o que houvera entre ela e Sandro...

— Acredito que aquele homem seja um mercador estrangeiro — disse Arthur. — Ajudaria se me contasse o que ele falou.

— Ele se chama Paolo da Lucca e de fato é um mercador. E não disse nada de importante.

Arthur ficou sério de novo.

— *Mademoiselle*, gostaria muito que me dissesse o que sabe. Caso contrário, pensarei que está me escondendo alguma coisa.

Clare fechou os olhos, rezando para que aquilo não estivesse acontecendo, mas ao voltar a abri-los, segundos depois, Arthur ainda estava ali observando e julgando. Chutou uma pedrinha com a ponta da bota e desejou ser uma mentirosa mais convincente.

— Não estou escondendo nada.

— Esse Paolo da Lucca sabe da ligação de sir Geoffrey com ladrões?

— Isso se trata do roubo do relicário? — perguntou Clare, ao perceber que talvez tivesse se equivocado sobre o motivo daquele questionamento.

As perguntas nada tinham a ver com a notícia de que havia traficantes de escravos em Troyes. Na verdade, Arthur estava desconfiando de que estivesse envolvida com ladrões!

– Isso mesmo. Paolo da Lucca a estava ameaçando?

– Não... – Clare levantou os olhos para fitá-lo. – Eu... conheço Paolo há alguns meses. Ele é uma pessoa gentil e não estava me ameaçando.

– O que ele disse? – insistiu Arthur. – Sei que Geoffrey tinha ligação com bandidos.

– O conde Lucien jurou que não espalharia este assunto. – Clare franziu o cenho. – Por favor, entenda que Nicola não pode saber disso. Ela tem muito orgulho de o filho ter se tornado um cavaleiro, seria a morte se soubesse que Geoffrey tinha caído de posição.

– Não tema, o conde Lucien tem sido discreto. Ontem falei no assunto com ele pela primeira vez. O conde me contou da sua preocupação de que o bom nome de Geoffrey fosse preservado.

A taverna Black Boar ficava do outro lado da praça aonde os dois se dirigiam. Era um lugar de reputação dúbia. Uma das garotas que trabalhava ali estava sentada num banco do lado de fora, costurando, ou fingindo costurar, um tecido amarelo sobre o colo. Os olhos brilhavam, e o sorriso era tão ousado quanto a cor que lhe cobria os lábios. O decote do vestido estava bem justo com o claro propósito de lhe revelar os seios. Quando viu Arthur, levantou a saia ligeiramente, desnudando o tornozelo.

– Bom dia, sir Arthur.

O cavaleiro sorriu.

– Bom dia, Gabrielle.

Ele conhece essa mulher?

– Vamos nos ver mais tarde, sir? – perguntou Gabrielle, olhando de soslaio para Clare.

Arthur levantou uma das sobrancelhas, sorrindo. Clare ficou tão sem graça que não sabia para onde olhar. Apesar de seu passado vergonhoso, era inocente. O motivo que a tinha levado a fugir de Apulia fora o assédio de Sandro, filho de Veronese. Revivendo momentos trágicos, olhou para a mão, como se temesse que ainda estivesse manchada com o sangue de Sandro. Jamais seria uma prostituta. Para homem nenhum.

Arthur deu uma tossidela, recolocou a mão de Clare sobre seu braço e se afastou da taverna a passos largos.

– *Mademoiselle*, gostaria muito que me contasse o que sabe sobre os ladrões. O conde Henry está determinado a expulsá-los daqui.

Clare arriscou olhá-lo de novo e sentiu um aperto no coração, não forte o suficiente para ser sinal de medo. Mas o capitão dos cavaleiros do conde Henry a deixava inquieta. Sua boca estava seca.

– Não sei muita coisa. – A mente de Clare estava num turbilhão, mesmo assim decidiu que diria o mínimo para que a deixasse em paz. – Geoffrey era reservado, mas sei que queria reparar as coisas, pois estava envergonhado do que tinha feito.

– E devia estar mesmo. Não existe nada pior do que um cavaleiro que negocia com ladrões.

Clare comprimiu os lábios. Arthur era amigo de Geoffrey. Seria bom que ficasse claro que ele não tinha perdido a dignidade por um motivo qualquer.

– O conde Lucien deve ter lhe contado que a mãe de Geoffrey, Nicola, está muito doente. Os remédios são muito caros.

– Ele estava sem dinheiro?

Clare assentiu, acenando com a cabeça.

– Geoffrey amava a mãe e queria que ela tivesse o melhor.

– Que coisa – praguejou Arthur. – Ele já tinha me pedido ajuda antes, bastava me pedir de novo. Jamais recusaria conceder um empréstimo.

– Ele não gostava de ter dívidas.

– Por orgulho? – Arthur suspirou. – Isso é verdade, sei que Geoffrey odiava admitir uma fraqueza.

– Não sei mais o que eu poderia lhe contar – disse Clare, olhando para o caminho que teria de seguir. – Lamento não poder ajudar mais, preciso voltar para casa. Não posso deixar Nicola sozinha por tanto tempo. – *Além disso, se os traficantes de escravos estiverem na cidade, não posso me arriscar ficando tão exposta.*

– Tudo a seu tempo, *mademoiselle*. Não terminei ainda. Acho que sabe mais do que imagina. Por exemplo, quando falou no assunto, Geoffrey mencionou algum nome?

– Sir, não entendo aonde quer chegar. O conde Lucien disse que o ladrão foi morto – falou ela, indignada.

— Foi sim, mas é improvável que trabalhasse sozinho. Quem matou aquele ladrão? Por quê?

Clare ficou ainda mais nervosa. Não queria pensar naquele assunto. Já era preocupação demais ter de cuidar de Nicola se Veronese estivesse em Troyes. Como iria ao mercado sem ser vista? Pensando nisso, olhou para trás por cima do ombro. A última coisa de que precisava era ser envolvida nos problemas de Geoffrey. Sentira muito a morte dele, mas o assassino também estava morto.

— Na minha opinião, a justiça foi feita quando o ladrão morreu — confessou ela num tom de voz baixo.

— E isso é o bastante? E se mais pessoas tiverem se machucado? Isso não será um peso na sua consciência?

Um certo brilho nos olhos castanhos de Arthur advertia que o assunto não terminaria ali. O bom capitão suspeitava que ela pudesse ajudar e não seria fácil despistá-lo. *Preciso me lembrar de alguma coisa que possa dizer...*

— Geoffrey falou sobre outro homem, mas não disse o nome. Apenas...

Arthur parou tão próximo que Clare se viu envolvida por aquele olhar profundo que fazia seu coração bater em descompasso. Os cílios eram longos e escuros, uma moldura perfeita para os olhos expressivos. Aliás, eram olhos muito bonitos e não tão escuros quanto suspeitara, pois possuía pequenas linhas acinzentadas.

— Apenas...

— Geoffrey fez uma alusão quando me disse que iria reparar o que tinha feito.

— Ainda insiste em me dizer que Geoffrey queria quebrar o acordo com os ladrões? — indagou Arthur, cético.

— Sir, vejo que não acredita no que digo, mas juro que é a verdade — afirmou Clare, empinando o queixo.

— Se for assim, é possível que ele tenha sido morto por renegar o acordo. E não porque defendia a condessa Isobel, como sugere o conde Lucien. — Arthur falou bem devagar, olhando fixamente para um beco escuro. Estava ficando frio, o gelo se acumulava na beirada da água. — Mas isso não elucida a morte do ladrão, nem mesmo o porquê.

– Estive pensando a esse respeito. Será que não foi morto por outro ladrão inconformado por terem perdido o relicário?

– Pode ser. – Arthur cruzou os braços e a encarou. – Existe algo mais que queira acrescentar?

– Pode não ajudar muito, mas Geoffrey mencionou que se encontraria com alguém numa caverna.

Os olhos dele se afiaram.

– Uma caverna? Onde?

– Lamento, mas isso foi tudo o que ele disse.

– É uma pena. – Arthur meneou a cabeça e ofereceu o braço a ela de novo quando recomeçaram a andar.

Logo chegariam à rua onde Clare morava, num dos chalés geminados. Era um local humilde e desconjuntado, mas o considerava seu lar.

– *Mademoiselle*, eu ficaria muito grato se me informasse caso se lembre de alguma outra coisa.

– Claro, sir. – Clare sorriu, quando na verdade não pretendia vê-lo de novo. Tudo o que almejava era liberdade para viver em paz.

– Caso precise de ajuda, ou Nicola, não hesite em me procurar. Deixe um recado no portão do quartel... – Arthur soltou os braços. – De onde disse que era, *mademoiselle*?

Clare sentiu um arrepio percorrer-lhe a espinha. Aqueles olhos escuros pareciam gentis, mas jamais admitiria que era uma escrava fugitiva. Por experiência, sabia que os homens não reagiam muito bem ao descobrirem sua procedência. Até o mais bem-intencionado tentara tirar vantagem. E Arthur, a julgar pela rápida conversa com aquela mulher na calçada do Black Boar, não seria diferente. Ali estava um homem que gostava da companhia de mulheres.

Geoffrey tinha sido diferente. Que Deus o tivesse. Jamais tentara tirar vantagem dela, razão pela qual o amara tanto. Clare seria leal a ele até o dia de sua morte.

– Vivi muitos anos no exterior, sir. Não sei exatamente onde nasci. – Abriu outro de seus sorrisos radiantes. – Acho que não tive berço.

O olhar astuto de Arthur percorreu-a por inteiro, reparando numa mecha de cabelo rebelde que escapara do capuz e depois nos olhos inconfundíveis.

– Eu me senti deslocada na arquibancada das damas – disse ela, rindo.
– O conde Lucien a convidou, era seu direito estar ali.

Num gesto inconsciente, Arthur a tocou no braço. Foi como se uma faísca percorresse o corpo de Clare, acendendo uma fogueira que ela nem sabia que existia. Perturbador. *Excitante*. O mais estranho, porém, era que Clare detestava que homens a tocassem.

– Devo dizer que fiquei feliz em conhecê-la – disse Arthur, soltando-lhe o braço e fazendo uma reverência. – Se bem que seu rosto me é familiar. Poderia jurar que já nos encontramos antes.

– É provável que tenha me visto no funeral de Geoffrey.

– Mas eu não tinha visto seus olhos, que me são familiares...

Clare meneou a cabeça e deu um passo atrás.

– Deve estar enganado. – Enquanto fazia uma vênia, viu a irmã de Geoffrey seguindo para o chalé. – Ali está Nell, é melhor eu ir embora.

– Lembre-se do que eu disse. Procure por mim, caso precise de ajuda. – E, aproximando-se dela de novo, acrescentou: – Ou caso se lembre de alguma coisa que Geoffrey tenha dito.

– Manterei isso em mente, sir.

Com isso, Clare se virou e foi embora correndo pela rua.

O capitão dos Cavaleiros Guardiões era um homem desconcertante. Arthur tinha visto demais. E só podia estar sonhando se acreditava que ela iria deixar recados no portão do quartel. Clare queria viver tranquila e em paz apenas. A atenção dele era a última coisa de que precisava.

Capítulo 3

Arthur voltou para o palácio de Troyes pensando em Clare. A imagem da moça miúda, esguia, ruiva e de olhos ímpares não lhe saía da mente. Olhos ímpares. Quem era ela? Ainda não entendia aquela sensação de que faltava alguma coisa... Por que a urgência em saber de onde aquela mulher vinha?

Mesmo não tendo respondido às questões que o assolavam, os cachos de cabelo ruivo não lhe saíram do pensamento enquanto se dirigia ao estábulo à procura de seu cavalariço. A voz rouca dela ainda ecoava em sua memória. *Geoffrey mencionou que se encontraria com alguém numa caverna.*

Uma caverna. Havia uma caverna de calcário não muito longe de Troyes...

– Ivo?

– Sir?

– Vamos sair em patrulha. Sele os cavalos e me acompanhe.

– Sim, sir. Para onde vamos?

– Quero verificar as terras ao redor daquela caverna no sul.

– Devo pegar sua cota de malha?

– Só preciso da espada. Não quero chamar atenção, pois isso não é oficial. Sir Raphael é o responsável por patrulhar a região.

As tranças ruivas de Clare reluzindo ao sol de inverno permeavam cada pensamento de Arthur enquanto atravessavam os portões da cidade. E não era apenas o cabelo, mas também os olhos incomuns, impossíveis de esquecer. Era como se os campos e vinhedos de Champagne estivessem encobertos por uma névoa e apenas um par de olhos ímpares ficasse em foco... um verde, outro azul acinzentado. Ímpares.

Sim, ele tinha certeza de já ter visto aqueles olhos. Mas onde?

A dúvida uniu-se às outras tantas que já tinha, enquanto ele perscrutava as terras nas cercanias da caverna. Procuravam por algum sinal de fogueiras. Não encontraram nada, mas a convicção de já ter visto os olhos de Clare aumentou.

– Vou descobrir – murmurou.

– Sir?

– Ivo, você já reparou como a memória nos prega peças? Às vezes, quando tentamos lembrar de alguma coisa, a resposta se esconde ainda mais. Até o momento em que desistimos... – Arthur estalou os dedos – ... e a solução aparece. – Arthur se sentiu corar, pois parecia um louco falando.

– Sim, sir. – Ivo limitou-se a menear a cabeça.

– É melhor tirá-la da cabeça.

– Parece que sim, sir.

Mas não foi o que aconteceu, pois a imagem de Clare persistiu em acompanhá-lo no caminho de volta à cidade, aos estábulos e para a costumeira reunião com o conde Henry. Continuou pensando nela quando entrou no Black Boar, e Gabrielle praticamente flutuou até ele com seus olhos grandes e seios fartos.

– Sir Arthur! Que prazer em vê-lo!

Mesmo quando enlaçou Gabrielle pela cintura e se inclinou para beijá-la, a imagem de Clare não deixou sua mente. E isso era muito irritante.

Mon Dieu! Por que não lembrava de onde a conhecia?

Infelizmente a resposta veio no dia seguinte, quando Arthur discutia a redistribuição de sua tropa com o conde Henry no solário do palácio de Troyes.

O conde estava sentado à mesa repleta de penas e tinteiros. Ele estivera revendo as contas. Havia pergaminhos espalhados por toda a superfície como se fossem folhas de outono.

– Sente-se, Arthur – convidou o conde, empurrando um banquinho.

– Obrigado. *Monseigneur*, acredito que um grupo de foras da lei está se escondendo em algum lugar além dos muros da cidade. – Arthur foi direto ao motivo que o levara até ali. – E como o Torneio da Noite de Reis acabou de acontecer, Troyes está mais calma do que o normal. Acredito que seria melhor expandir o patrulhamento até as fronteiras do condado.

– Você teve alguma informação? – indagou o conde, estreitando os olhos.

– Nada muito confiável, milorde – respondeu Arthur, meneando a cabeça. – Uma amiga me disse que os ladrões podem estar escondidos numa caverna.

– Uma amiga?

Arthur relutou em dizer o nome de Clare, já que ela havia pedido para não ser envolvida naquele assunto. Não podia culpá-la, afinal Geoffrey havia sido assassinado. Além disso, a morte dele significava que Clare e as outras duas estavam sem proteção.

– Minha amiga valoriza muito a discrição.

– Entendo. – O conde pegou uma pena. – Você tem homens o suficiente?

– Sim, milorde.

– Muito bem. Avise-me se encontrar alguma coisa.

– Claro. – Arthur se levantou para sair e, de repente, um nome e um par de olhos distintos como os de Clare lhe vieram à mente. – Conde Myrrdin de Fontaine – murmurou.

Mon Dieu! Será que Clare era filha do conde Myrrdin? Ela seria uma filha ilegítima, claro.

– Conde Myrrdin? – indagou o conde Henry, molhando a pena no tinteiro. – Por que se lembrou dele? Faz anos que não o vejo.

Arthur balançou a cabeça com o olhar fixo no tinteiro, apesar de enxergar apenas aqueles olhos incompatíveis.

– São os olhos...

– Os olhos? – O conde Henry franziu o cenho. – Ah, sim, eu me lembro. O conde Myrrdin tem um olho azul e outro acinzentado.

– Na verdade um é verde e o outro azul acinzentado, milorde.

Henry girou a pena entre os dedos.

– Ele foi um guerreiro em seu tempo. Soube que ele se tornou um recluso. Faz anos que deixou a Bretanha. Por que se lembrou disso agora?

– Há uma moça em Troyes… Eu a vi no torneio. Tem os mesmos olhos que ele.

A pena parou de se movimentar e o conde Henry se inclinou para a frente, franzindo a testa.

– Uma moça? Tem certeza de que tem os mesmos olhos que o conde Myrrdin?

– Ela pode ser uma filha ilegítima – disse Arthur, convencido de que estava certo. – Quando a vi, tive a impressão de que já a conhecia. Levei algum tempo para descobrir de onde. Não a havia conhecido ainda, mas já tinha visto os olhos do conde Myrrdin. Deve ser filha dele.

– Qual é a idade da moça?

– Nossa… Não faço ideia. Talvez uns 18 ou 19 anos.

– Não pode ser, o conde Myrrdin não tem fama de mulherengo. Ele deve ter feito o voto de castidade depois da morte da esposa, porque vive como um monge. – O conde Henry colocou a pena de volta no tinteiro e se recostou na cadeira. – Gostaria de conhecer essa moça. Traga-a aqui.

Arthur se surpreendeu, sabendo que Clare se recusaria a ir até o palácio ver o conde Henry.

– *Monseigneur*, será mesmo necessário? É provável que ela fique envergonhada por ter de admitir ser uma filha ilegítima e que a notícia se espalhe.

– Por quem você me toma? – A voz do conde ficou mais grave. – Não quero envergonhá-la, quero ajudá-la. Antes de se tornar um eremita, Myrrdin de Fontaine era um dos mais honrados cavaleiros da Cristandade. Sei que ele gostaria de saber se essa moça é filha dele, ilegítima ou não. Onde ela mora?

– Em um dos chalés da praça dos mercadores.

– Traga-a aqui. Depois de conhecê-la, decidirei o que deve ser feito. – O conde Henry puxou um dos pergaminhos na sua direção e o desenrolou. – Capitão?

– Sim, *monseigneur.*

– Vá buscar a filha de Myrrdin *antes* de começar a investigar aquela caverna, sim?

– Mas, milorde, os foras da lei...

– Sir Raphael pode levar uma tropa até a caverna. Já que você conhece a moça, será mais fácil trazê-la aqui.

– Sim, milorde.

Clare voltava do mercado acompanhada por Nell, segurando uma cesta no braço. Tinha passado o dia tentando se convencer de que Paolo estava enganado e que não havia traficantes de escravos em Troyes. E quase conseguiu, quando viu dois homens parados à sombra de uma árvore perto do chalé de Nicola.

Ela sentiu o estômago revirar de medo. Indiferente a tudo, Nell continuava cantarolando e pulando a seu lado. No entanto, Clare não a ouvia mais. O único som que distinguia era o retumbar do coração nos ouvidos. Abaixando a cabeça, se virou para o lado, fingindo um interesse repentino nos entalhes de uma janela, sem deixar de olhar de soslaio para os dois homens. Não conhecia um deles, mas o outro... o outro...

Acho que vou desmaiar.

Não tinha dúvida de que se tratava de Lorenzo da Verona, mais conhecido como Veronese. Clare estranhou ele ter viajado de Apulia até ali, mas até que fazia sentido. Começando a partir de Verona, podia ter ampliado sua busca para encontrar escravos. A lei de não poder ter ou vender escravos em Champagne não o impediria de continuar com o negócio diabólico. Ela bem sabia que se podia escravizar alguém em qualquer lugar. Em Apulia, onde vivia seu senhor de escravos, Clare conhecera escravos capturados na França, na Bretanha, na Aquitânia...

O comércio de escravos não tinha fronteiras. O único interesse de Da Verona era o lucro. O senhor de Clare, seu *antigo* senhor, havia comprado vários escravos daquele homem que se encontrava a menos de dez metros de onde estavam naquele momento, incluindo ela mesma. Clare não se lembrava de nada de antes daquilo, não sabia de onde viera. Descobrira o nome de Da Verona porque, certo dia, depois que seu senhor comprara mais escravos, a amante dele informara que tinha sido vendida por Veronese.

Os minutos pareceram horas. Da Verona não podia vê-la, caso contrário a devolveria para seu senhor! Era preciso deixar Troyes naquele dia ainda. Seria tarde demais? Santo Deus, o que aconteceria com Nicola e Nell? Como viveriam sozinhas?

– Clare, você não está me ouvindo – reclamou Nell, puxando-lhe as saias.

– Sinto muito, querida. Acabei de perceber que me esqueci de comprar sal. Seja boazinha e leve a cesta para casa, enquanto volto ao mercado.

Sei que aqueles homens estão falando sobre mim. Só Deus sabe como Veronese me encontrou, mas é evidente que sabe onde moro. Não me resta mais tempo, preciso partir.

Clare tinha esperanças de ficar em Troyes até que Nell pudesse se cuidar sozinha depois da morte de Nicola. Sim, não tinha dúvidas de que a amiga morreria em breve. A cada dia que passava, ela se abatia mais e a pele estava ficando acinzentada. Era uma luta fazê-la se levantar da cama. Nicola poderia viver ainda alguns dias, ou semanas, era impossível fazer uma previsão certa. Clare queria ficar até o final e desejava que Nell tivesse uma vida o mais normal possível.

– Vou com você comprar sal – disse Nell.

Procurando conter as lágrimas que inundavam seus olhos, Clare esticou o braço com a cesta.

– Obrigada, mas não será possível. Sua mãe está esperando por estas coisas. Quando chegar à casa, quero que comece a preparar a sopa para mim. – Clare abaixou-se para fitar Nell nos olhos. – Pode fazer isso, querida? Lembra-se de quando fizemos sopa de cevada?

– Lembro, sim.

– Você acha que consegue fazer uma sopa sozinha?
– Claro!
– Boa menina.

Pobre Nell. Primeiro perdeu o irmão e logo perderá a mãe. Clare havia rezado muito para poder ficar com as duas por mais tempo. Era a primeira vez que tivera a oportunidade de conviver com uma família, por isso sempre adiava a possível partida. No entanto, parecia que o destino tinha outros planos. Ela engoliu em seco, piscou os olhos e esboçou um sorriso.

– Então, vá. Comece a fazer a sopa. Se eu me atrasar, dê sopa para sua mãe. E... – Fez uma pausa – isso é muito importante, querida. Se você se atrapalhar com a receita, ou se alguma coisa a estiver perturbando, procure Aimée. Ela vai ajudar você. Ela *sempre* vai ajudar você.

– Eu sei, boba. – Nell olhou-a sorrindo como se tivesse ouvido o óbvio.

Clare sorriu de novo e fez um sinal com as mãos para que a menina se apressasse.

– Nós nos encontraremos depois – Nell se despediu e seguiu em frente.

Com um nó na garganta, Clare observou-a se afastar. Abaixando a cabeça dentro do capuz da capa, passou pelos dois homens e se esgueirou por uma ruela entre os chalés. O lugar era sombrio e úmido, parecendo mais um beco. A grama estava coberta de musgos. Ciente do que devia fazer, correu para chegar ao fim da ruela.

Havia sobrado dinheiro do mercado e Nicola não a reprovaria por ter pegado o troco. Primeiro escreveria um bilhete para sir Arthur. Ele se encarregaria de proteger Nicola e Nell. Depois compraria pão e iniciaria a viagem. Só não sabia para onde ir. As noites do mês de janeiro eram geladas, ainda bem que vestia uma capa.

—⚄—

Arthur atravessava o pátio diante dos portões do castelo quando um sentinela o parou.

– Capitão Ferrer, tenho um recado para o senhor. – O sentinela entrou na torre da guarda e voltou com um pequeno pergaminho.

– Muito obrigado. – Arthur estranhou. Não achava que Clare o procuraria, mesmo depois de ter pedido para que o procurasse. E nenhuma outra pessoa lhe ocorreu no momento. – Você viu quem trouxe isto?

– É a letra do escriba da cidade, sir Pierre Chenay.

Arthur desenrolou o pergaminho. Havia poucas linhas. Ao olhar para o final, confirmou a suspeita de que Clare mandara o recado. A carta começava formalmente, evidenciando que tinha sido escrita por alguém que valorizava os floreios. Mas ela não teria dinheiro para pagar o escriba...

Para o mais honrado dos cavaleiros,

O senhor foi muito gentil com Nell durante o Torneio da Noite de Reis e lhe agradeço por isso. Gostaria de me delongar mais sobre sua gentileza, mas estou deixando Troyes. Como deve saber, a mãe de Nell está doente. Acredito que ela logo deixará este mundo para ir ao céu. O conde e a condessa d'Aveyron muito gentilmente ajudaram Nicola e Nell no passado. Estou escrevendo na esperança de que diga a eles que não posso mais tomar conta delas. Sei que o conde Lucien e a condessa Isobel vão provê-las do que for necessário.

Meus agradecimentos sinceros, desejando-lhe o melhor.

Sua criada, Clare.

No pé da página, perto de onde o escriba colocara o nome dela, havia uma cruz mal desenhada e uma mancha de tinta. Clare não devia estar acostumada a segurar uma pena. Mas que mulher tola, por que estaria deixando a cidade quando a família de Geoffrey precisava tanto de seus cuidados? Será que os fora da lei a tinham interpelado, forçando-a a deixar a cidade?

Amassando o pergaminho e enfiando-o no bolso, Arthur sentiu uma pontada no coração.

– Quando recebeu isto?

– Não faz mais de meia hora, capitão.

Arthur tentou relaxar. Ela devia estar a pé e não teria avançado muito em meia hora, então haveria bastante tempo para procurá-la, em qualquer direção. Estava prestes a voltar e informar o acontecido ao conde Henry, quando lhe ocorreu que Clare não devia ter deixado o chalé ainda.

Arthur tinha acabado de levantar a mão para bater na porta quando ouviu um choro de criança. *Nell.* Bateu com força e o choro parou. Logo a porta se abriu e a menina apareceu com o rosto coberto de lágrimas.

– Sir Arthur! – exclamou ela, secando o rosto com as costas da mão.

– Olá, Nell.

Pelos olhos inchados da menina, Arthur concluiu que Clare já tinha partido, mas perguntou assim mesmo:

– Posso falar com Clare?

– Ela não está aqui – respondeu Nell com os olhos cheios de lágrimas. – Mamãe disse que ela foi embora. Mamãe disse...

– Nell? – Uma voz fraca chamou de dentro do chalé. – Deixe sir Arthur entrar, por favor.

Arthur baixou a cabeça sob a verga da porta e entrou na sala. Fazia tempo que não entrava num chalé tão simples quanto aquele. A fumaça de um fogareiro na outra extremidade se espalhava pela sala de teto baixo. Uma chaleira zunia sobre o fogareiro e uma pequena panela de barro meio torta estava sobre as brasas. Havia roupas estendidas sobre um fio.

A mãe enferma de Nell, Nicola, estava deitada numa cama perto do fogareiro. Parecia estar muito doente. Havia pouca luz, mas Arthur observou como os olhos de Nicola estavam fundos e a pele toda enrugada.

Com a mão manchada pela idade, ela puxou o cobertor.

– Sir Arthur Ferrer?

– A seu serviço, *madame*. Como deve ter ouvido, estou procurando por Clare.

– Sinto informar que ela não está mais aqui – disse Nicola com os lábios trêmulos.

– Ela... foi embora?

Nell postou-se à frente dele com as mãos fechadas em punhos.

– Não foi, não! Ela foi só buscar sal – disse, batendo nele. – Sir Arthur, Clare me disse que ia comprar sal.

Arthur olhou para Nicola. Não estava acostumado a lidar com crianças e não sabia o que fazer diante de olhinhos tão cheios de lágrimas.

— Temos bastante sal. — Nicola apontou para um pote perto do fogo. — Clare não vai voltar.

— Vai, *sim*! — A mão miúda de Nell puxou a túnica de Arthur. — Ela *vai* voltar. Deve ter se esquecido que temos sal. Ela vai chegar logo, eu sei.

— Nell, você não deveria cuidar da nossa sopa? — indagou Nicola com a voz fraca, porém autoritária.

A menina soltou a túnica de Arthur e, muito a contragosto, foi até o fogareiro.

— Eu sabia que este dia iria chegar, sir — continuou Nicola a falar. — Tive esperanças de que ela ficasse, mas meu coração sabia que isso não aconteceria.

Com o canto dos olhos, Arthur viu quando Nell pegou uma colher de madeira e mexeu a sopa.

— A senhora sabe se alguém ameaçou Clare? — perguntou ele.

Geoffrey tinha mudado de ideia e escondido o relicário, mas obviamente irritara os ladrões que contavam com a barganha. Será que haviam pedido uma recompensa? Ou teriam descontado a raiva em Clare?

— Ameaçada? Por que alguém a ameaçaria? — Nicola prendeu o olhar nas chamas do fogareiro. — Acredito que deve ter acontecido alguma coisa. Mas Clare era muito reservada. Quando Geoffrey a trouxe para cá, uma pobre coitada que encontrara na estrada para Ravenshold, tive minhas dúvidas.

— Sir Geoffrey a encontrou vagando pela estrada? — indagou Arthur, perplexo.

— Sim, senhor. Como ela não tinha para onde ir, a trouxe para cá. Meu Geoffrey ofereceu casa e comida e em troca ela tomaria conta de nós. — Lágrimas escorreram pelo rosto de Nicola, e sua voz ficou ainda mais fraca. — Ela provou ser uma fortaleza quando Geoffrey morreu. Acabei me afeiçoando. Clare ficou por mais tempo do que eu esperava.

— A senhora sabe para onde ela foi?

– Não, sir… Vai tentar encontrá-la? – perguntou Nicola, animando-se e cheia de esperanças.

Arthur relutou em responder.

– Tentarei, mas devo prestar serviços ao conde Henry – disse, dirigindo-se para a porta.

– Mas você é o capitão dos Cavaleiros Guardiões e mesmo assim precisa seguir as ordens do conde?

– Sim, milady.

– Talvez, se o senhor pedisse a permissão do conde Henry…

Arthur levantou a trava da porta. *Mon Dieu*, a última coisa que queria era deixar Troyes para procurar por uma moça que conhecera por acaso, mesmo que ela fosse filha ilegítima do conde Myrrdin. Tinha sido uma honra ser nomeado capitão dos cavaleiros do conde Henry, algo conquistado a duras penas. Ser capitão dos Cavaleiros Guardiões não era uma posição qualquer. Havia vários cavaleiros brigando para tomar seu lugar; Raphael de Reims era um deles. Se Arthur precisasse sair de Troyes, mesmo com a permissão do conde Henry, era provável que perdesse o posto de capitão para sempre.

Por outro lado, não era seguro para uma moça jovem e vulnerável viajar sem proteção. Além do frio, havia muitos vagabundos naquelas estradas e qualquer coisa podia acontecer. Só de pensar, o coração dele deu um salto. Clare precisava ser encontrada.

– Isso dependerá do conde Henry, *madame*. Vou informá-lo sobre o desaparecimento de Clare, fique tranquila. Avisarei também ao lorde d'Aveyron.

Nicola levantou a cabeça de um jeito que o remeteu a Geoffrey.

– Obrigada, mas não há necessidade de falar com lorde d'Aveyron.

Clare havia dito que Nicola não sabia que Geoffrey se metera com ladrões antes de sua morte. Mas seria prudente deixá-la sem saber? Se Clare tivesse sido ameaçada para sair de Troyes por um grupo de foras da lei, será que eles não se vingariam em Nicola e Nell? O melhor a fazer era falar com o conde Henry de novo.

Enquanto isso, achou melhor não preocupar Nicola mais do que o necessário. Sorriu e disse:

– *Madame*, acredito que o conde Lucien queira saber que Clare deixou Troyes. Ele foi o suserano de Geoffrey e deseja zelar pelo seu bem-estar. Vou mandar um dos criados do palácio para ajudá-la. Bom dia.

Nicola olhou para ele mais uma vez antes de se afundar na cama; a conversa a tinha deixado esgotada.

– Obrigada, sir Arthur. Tenha um bom dia.

De volta ao palácio de Troyes, o conde Henry o recebeu imediatamente. Durante a breve ausência de Arthur, os pergaminhos sobre a mesa tinham duplicado.

– Bem... – O conde devolveu a pena ao tinteiro e cruzou as mãos sujas de tinta, depois olhou para a porta e perguntou: – Onde ela está?

– *Monseigneur*, infelizmente cheguei tarde. Ela deixou Troyes. – Arthur tirou a mensagem do bolso. – A moça deixou isto na torre da guarda no portão do quartel.

Conde Henry passou os olhos pela mensagem antes de devolver.

– É uma pena. Você tem ideia de para onde possa ter ido?

– Não, milorde. Conversei com a senhora com quem ela divide um chalé, mas não tive muita ajuda.

– Acho que ela...

– O nome dela é Clare.

– Clare. Acredito que Clare não seja seu verdadeiro nome.

– Acho que não mesmo, milorde.

O conde Henry olhou pensativo através da janela do solário, depois acenou para que Arthur se sentasse.

– Mas que coisa, sente-se logo. Você acredita que essa moça pode mesmo ser filha de Myrrdin?

– Milorde, não posso jurar. Mas afirmo que os olhos dela são iguais aos do conde Myrrdin de Fontaine. Gostaria da sua permissão para procurá-la e trazê-la de volta a Troyes. Não é seguro viajar sozinha por essas estradas.

O conde Henry pegou uma pena limpa e a rodopiou entre os dedos; seus pensamentos tinham voltado para as contas.

– Muito bem, pode partir para procurá-la. Não deve estar longe.

– Devo trazê-la para cá? – indagou Arthur, levantando-se.

– Céus, não pensei melhor sobre o assunto. O que eu faria com ela aqui? Quando encontrá-la, podem seguir viagem até a Bretanha para se encontrar com o conde Myrrdin.

Levá-la direto para o conde Myrrdin na Bretanha?

– Devo levá-la a Fontaine? Mas, milorde... – Arthur ficou de queixo caído.

– Myrrdin saberá se é uma filha perdida e decidirá o que fazer. – O conde Henry pegou uma faca e começou a apontar a pena.

– Milorde... – Arthur estava estagnado no lugar.

– Algum problema, capitão?

– Essa missão pode durar semanas – disse Arthur depois de uma tossidela.

– E?

– Os Guardiões ficarão sem capitão durante todo esse tempo? *Monseigneur*, rogo-lhe que reconsidere. Não seria melhor trazê-la aqui e mandar uma mensagem para Fontaine?

O conde Henry estudou a pena, depois a deixou de lado e pegou outra.

– Não, você é o melhor dos meus homens. Perfeito para escoltar a filha de Myrrdin até Fontaine. Sir Raphael pode ficar no seu lugar enquanto isso. Ele promete ser um grande cavaleiro, será uma boa experiência assumir uma responsabilidade como essa.

Arthur rangeu os dentes. *Ah, não, Santo Deus, Raphael não.* o jovem cavaleiro era tudo o que Arthur jamais seria... filho mais novo de uma linhagem secular. Como todos em Troyes sabiam, Arthur Ferrer não tinha uma gota de sangue nobre correndo em suas veias.

A esperança dele era que o conde Henry valorizasse um homem por suas qualidades e não pela sua hereditariedade. *Sou filho ilegítimo de um ferreiro de armaduras. Raphael é filho de um conde. Minhas chances contra ele são mínimas. Talvez seja essa a maneira que conde Henry encontrou para me informar que perdi o posto.*

Conde Henry escreveu uma mensagem num pergaminho e estendeu-o a Arthur.

– Leve isto ao cofre. Você terá dinheiro para cobrir suas despesas. Boa sorte, capitão – disse, olhando pela janela. – Não demora a escurecer. Você precisa se apressar se quiser encontrá-la antes disso.

Capítulo 4

O SOL JÁ SE PUNHA quando Arthur terminou de se aprontar para a viagem. Explicou para seu escudeiro as circunstâncias e o rapaz ficou surpreso pela partida repentina.

– Vamos partir a esta hora? – perguntou Ivo. – *Antes* do jantar?

– Encontraremos algum lugar para comer mais tarde – respondeu Arthur, puxando a rédea com tanta força que o cavalo relinchou, balançando a cabeça.

O humor dele não era dos melhores. Por que raios Clare tinha que fugir, levando-o a caçá-la? Estava claro que alguma coisa devia ter acontecido para que a moça decidisse fugir e, lógico, era solidário a ela, mas teria sido muito mais fácil se o tivesse procurado e pedido ajuda, conforme já havia sugerido. No entanto, estava mais aborrecido pelo fato de o conde Henry ter encontrado um substituto em tão pouco tempo.

– Raphael, *Raphael* – murmurou. – *Mon Dieu*. – O conde Henry não pensara duas vezes para decidir quem colocaria como capitão dos Guardiões. Parecia que já fazia tempo que decidira.

As dúvidas voltaram a persegui-lo. *Deve ser porque não tenho berço. Conde Henry parece justo, mas quando se trata de uma promoção, ele prefere alguém de sua própria classe e não um cavaleiro ilegítimo que veio de baixo.*

Ivo atravessou o pátio, trazendo um dos pôneis do conde Henry, uma égua preta. O conde havia insistido para que levassem mais uma montaria para que a filha do conde Myrrdin, se assim fosse, tivesse um cavalo.

Sob a visão de Arthur, era um desperdício, pois era improvável que Clare soubesse montar.

Mon Dieu, ele ainda não acreditava que estava indo para a Bretanha. E em janeiro. Como se não bastasse, seguia para ser escolta de uma moça que talvez nunca tivesse subido em um cavalo...

– Ivo?

– Sir?

– Você se despediu da sua mãe?

– Sim, sir.

– Ela entendeu que podemos nos ausentar por semanas? Quando encontrarmos essa moça, devemos levá-la para Fontaine.

– Sim, sir – respondeu Ivo com os olhos brilhando.

Para ele, aquela missão era uma aventura. Arthur gostaria de achar o mesmo.

Eles saíram de Troyes pelo portão Paris. Na torre da guarda, um sentinela disse a Arthur que uma jovem com a descrição de Clare tinha pegado carona com um mercador que ansiava por chegar antes da final do Festival de Lagny. Ela fora sentada sobre pacotes de roupa, uma pobre coitada.

Arthur esporeou o cavalo.

– Devemos alcançá-los no começo da noite. Acho que estão seguindo para o Stork. – Ao colocar a mão dentro da bolsa presa à sela, tirou um pedaço de pão. – Tome, se estiver morrendo de fome é melhor comer alguma coisa.

– Obrigado, sir.

A tarde fria e escura não ajudou a melhorar o humor de Arthur. A garoa fina os atrasara e chegaram ao Stork mais tarde do que o previsto. O estômago de Arthur roncava. Apesar de estar vestindo um casaco com forro de pelo, as roupas estavam malcheirosas, frias e grudadas na pele. Ivo devia estar no mesmo estado. Pobre coitado. Se não fosse por causa da moça fugitiva, Ivo e ele poderiam estar acomodados diante da lareira do salão nobre, jantando.

A porta do Stork era ladeada por dois tocheiros. A terra estava molhada, marcada pelas rodas das carroças e cheia de poças de água. Por entre a porta entreaberta via-se que a taverna estava mal iluminada, mas pelo menos era um sinal de vida.

– Sir, aquela é a mulher que estamos procurando? – indagou Ivo, apontando para a frente.

Sob um telhado perto do estábulo, havia uma carroça grande coberta por uma lona, e Clare estava sentada num fardo de feno ao lado. Ela parecia uma pobre abandonada. Na certa devia ter perdido o véu *en route*, pois seu cabelo avermelhado estava escorrido sobre a cabeça como se fossem heras. Com o nariz vermelho, Clare passava os dedos pelos fios, tentando desembaraçá-los. Num gancho perto dela, havia uma capa surrada. A moça e a capa pareciam tão ensopadas quanto Arthur. Apesar de ainda estar muito irritado, ele sentiu o coração amolecer ante aquela visão.

– É ela, sim. Arrume um abrigo para os cavalos, Ivo. Veja se consegue ajuda e depois peça jantar para três.

– Sim, sir.

Arthur desmontou e passou as rédeas do cavalo para o cavalariço. Quando se aproximou de Clare, viu aqueles olhos ímpares se arregalarem.

– Sir Arthur!

– Boa tarde, *mademoiselle*.

– Por que está aqui? – indagou ela, afastando o cabelo para trás dos ombros, fitando-o apreensiva.

– Vim procurá-la – respondeu Arthur, cruzando os braços.

– Por quê? – exigiu, mexendo-se desconfortável.

– São ordens do conde Henry. – Ele fez uma reverência rápida e encarou no fundo daqueles olhos ímpares. – Devo levá-la até o homem que acreditamos ser seu pai.

– Meu... meu pai? – Clare ficou lívida.

Arthur esperou, interessado no que ela diria antes de ter mais informações.

– Meu pai? – Clare se levantou e deu um passo na direção dele. – Eu já lhe disse que não sei onde nasci e acho que sou filha ilegítima. O senhor deve estar fazendo troça. Não conheço meu pai e ele também não sabe que eu existo.

– Acho que descobri quem ele pode ser...

– Como? – Parecia que Clare tinha segurado a respiração.

Arthur estava curioso por saber se ela havia sido amante de Geoffrey. Aqueles olhos díspares eram muito expressivos e a ansiedade com que o encarava chegava a ser constrangedora. Mas ela estava desconfiada e ao mesmo tempo esperançosa. Talvez estivesse assustada. Alguém como Clare não devia estar acostumada a ter esperanças, por isso o medo.

– Minha opinião é de que seu pai é um nobre bretão poderoso e rico. Ele se chama conde Myrrdin de Fontaine.

Clare continuou perplexa, fitando-o; nunca tinha ouvido falar em um conde chamado Myrrdin de Fontaine, mesmo que fosse um conhecido nobre bretão.

– Você nunca ouviu falar do conde Myrrdin?

– Não, sir. – Ela balançou a cabeça e desviou o olhar. – Como já disse, passei muitos anos viajando. Onde fica Fontaine?

– Algumas milhas a oeste daqui, no ducado da Bretanha. Conde Myrrdin se isolou do mundo, mas em sua época era conhecido como um homem de muita honra. – Arthur suavizou o tom de voz antes de prosseguir: – Acho que ele não a rejeitará.

– Sir Arthur, a maioria dos homens acha que uma filha ilegítima é uma vergonha. O que o leva a ter tanta certeza de que esse conde me aceitará?

– Ele ficou viúvo há alguns anos. Mas sabe distinguir bem o certo do errado e, se houver mesmo um parentesco, ele ficará feliz em saber. O conde Henry concorda comigo, por isso me incumbiu de levá-la até Fontaine. Aliás, saiba que o conde Myrrdin tem outra filha.

– Imagino que seja legítima.

– Sim, e graças ao casamento com o conde Des Iles, ela já é uma condessa... Condessa Francesca des Iles.

– Tem certeza de que o conde Myrrdin é meu pai?

Arthur estendeu os braços e segurou-a pelos ombros. Mesmo que tivesse sido um gesto despretensioso, Clare contraiu o corpo. Ele estranhou e a virou gentilmente na direção dos tocheiros.

– São seus olhos – murmurou, fitando-a. Eram de fato olhos fascinantes, o olho verde tinha manchas de cinza e prata e o outro tinha pintas pretas perto da pupila. – Você tem um olho verde e outro azul acinzentado, *exatamente* iguais aos do conde Myrrdin. São olhos raros. Sei que encontrei a filha dele.

Clare baixou os olhos e Arthur a soltou. No mesmo instante, ela se afastou como se estivesse dançando, ora um passo à frente, ora atrás, ora para o lado...

Ela tem medo dos homens.

– A comida aqui é boa? – perguntou ele, inclinando a cabeça na direção da estalagem.

– Não sei dizer.

– Não comeu?

– Ainda não, sir – respondeu ela, sem levantar o olhar.

– Não tem planos de comer esta noite?

– Eu... eu... sim, claro. Jantarei mais tarde.

Era mentira. Ainda bem que ele havia dito a Ivo que pedisse comida para três. Arthur olhou para a carroça e para a pilha de feno.

– Pretendia dormir aqui fora? Nossa, isso é o mesmo que procurar encrenca. Venha, vou lhe pagar o jantar.

– Oh, não, sir, eu não posso.

Sem lhe dar ouvidos, ele tirou a capa do gancho e cobriu os ombros dela. Era pateticamente fina. Seria inútil para protegê-la da chuva e do frio.

– Ah, pode sim... – disse ele, completando com um sorriso: – Principalmente porque é o conde Henry quem está pagando pela refeição.

Ainda assim, ela recuou.

– Não posso, sir Arthur. Entenda, prometi ficar aqui e tomar conta da carroça durante a noite.

– Não acredito. Cuidando da carroça?

– O mercador queria me cobrar quando pedi carona – disse ela, encolhendo os ombros. – Eu não tinha dinheiro suficiente, por isso ele me incumbiu de vigiar a mercadoria durante a noite.

– Pretende ficar aqui a noite inteira?

– Sim. Ele não aceitaria me levar do contrário.

Arthur praguejou e tomou-a pelo braço, levando-a pelo pátio empoçado na direção da estalagem.

– Isso é o que vamos ver.

Já dentro da estalagem, perguntou:

– Quem é o mercador? Qual é o nome dele?

O local estava mal iluminado, enfumaçado e cheio, mas o filho do mercador era bem magro e com uma farta cabeleira ruiva, facilmente reconhecível.

Clare apontou para onde eles estavam.

– Ele está ali na mesa perto da janela. É aquele de túnica marrom. Ele se chama Gilbert de Paris.

Arthur seguiu até a mesa do mercador.

– Gilbert? Gilbert de Paris?

O mercador mediu Arthur de cima a baixo, sem deixar de observar a espada.

– Sim, sir.

– Se quiser que alguém tome conta de sua carroça durante a noite, é melhor procurar outra pessoa. Esta moça não pode mais ajudá-lo. E mesmo que pudesse, é vergonhoso demais tirar vantagem de uma mulher viajando sozinha.

O mercador estreitou os olhos na direção de Clare, resmungou e cutucou o filho.

– Renan?

– Sim, pai. – O garoto fez uma careta.

– Leve seu jantar lá para fora, você será o vigia esta noite.

O garoto ruivo se levantou e Clare sentiu-se aliviada por poder sair do tempo úmido, pois estava quase congelando lá fora.

Arthur apontou para uma mesa perto da lareira e Clare escolheu sentar-se no banco à sombra de uma viga de madeira. Era melhor não estar muito à vista dos outros clientes. Preferia não ser notada, um hábito antigo e difícil de perder.

– Não prefere se sentar mais perto do fogo? – indagou ele, olhando para o cabelo molhado de Clare.

– Estou bem aqui, obrigada.

Ela permaneceu nas sombras, satisfeita por estar próxima ao calor. As chamas iluminaram Arthur conforme ele prendia a capa dela num gancho e depois chamava um garoto, provavelmente seu cavalariço, que estava perto do balcão.

Clare movimentou os dedos das mãos, que começavam a formigar conforme esquentavam. Os pensamentos iam e vinham como cortinas ao vento.

Sir Arthur acha que sou filha de um conde! Não pode ser verdade. Mas, e se fosse... Por onde passasse, teria muita atenção por causa do pai.

Meu pai é um conde bretão! Aquilo era tão improvável. Mas ainda assim... Podia ser verdade. Clare sempre imaginara quem seriam seus pais. Depois de muito tempo pensando e investigando acabou concluindo que eles não deviam nem ser casados. Fazia tempo que concluíra que seu pai deixara a mulher sozinha para dar à luz. A mãe ou tinha morrido no parto, ou tinha sido abandonada. Depois, a vida dera tantas voltas que acabou sendo escravizada. Suas lembranças começavam na casa de seu senhor em Apulia, um mundo bem distante da Bretanha. Antes disso, sua memória era um pergaminho em branco.

E, agora, estava diante de sir Arthur, um cavaleiro que dizia que ela era filha de um conde bretão...

Instintivamente Clare se abraçou. Pela primeira vez estava prestes a descobrir a verdade sobre seu passado. Finalmente teria um lugar para ir e podia ter esperanças de parar de viver olhando sempre por sobre o ombro. Será que finalmente encontraria um lar?

Mas, claro, ainda tinha muito para acontecer. Qual seria a opinião do conde bretão a seu respeito? Sir Arthur era tão honrado que nem sequer imaginava que um homem pudesse rejeitar uma filha. Por experiência, Clare tinha uma opinião diferente... O conde Myrrdin de Fontaine podia muito bem não a reconhecer. Sem contar que a filha verdadeira, a condessa Francesca, podia não gostar de ter uma irmã ilegítima. Havia todas as chances dela odiá-la.

O caminho de Clare sempre fora cheio de obstáculos, mesmo assim, pela primeira vez em anos, ela recuperara a esperança e tinha um lugar para ir.

Santa Maria, permita que o conde Myrrdin seja meu pai. Permita que ele me reconheça.

Quando voltou a atenção para o presente, viu que Arthur voltava para a mesa trazendo um jarro de vinho e algumas canecas. Em seguida, encheu uma e deu a ela.

– Obrigada, sir.

Arthur era um homem bonito, um guerreiro de beleza rústica. *O cavaleiro de Nell.* Havia uma saliência no nariz masculino, provavelmente adquirida numa justa. Seus olhos eram castanhos e penetrantes. Clare já tinha visto um brilho de gentileza neles, qualidade difícil de encontrar em um cavaleiro. Sir Arthur havia sido muito delicado com Nell, quando ela pedira que a favorecesse; muitos outros não a teriam levado a sério.

Naquela noite, o cabelo dele havia se desgrenhado na viagem, mas ainda refletia a fraca luz do fogo. Ao estudá-lo com tanto critério, Clare se deteve mais tempo naquela boca bem desenhada, mesmo quando aquele homem não sorria. O rosto estava coberto pela barba por fazer que lhe sombreava o maxilar angular. Se tivesse de escolher um adjetivo para descrevê-lo seria *forte*. Mas não era o suficiente. Sir Arthur era alto e *largo* – a largura de seus ombros... Sentada em frente a ele, Clare se sentiu minúscula.

Sir Arthur era capitão dos Cavaleiros Guardiões do conde Henry. Era incrível pensar que pelos próximos dias seria escoltada por ele! Como a vida era estranha. Durante quase todo o tempo que vivera ela precisara de proteção, e agora dois cavaleiros tinham vindo resgatá-la. Primeiro fora Geoffrey, o bom samaritano, e agora Arthur. *Sir* Arthur, se corrigiu. Infelizmente Geoffrey não se mostrara tão perfeito nos últimos dias, mas sir Arthur era diferente. Clare continuou observando-o discretamente.

Ele virou a caneca de vinho e serviu-se de outra, sem abrir nem um sorriso.

É óbvio que sir Arthur não está satisfeito com esta situação. O conde Henry pediu que me escoltasse e ele não gostou.

Infelizmente nenhum pensamento bom passou pela mente dela. Será que ele se sentira inferiorizado por ter de escoltar alguém que podia ser a filha ilegítima do conde Myrrdin? Seria melhor nem cogitar a reação se descobrisse que ela era uma escrava fugitiva de Apulia.

– Sir? – Os olhos escuros se viraram para ela e Clare sentiu um frio na barriga. Quando sir Arthur a encarou, ela se sentiu intimidada por aquele cavaleiro imponente e teve receio de que percebesse sua insegurança. – Quantos dias levaremos para chegar a Fontaine?

– Esta é a pior época do ano para viajar – respondeu Arthur, contraindo o rosto. – É difícil prever, pois dependerá muito do tempo. Imagino que levaremos vários dias.

– *Vários* dias?

– Três semanas, talvez um mês. – Arthur ergueu uma das sobrancelhas. – Se você souber montar, não levaremos tanto tempo.

– É... não sei montar, sir. – Clare mordiscou o lábio.

– Era o que eu previa, mas o conde Henry mandou um pônei de seus estábulos. Se quiser aprender, pode experimentar amanhã. Caso contrário, terá de vir na minha garupa.

O tom de voz de Arthur mostrou o quanto desaprovava a ideia, antevendo o péssimo humor que o acompanharia durante toda a viagem.

– Está bem, vou tentar montar o pônei amanhã. Sir Arthur?

– Hum?

– Teria sido melhor permanecer em Troyes a me acompanhar? É muito ruim precisar me levar à Bretanha?

– Tenho obrigações a cumprir em Troyes – respondeu ele, brincando com a caneca de vinho. – Mas meu suserano ordenou que eu a acompanhasse até a Bretanha e preciso obedecê-lo.

Clare baixou a cabeça, percebendo o quanto sir Arthur estava contrariado em ter de levá-la a Fontaine. Talvez não gostasse da ideia de estar na companhia de alguém sem berço, ou será que havia outra razão?

Por baixo da mesa, Clare fechou as mãos em punhos. Arthur havia sido muito gentil com ela, desde que o conhecera. No entanto, a mensagem que enviara antes de deixar Troyes tinha rendido como recompensa uma viagem que não estava nos planos dele.

– Lamento pelo contratempo que causei.

Arthur olhou para o cabelo ruivo, escorrendo pelo rosto delicado.

– Não é a melhor época do ano para viajar pelas estradas, como já deve ter percebido. Com sorte, não demoraremos muito a chegar. – Arthur fixou o olhar nas chamas da lareira e ficou em silêncio.

Clare suspirou, lamentando o fato de ser considerada um aborrecimento, mas não havia muito o que pudesse fazer a respeito. Ainda tinha uma porção de dúvidas a sanar, então abriu as mãos e pegou a caneca de vinho.

– Sir?

– *Mademoiselle*?

– Se quiser posso ficar quieta, mas tenho muitas perguntas a fazer...

– Por favor, estou a sua disposição... – disse Arthur, sinalizando com a mão para que ela continuasse.

– Pelo que me disse, o conde Myrrdin é viúvo. Quando a esposa dele faleceu?

– Não tenho certeza, mas acho que morreu dando à luz a filha, a condessa Francesca.

– Bem, tudo indica que a condessa Francesca é minha meia-irmã. Há quanto tempo ela está casada?

– Se não me engano, faz uns dois anos.

– Com o conde Des Iles?

– Ele também é conhecido como Tristan, le Beau.

Clare tomou um gole de vinho, pensando naquilo. Tristan, le Beau, Tristan, o Belo. Outro nome que ela devia conhecer, mas que não significava nada aos seus ouvidos.

– Assim como meu pai, ele também é um conde bretão?

– O conde Tristan tem terras na Bretanha e na Aquitânia.

Então, se Arthur estivesse certo, ela ganharia uma irmã que era uma condessa, proprietária de terras na Bretanha e na Aquitânia.

Quando Clare estava prestes a fazer outra pergunta, um garoto que ela havia visto antes chegou à mesa. Era o cavalariço de Arthur, Ivo. Depois que as apresentações foram feitas, o garçom também se aproximou, colocando a refeição diante deles. Nas cumbucas havia carne de carneiro e vários pedaços de pão de trigo. Clare sentiu o aroma da comida e ficou com água na boca. Não tinha comido nada naquele dia e também não se lembrava da última vez em que experimentara um pedaço de carne.

– Estou morrendo de fome – disse Ivo, já com a colher na mão.

Clare murmurou concordando e debruçou-se sobre a cumbuca. Ainda estava cheia de dúvidas, mas não queria falar sobre sua nova condição de vida diante de Ivo. Entretanto, uma pergunta insistia em atormentá-la.

Sir Arthur, onde dormiremos esta noite?

Com a fome saciada e o corpo aquecido, Arthur colocou a colher sobre a mesa. Quando encontrara Clare, ela parecia estar morrendo, uma maltrapilha pálida com o cabelo colado na cabeça. Depois da refeição, uma nova figura surgiu a sua frente. O rosto dela estava corado e emoldurado pelo cabelo ruivo, que havia secado e se transformado em longos cachos. Clare esvaziara a cumbuca e raspava o fundo com um pedaço de pão.

– Aceitaria mais um pouco de comida? – indagou ele.

– Obrigada, mas não. – Clare se recostou na parede de madeira com um suspiro. – É uma novidade bem-vinda comer algo que não cozinhei.

O rosto dela parecia ter sido esculpido à perfeição. Clare era linda, mas de um jeito travesso. Arthur tentou se lembrar do rosto do conde Myrrdin, mas fazia muitos anos que o tinha visto. A única coisa de que se recordava bem eram aqueles olhos, cada um de uma cor. Ainda assim, tinha a ligeira impressão de se tratar de um homem robusto e franco. O jeito maroto e o cabelo de Clare deviam ser herança da mãe.

Ainda bem que ela não era arrogante, mas graciosa sem soberba. Arthur não suportava mulheres presunçosas. Era também corajosa, talvez até demais para a própria segurança.

– O que a levou a deixar Troyes com tanta pressa, *mademoiselle*? Por que não me procurou antes? Eu havia dito que estava disposto a ajudar.

Os olhos incomuns o fitaram por um breve instante antes de se focarem no fogo.

– Eu não tinha tempo, havia uns assuntos urgentes que eu precisava resolver.

– Tem alguma coisa a ver com foras da lei? Ladrões?

– Foras da lei, sim. – Clare hesitou em continuar.

Arthur se recostou na cadeira para estudá-la. Faltava alguma coisa na história. Por que ela se sentia ameaçada tantas semanas após a morte de Geoffrey?

– Presumo que more com Nicola há algum tempo. Não consigo pensar em algo que seja tão urgente para levá-la a fugir sem levar nada.

– Não deixei muita coisa para trás.

– Suas duas amigas ficaram muito tristes, e queriam ter se despedido. O que me lembra... – Arthur abriu a bolsa de couro e tirou algumas moedas que a mãe de Geoffrey havia enviado. – Nicola mandou isto para ajudar. Antes de sair, fui visitá-la para dizer que pretendia resgatá-la.

– Ela não deveria ter feito isso – disse Clare com a voz embargada ao pegar as moedas. – Ela mal tem com o que sobreviver.

– Nicola disse que as moedas pertenciam a Geoffrey e que ele teria lhe dado.

– Continuo dizendo que ela deveria ter guardado. – Os olhos de Clare se encheram de lágrimas.

Arthur procurou fitá-la nos olhos, pois estava certo de que aquela mulher escondia algo tão sério quanto o envolvimento de Geoffrey com os ladrões.

– Clare?

– Sir?

– O que está escondendo?

Ela negou com um sinal de cabeça tão veemente que os cachos cobriram-lhe o rosto.

– Nada, sir. Nada.

Arthur sabia distinguir uma mentira de longe, mas preferiu não insistir. Estava claro que a vida dela não tinha sido fácil e que muitos demônios a assustavam. Com o tempo, Clare aprenderia a confiar nele. Por enquanto, era melhor que se restringisse às ordens que recebera de entregá-la em segurança ao conde Myrrdin. E se, por acaso, quando chegassem a Fontaine, ela ainda não tivesse revelado seu segredo, ele teria que se conformar e voltar para Troyes. O conde Myrrdin lidaria melhor com os demônios de Clare.

Tenho a obrigação de levar esta mulher até o conde Myrrdin. Nada mais do que isso.

Quanto antes chegassem a Fontaine, mais cedo voltaria a Troyes. O conde Lucien o havia recomendado para o posto de capitão dos Cavaleiros Guardiões, um mérito que Arthur tinha almejado durante anos para perder para Raphael de Reims.

Clare estava desconfiada, e ele desconcertado porque teria de tocar no assunto da hospedagem daquela noite. Ela podia ter sangue nobre, mas ainda bem que não era uma madame mimada, tanto que não conseguia imaginá-la exigindo uma criada ou uma cama de plumas. No entanto, até um cego saberia que a moça não confiava nos homens. Como reagiria quando soubesse que passariam a noite em um aposento comum com todos os outros?

– *Mademoiselle*, quanto ao lugar onde passaremos a noite...

– Sir? – Clare enrijeceu o corpo inteiro.

– Imagino que entenda que devemos dormir com os outros viajantes. – Arthur respirou aliviado quando ela consentiu meneando a cabeça. – Reservei o último espaço disponível para nós. O quarto comum fica no segundo andar – informou, apontando para as escadas. – Vai ser apertado, mas achei que se sentiria mais segura. Se quiser, pode ficar aqui, mas será perturbada pelo movimento e pelas correntes de ar.

– Obrigada, prefiro ficar no quarto comum. Vocês dormirão lá também?

– Ivo e eu preferimos zelar pelo seu sono, mas, se nossa presença a incomoda, podemos ficar aqui.

– Não é preciso, me sinto mais segura com a sua presença. Eu... – Clare corou – ...é a primeira vez que passarei a noite numa estalagem.

A voz rouca e com ligeiro sotaque deixou Arthur curioso em saber sobre o passado dela. Quando a conhecera no torneio, perguntara a algumas pessoas da vizinhança sobre Clare, mas ninguém soubera informar nada, a não ser que morava com a mãe de Geoffrey. Os olhos desiguais provavam sua descendência, mas como teria sido a vida antes de se mudar para Troyes? Não que isso fosse de sua conta, o que não o impedia de tentar ganhar a confiança de Clare. Ainda bem que ela confiara o suficiente para aceitar a proteção dele durante a noite no quarto comum.

– Sir...? – Clare apertou as mãos.

– Sim?

– Não tenho nada para estender no chão.

– Não se preocupe, eu pedi a Ivo que trouxesse mais um colchão de palha dobrável. – Arthur se levantou. – Ficaremos acordados até a madrugada. Permita-me acompanhá-la para o andar superior.

– Obrigada, sir. É muita gentileza.

Arthur se sentiu gratificado por Clare ter dado a mão a ele para subir as escadas. Tinha dedos miúdos e delicados, mas definitivamente não era a mão de uma dama. A pele era ressecada e havia calos. Foi difícil conter o ímpeto de acariciá-la, mas se manteve firme.

– Lamento causar tanto transtorno. Sei que deve ser um grande inconveniente ter de me levar à presença do conde Myrrdin.

– Não há inconveniente algum, *mademoiselle*.

Clare esboçou um sorriso tímido e levemente maroto. Arthur quase se convenceu de que ela não era um inconveniente.

Os barulhos do quarto comum eram bem mais enervantes do que aqueles com os quais Clare estava acostumada em Troyes. Os outros hóspedes levaram horas para se acomodar. Minutos depois que todos se aquietaram, alguém se levantou e tateou a parede até encontrar a vela. Era preciso sair da estalagem para usar a casa de banho. As tábuas da escada rangiam cada vez que uma pessoa se aventurava a descer. Além disso, um bebê choramingava, ao mesmo tempo que um casal conversava baixinho.

Como estava deitada perto da parede, Clare se sentiu segura para ficar de costas para o quarto, mesmo porque Ivo estava deitado a seus pés como um cão de guarda e Arthur tinha se acomodado entre ela e os outros hóspedes. Era reconfortante ter o corpo forte de um cavaleiro tão perto. *Meu cavaleiro.* Surpreendeu-se ao pensar daquela forma. Depois do que acontecera com Sandro em Apulia, tinha jurado que jamais confiaria em alguém que mal conhecia. Principalmente alguém, como descobrira por acaso, que gostava de passar o tempo acompanhado pelas mulheres do Black Boar, em Troyes.

Se bem que Arthur não era um desconhecido. Geoffrey já tinha falado muito bem dele, elogiando-o e exaltando a lealdade ao conde Lucien em circunstâncias especiais. Clare nunca descobrira que circunstâncias eram essas, mas o importante era que o conde Henry não era o único a propiciar a este cavaleiro um cargo de confiança.

Valia a pena confiar em sir Arthur. Se fosse preciso, ele usaria a força para protegê-la e jamais a assediaria.

Clare fechou os olhos e deixou a mente vagar, enquanto relaxava para dormir. O nome dele soava tão bem... Arthur. Ouvira várias vezes os menestréis e trovadores cantarem sobre os cavaleiros e damas da corte do rei Arthur. O nome por si só já inspirava confiança. Mas não podia se deixar empolgar e baixar a guarda uma vez que o conhecia havia pouco tempo.

Ainda não acreditava que Arthur achava mesmo que ela era filha do conde Myrrdin de Fontaine, mais impossível ainda seria crer que o conde ficaria feliz em recebê-la. Distraída, passou o dedo sobre uma rachadura na parede, ainda pensando se seria aceita por um conde. Parecia um sonho, embora Arthur tivesse certeza da paternidade dela e havia contado que seu provável pai era um homem honrado. Na verdade, Clare achava que Arthur falava com base em si mesmo, pois possuía um forte sentimento de honra e imaginava que o resto do mundo compartilhava seus valores.

O conde Myrrdin podia mesmo ser tudo aquilo que Arthur dizia, mas, para ela, havia uma grande margem de erro. O conde poderia até rejeitá-la, mas ela estava feliz por ter aceitado a companhia de Arthur até Fontaine. Veronese tinha ficado para trás e não estava mais fugindo, porque tinha um destino certo. E viajar na companhia de um cavaleiro como Arthur... bem, nunca sonhara tão alto. O trajeto seria no mínimo interessante.

A princípio, Clare acreditara que Geoffrey fosse honrado. Ele tinha um bom coração, mas comprometera seus princípios muito facilmente. Arthur jamais faria uma coisa daquelas.

Não posso me esquecer de que o conheço há pouco tempo.

Deitada de costas, observou as vigas do teto do quarto. A imagem daquela mulher em frente ao Black Boar, radiante ao ver Arthur, veio a sua mente. A mulher podia ser uma meretriz, mas o sorriso era autêntico, caloroso e cheio de amor. Arthur gostava de mulheres, mas era muito querido também. Ele jamais forçaria uma mulher a saciar seus desejos, devia ser gentil e cuidadoso. De repente, Clare se viu imaginando-o desfazendo suas tranças, depois tirando uma a uma as suas peças de roupa...

Percebendo aonde seus pensamentos a levavam, respirou fundo. O que estava fazendo? Aquele sonho não lhe pertencia.

Virou-se de lado, fechou os olhos e puxou o cobertor sobre o corpo. Mas, antes de dormir, ainda estava imaginando por que um cavaleiro tão distinto ia ao Black Boar procurar por diversão. Arthur poderia ter qualquer mulher, qualquer *dama* que quisesse.

Capítulo 5

Quando Arthur a acordou na manhã seguinte, Clare abriu um sorriso.

– Bom dia, sir Arthur.

O sorriso era tímido, mas sedutor, e chegava a iluminar o quarto. A pobre coitada molhada e assustada da noite anterior tinha se transformado numa mulher mais confiante, embora ainda fragilizada. Perplexo com a mudança e com o fato de Clare não se mostrar intimidada ao encará-lo nos olhos, Arthur passou a manhã observando-a, começando quando se sentaram à mesa do salão da estalagem para tomar o desjejum. Ela continuava sorrindo.

Depois de observá-la com atenção, concluiu que a mudança só podia ter sido por causa da notícia de que provavelmente era uma condessa. Parecia que um fardo tinha saído das costas dela. Por sorte, ser ilegítima não alteraria muita coisa, pois a filha de um conde não precisava se preocupar com o futuro. A mudança fizera bem a Clare, e Arthur tinha aprovado a diferença.

Do lado de fora da estalagem, já não chovia mais. No horizonte, o sol se erguia por trás de uma floresta, mesclando o amarelo de seus raios com o azul do céu e formando uma linda paleta de cores. Os galhos longos formavam sombras na terra. Quando Arthur foi selar o cavalo, viu Clare cumprimentando o filho do mercador que havia passado a noite ali. O rapaz alto fez vários trejeitos e estava muito corado. A conversa terminou, mas o garoto não tirou os olhos do cabelo e do corpo de Clare.

Arthur não o culpou. Clare não era muito alta, mal chegava aos seus ombros, mas o rosto delicado e o olhar singular eram muito femininos. Mesmo o vestido feito em casa não escondia o corpo feminino e curvilíneo. Os ombros eram largos e proporcionais à figura miúda, os seios fartos e a cintura fina. Porém, o que mais lhe chamou a atenção foram os quadris arredondados. Arthur continuou observando-a colocar a capa e esconder parte das curvas, mas ela era toda sensualidade, tanto que o corpo dele logo reagiu. Reprimindo-se, se forçou a olhar para o outro lado. Tinha de ter em mente que sua tarefa era apenas escoltá-la até Fontaine.

Arthur mantinha seus relacionamentos bem casuais e descomplicados, razão pela qual costumava visitar o Black Boar. A relação com Gabrielle era baseada numa troca de moedas por favores, e ela nunca ultrapassara os limites exigindo algo mais duradouro.

Na realidade, Arthur não podia almejar alguma coisa a mais com as mulheres. Ele era um cavaleiro sem terra, cujos proventos vinham dos serviços prestados a seu suserano. A morte recente do irmão mostrara que não possuía nada permanente para oferecer a uma mulher. Não que ele não pudesse subir de posto, mas a vida era um jogo de azar. Havia aprendido isso a duras penas e tão cedo não se esqueceria.

Enquanto arrumava as coisas sobre a sela do cavalo, observou Ivo selar o pônei e levá-lo ao pátio.

— Está pronta para tentar montar, *mademoiselle*? — perguntou Ivo.

Clare foi sorrindo até a égua preta. O sol incidia sobre o cabelo ruivo trançado, formando uma espécie de halo de fogo ao redor de sua cabeça. A trança chegava-lhe à cintura, mas alguns fios tinham se desprendido. A imagem dela, com os cachos esvoaçantes, se fixou na retina de Arthur de uma maneira que o deixou sem fala.

Clare era simplesmente linda quando sorria, o rosto inteiro se transformava. Pela segunda vez num curto espaço de tempo, Arthur sentiu uma onda de desejo. Bem, talvez a viagem para a Bretanha não fosse tão enfadonha quanto imaginara; ao que tudo indicava, haveria compensações inesperadas. Aquela mulher sorridente era capaz de levá-lo a se esquecer das suas convicções sobre relacionamentos sérios. Não só isso, mas estava tão encantado que também se sentia disposto a reverter a decisão de nunca se envolver com uma mulher de sangue nobre.

Ah, Senhor, a viagem se tornava um desafio maior do que imaginara.

Depois de prender o cavalo, Arthur se dirigiu ao pátio onde Clare observava a égua preta com desconfiança.

– Você disse que não sabe montar – disse, depois de uma tossidela. – Alguma vez você já se sentou num cavalo?

– Nunca, sir.

Clare tirou a mão de dentro da capa e acariciou o pescoço do pônei. Quando o animal se virou para olhá-la, recolheu a mão rapidamente.

Arthur não resistiu e segurou a mão de Clare.

– Ela é domada, mas está curiosa a seu respeito. – Devagar, levou a mão dela de volta ao pescoço do pônei.

A sensação de estar de mãos dadas com Clare era tão prazerosa que Arthur desejou prolongar o contato. Mas, assustado com a própria reação, soltou a mão dela e deu um passo atrás. A última coisa que podia acontecer era se envolver com alguém, principalmente com uma moça que podia ser filha de um nobre. Claro que o fato de ser ilegítima a tornaria mais acessível. Mesmo assim, não precisava nem perguntar para saber que ela ficaria ofendida se lhe oferecesse o mesmo tipo de relacionamento que tinha com Gabrielle. Clare não era desse tipo, não estava à venda.

– Como ela se chama? – perguntou Clare, trazendo-o de volta à realidade.

Arthur estava tão concentrado em vê-la acariciando o animal sem medo e com o pulso magro à vista, que se distraiu de novo imaginando se ela teria forças para cavalgar o dia inteiro.

– Sir?

– Humm?

– Qual é o nome do pônei?

Sem saber o que responder, Arthur olhou para o cavalariço.

– Ivo?

– Acho que ela não tem nome, sir.

– Mas deveria ter – disse Clare, deixando de sorrir. – Já que é uma menina, vou chamá-la de Ligeira.

– Ligeira? – Arthur segurou o riso. Aquela pequena égua era conhecida pela calma. – Quero ver se ela sabe trotar.

Clare o fitou e voltou a sorrir.

– Meu Deus, eu não poderia ter ficado mais feliz com isso. Se conseguir ficar na sela com ela parada já será um milagre.

Com toda a gentileza, Arthur a ajudou a se aproximar mais da égua e foi envolvido por uma sutil fragrância floral.

– Vamos ver. Venha... segure as rédeas com a mão esquerda. Não, assim não...

Logo que os dedos de ambos se tocaram outra vez, Arthur teve a mesma sensação de antes. Os dois estavam tão perto que ele sentiu o calor do corpo de Clare e percebeu a respiração acelerada. Quando colocou a mão dela sobre a rédea, sentiu algo contrair-se em seu íntimo. Recriminando-se, cerrou os dentes.

Nada de envolvimentos.

O pônei se moveu.

– Ivo, segure a cabeça da égua – pediu, enquanto continuava a segurar a mão de Clare. – Isto, segure as rédeas deste jeito quando subir. Quando estiver na sela, ajustaremos melhor.

Arthur se curvou, entrelaçando as mãos para que Clare usasse como suporte para subir. Depois de alguns segundos na mesma posição sem que alguma coisa acontecesse, ele olhou-a. Ela olhava para baixo, mordiscando o lábio e totalmente insegura.

– Ah, não... Lamento, mas acho que não vou conseguir...

– Claro que vai – assegurou Arthur, endireitando o corpo.

Depois sorriu, segurou-a pela cintura e, ignorando os protestos, colocou-a sobre a sela.

Eles estavam andando muito devagar, mais do que Clare esperava. Arthur a puxava por uma guia e, apesar do passo lento, ela precisou se concentrar bastante para permanecer na sela. Minutos depois de saírem da estalagem, Clare percebeu que teria de usar todos os recursos possíveis para se equilibrar em cima da égua. Não poderia desviar os pensamentos e muito menos conversar. Era meio-dia quando pararam perto de uma hospedaria. Clare teve vontade de chorar de tão cansada.

Sir Arthur desmontou, passou as rédeas por cima do cavalo e deu-as a Ivo.

— Você se saiu bem — disse, aproximando-se do pônei de Clare e tirando-a da sela.

Ela precisou se esforçar muito para não pousar a cabeça sobre aquele peito largo e musculoso. Endireitando as costas e disfarçando as pernas bambas, forçou um sorriso.

— Mentiroso. Uma lesma teria andado mais rápido.

— Você ficou na sela sem reclamar, isso é um começo promissor. Está tudo bem? — Arthur ainda a segurava pela cintura. Quando Clare meneou a cabeça, ele a soltou.

— Está dolorida?

— Um pouco — respondeu Clare e contraiu o cenho. — Imagino que me dirá que vai piorar.

— É bem provável. Venha, vamos verificar o que esta hospedaria tem para oferecer.

Sir Arthur deu o braço a ela e entraram juntos.

A partir de então uma rotina se estabeleceu: faziam as refeições nas hospedarias; Clare era levantada para se sentar na sela e eles seguiam viagem. Sempre que começavam a cavalgar ela se lembrava da ironia do nome que dera à égua. *Ligeira*. No final da tarde, paravam em outra estalagem, passavam a noite e retomavam a viagem no dia seguinte.

Sempre que sir Arthur a levantava para montar o pônei, ela estava mais dolorida do que podia imaginar. A viagem recomeçava, depois paravam outra vez numa hospedaria...

No final do segundo dia, Arthur não a puxava mais com uma guia.

No terceiro dia, tentaram trotar. Clare achou que estivesse no inferno, um calvário silencioso, já que não trocaram uma só palavra. Ela achou que sir Arthur estava quieto porque ainda não se conformara por ter de escoltá-la até Fontaine. Por outro lado, ele podia estar ajudando-a por saber que era preciso muita concentração para cavalgar. Mas nenhum dos pensamentos era muito animador.

Quando viajavam por uma estrada ladeada por árvores altas, os arbustos, às vezes, ultrapassavam as margens da estrada. De vez em quando, Clare vislumbrava um esquilo em meio às folhagens.

Depois de muito tempo em silêncio, decidiu falar:

– Acho que não nasci para cavalgar, sir Arthur. Lamento por isto. Se continuarmos assim, vai demorar um pouco para voltar a Troyes.

– Arthur – disse ele, olhando para trás. – Já somos companheiros de viagem há alguns dias e você pode me chamar pelo meu primeiro nome.

– Obrigada.

– Você está ficando mais à vontade sobre o cavalo. Ainda conseguiremos torná-la uma especialista.

Sir Arthur... *Arthur*... achava mesmo que estava progredindo?

– Se soubesse como estou tensa, não diria isso – murmurou ela.

Mas no íntimo estava feliz com a sua conquista. Até o dia anterior, não conseguia conversar e cavalgar ao mesmo tempo. Ainda se preocupava com a possibilidade de Veronese a estar seguindo, por isso estava obcecada em aprimorar os meios de fuga.

Mas naquele dia a conversa tinha sido bem-vinda. Se conseguisse ganhar o respeito de sir Arthur... *Arthur*... talvez conseguisse ser sua amiga. E ter a amizade de um cavaleiro valia muito a pena. Arthur era um homem honrado e levava a sério suas responsabilidades. Sem dúvida, ele seria um amigo leal. Pretendia continuar a conversa perguntando sobre Nicola e Nell. Não tinha gostado de abandoná-las sem ao menos se despedir. Seria bom ter notícias de como estavam vivendo sozinhas.

– Sir... *Arthur*... gostaria de falar sobre o conde Lucien. Ele é leal?

– Leal? – indagou Arthur, franzindo o cenho.

Naquela manhã, ele estava sem a cota de malha. Clare havia visto Ivo guardando-a numa sacola. Mas isso não o fizera parecer-se menos com um cavaleiro. Por baixo da capa verde, Arthur usava uma túnica cinza e um colete de couro para proteger o peito. O elmo estava pendurado de um lado da sela e do outro estava o escudo.

Clare estudou o brasão de unicórnio enquanto o esperava responder. Por que teria escolhido um unicórnio como seu símbolo? Parecia estranho que um homem centrado e justo como Arthur escolhesse uma figura mítica.

– O conde Lucien é um dos homens mais leais que já conheci. Por que a pergunta?

– Espero que ele e a condessa Isobel continuem visitando Nicola.

– Não tenho dúvidas disso. Mandei um recado para ele avisando que o estado de saúde de Nicola tinha piorado. A condessa Isobel deve visitá-la. Também enviei um criado do palácio de Troyes para ajudá-las.

– Isso foi muita gentileza sua. Obrigada.

Os arreios dos cavalos batiam, tocando uma suave melodia.

– A condessa Isobel é capaz de oferecer moradia a elas em Ravenshold.

– Duvido que Nicola aceite. Ela pode estar fraca, mas é muito independente. Passou a vida em Troyes e não acredito que queira se mudar.

– Meu pai também ficou assim quando envelheceu.

– Seu pai viveu em Troyes?

– Sim. – Arthur prendeu os olhos na estrada.

– Seu pai era um cavaleiro também?

Com os lábios contraídos, ele inclinou um pouco a cabeça.

– Meu pai era ferreiro de armaduras.

Clare se surpreendeu, não esperava por aquela resposta. Não era a primeira vez que pensava na descendência dele. Ela concluíra que Arthur devia ser filho de um nobre, de um cavaleiro como ele, no mínimo.

– Por isso que seu sobrenome é Ferrer – comentou.

Arthur fitou-a com o cenho franzido, deixando claro que não pretendia discutir o assunto.

– Ele era mais do que um ferreiro, era um fabricante de armaduras, até ficar velho demais para segurar o martelo. – Virou a cabeça para a frente. – As pessoas gostam de fazer troça por isso.

– Tem gente que gosta de brincar com qualquer coisa.

– Meu pai era um fabricante renomado em Champagne pelo bom trabalho. Até mesmo o rei... – Arthur passou a mão no rosto e atenuou a expressão do rosto. – Senhor do Céu, não sei por que contei isso, não costumo falar muito.

– E por que não? – indagou Clare com um sorriso. – Seu orgulho pelo trabalho dele é evidente.

– É verdade. – Arthur tocou a empunhadura da espada. – Foi meu pai que fez minha espada, é a melhor que existe em Troyes. Mas se conversasse com algumas pessoas, saberia que tenho muito do que me envergonhar.

– Você? Vergonha?

Arthur entortou um pouco a boca e mudou o assunto:

– Creio que falávamos sobre Nicola, não? O conde Lucien sabe que ela precisa de ajuda. Mesmo que continue morando em Troyes, o conde providenciará para que fique em segurança.

– Foi muito gentil de sua parte mandar um criado para lá.

– Qualquer outro teria feito o mesmo – disse ele, dando de ombros.

Clare não tinha tanta certeza. Sabia que Arthur não havia gostado muito de ter que escoltá-la até Fontaine, mas, antes de partir, se preocupara com o bem-estar de Nicola. Por experiência própria, sabia que os homens não perdiam tempo com o bem-estar dos outros, principalmente aqueles que precisavam cumprir ordens contra a vontade.

– Clare... se puder chamá-la assim...

– Ah, sim, por favor. *Mademoiselle* é muito formal.

– Clare, por que você saiu de Troyes com tanta pressa? Os ladrões a ameaçaram? Saiba que pode me contar sem medo de represálias. Jurei protegê-la. E quando seu pai a reconhecer, estará fora do alcance desses malfeitores para sempre.

– *Se* ele me reconhecer – comentou Clare.

– Se for filha dele, conde Myrrdin reconhecerá você.

Arthur se inclinou para afagar a mão dela como se garantindo a sua segurança, e ela sentiu uma espécie de arrepio que lhe subiu pelo braço e se espalhou pelo corpo.

– Quando eu voltar a Troyes pretendo prender estes bandidos de uma vez por todas – continuou Arthur a falar, voltando a segurar as rédeas com as duas mãos. – Seria muito bom se você contasse tudo o que sabe. Pode começar falando sobre a caverna.

– Juro, sir...

– Arthur.

– Não sou a melhor pessoa para se questionar, Arthur. Não sei muita coisa. – *E mesmo que soubesse, não sei se contaria.*

Clare não queria que descobrissem seu passado como escrava, pois era difícil prever a reação das pessoas. Imaginou se Arthur a fitaria com pena ou se tomaria seu partido e redobraria os esforços para expulsar de Troyes os ladrões e os traficantes de escravos. Sentiu um frio na espinha só de pensar em Veronese sendo preso. Não se preocupava com o que aconteceria com Lorenzo da Verona, mas se Arthur o interrogasse acabaria descobrindo que ela havia sido acusada de assassinato em Apulia. Isso, sem dúvida, arruinaria qualquer possibilidade de amizade entre eles. Quem acreditaria na palavra de uma escrava fugitiva que tentara matar o filho de seu senhor?

Os olhos escuros de Arthur estavam sempre atentos a tudo, o que não era surpresa, já que havia sido treinado para caçar malfeitores. Levantando o queixo, Clare olhou para as árvores ao longo do caminho. Santa Maria, o que devia fazer? Era evidente que Arthur pressentira que ela escondia alguma coisa.

– Clare, sua lealdade a Geoffrey conta muito a seu favor, mas eu sei que ele estava envolvido no roubo do relicário antes do Natal – disse num tom de voz calmo. – Pense bem. Se contar o que sabe, vai ajudar a evitar novos furtos. Ou coisa pior. E se não disser nada... – Ele fez uma breve pausa antes de continuar – eu poderia achar que está de conluio com os ladrões! Sendo assim, acho que pode começar a falar.

Arthur não saberia precisar o que aconteceu logo em seguida. Clare não tinha usado os saltos do sapato, mas a égua começou a trotar de repente.

Ela soltou um grito e agarrou-se à sela. A égua não chegou a galopar, mas trotava com certa velocidade. Arthur viu-se rindo do jeito que Clare pulava em cima da sela como se fosse um saco de farinha. Os cachos acobreados saltavam no mesmo ritmo em todas as direções, até que ela começou a escorregar para a esquerda.

Céus, Clare estava caindo! O sorriso sumiu do rosto de Arthur. Virando o cavalo, emparelhou com a égua, enquanto Clare escorregava toda desajeitada até cair na beirada da estrada com as pernas para cima.

Ivo levou a mão à boca para esconder o riso, enquanto Ligeira continuava a trotar sozinha.

Arthur contraiu os lábios e desmontou. Se olhasse para Ivo, era capaz de começar a rir também, o tombo tinha sido muito engraçado. Mas o que via naquele momento era um par de pernas desnudas e belas descobertas até os joelhos.

Ela baixou as saias apressada e passou a mão no cabelo.

– Bati a cabeça numa pedra por sua culpa!

– Você se machucou? Deixe-me ver – perguntou Arthur, sério.

Ao se ajoelhar ao lado dela, tirou-lhe a mão da cabeça e examinou, mas só encontrou terra e pedaços de grama. Gentilmente desfez o começo da trança. Clare reagiu na hora, retesando o corpo.

– O que está fazendo?

– Aliviando a pressão sobre a cabeça – respondeu ele, sem soltar a trança totalmente.

O cabelo de Clare era macio como seda e exalava um perfume de lavanda. Ela ainda estava tensa como o fio de um arco, mas Arthur suspeitava que não era apenas por tê-la tocado. Como não encontrou nenhum corte, se levantou.

– Não está sangrando ou inchado. Você sobreviverá.

– Mas não graças a você.

Arthur estendeu a mão para ajudá-la a ficar de pé. O tombo não tinha sido culpa dele. Aliás, era evidente que, para desviar do assunto, que visivelmente a perturbara, Clare dera um jeito de a égua começar a trotar e caíra. De um jeito ou de outro, decidiu que não a desafiaria mais. Não estavam mais em Champagne, mas ainda não tinham chegado à Normandia, o que dirá à Bretanha... Haveria tempo suficiente para ganhar a confiança daquela mulher e descobrir a verdade.

Clare o fitava com o rosto travesso. O vento brincava com os cachos soltos e brilhantes do cabelo avermelhado.

Arthur deu uma tossidela antes de falar:

– Sinto muito por ter despenteado seu cabelo...

Na medida do possível, Clare ficou imóvel e com o olhar fixo. O tempo parecia ter perdido o compasso, quando um bando de pássaros passou grasnando. Arthur percebeu que ela estava olhando para sua boca enquanto umedecia os lábios com a ponta da língua. Era certo que pensava em beijá-lo, mas um beijo era a última coisa que passaria pela cabeça dele. Tinha recebido ordens para escoltá-la, razão suficiente para nem pensar em tirar vantagem da situação. Lembrar como Clare ficara tensa quando a examinara instantes antes foi o suficiente para que se afastasse.

Ivo tinha alcançado a égua e agora voltava puxando-a.

Clare limpou o cabelo com as mãos trêmulas. Tinha sido um erro incitar a égua a galopar, mas as perguntas de Arthur a enervaram. Talvez não precisasse ter fingido bater a cabeça. Sentiu-se envergonhada, mas o que podia fazer? Estava desesperada para evitar que ele percebesse que possuía vínculos com traficantes de escravos e não com ladrões. Mas, infelizmente, seu ardil não funcionara. Arthur estava mais desconfiado do que nunca, e ela estava muito confusa. Era a primeira vez que conhecia um homem como aquele. Nunca antes sentira algo tão intenso como quando ele mexera em seu cabelo. Apesar de ser um cavaleiro destemido, as mãos dele eram hábeis e os dedos delicados. Quem poderia imaginar? O fato era que tinha gostado do carinho e não se importaria se tivesse continuado, o que a deixou bastante preocupada.

Ao olhá-lo de relance, percebeu que aqueles olhos a fitavam. Aliás, Arthur estava sempre a observando. Não havia dúvida de que a questionaria sobre os ladrões de novo, pois parecia convencido do envolvimento dela.

Clare tinha caído sentada e batido as nádegas no chão, não a cabeça. Agora estava toda dolorida. Franzindo o rosto, resistiu à vontade de passar a mão onde doía para aliviar a dor. Devia estar com a pele roxa, mas jamais admitiria.

Ao bater no vestido para tirar a sujeira, viu que a saia estava rasgada e seu joelho aparecendo. Curvando-se, tentou juntar as partes do tecido. Seria impossível cavalgar com alguma decência com parte das coxas aparecendo.

Olhou para Arthur. Ainda sentia o calor que lhe correra o corpo quando aqueles olhos escuros tinham estudado sua boca. Ele devia estar atraído. Normalmente, Clare teria mudado os hábitos ou o caminho para evitar atrair a atenção dos homens. A experiência com Sandro a tinha desiludido para sempre. No entanto, não achava que Arthur imporia sua presença forçosamente para uma mulher. Era um homem honrado.

O coração de Clare batia acelerado. Era estranho, mas a consciência de que Arthur pudesse estar atraído por ela não a deixou em pânico como pensara. Na verdade, era até... lisonjeiro. Não que fosse tomar alguma atitude. De certa forma, era uma pena que tivesse tão pouca experiência. Se tivesse mais traquejo poderia usar a atração a seu favor, distraindo-o quando a conversa voltasse para o assunto dos ladrões. Mas, infelizmente, não era tão confiante assim. E, principalmente, não queria que ele visse sua saia rasgada.

Engolindo em seco, ainda segurando a saia, Clare mancou até ele. *Arthur é um homem de honra, capitão dos Cavaleiros Guardiões. Jamais se aproveitaria de uma situação. Posso confiar nele.* Mesmo assim, continuou segurando firme a saia.

Forçar um tombo fora a pior das estratégias, pois agora estava com o vestido rasgado e não tinha dúvidas de que Arthur voltaria com as perguntas. Precisava pensar em outras maneiras de evitar a conversa, pois jamais revelaria a verdadeira razão que a tinha levado a fugir de Troyes. Era péssimo que Arthur acreditasse que ela estivesse vinculada aos ladrões, mas seria pior ainda se seu segredo fosse revelado, pois morreria de vergonha.

Ele precisava valorizá-la como amiga antes de Clare confiar seu segredo a ele. E talvez nunca chegasse o dia em que confessaria ao capitão dos Cavaleiros Guardiões que havia sido acusada de tentar matar um homem.

– Clare, é melhor nos apressarmos – disse Arthur. – O dia é curto demais para demorarmos muito numa parada e ainda precisamos percorrer alguns quilômetros até a próxima cidade.

– Será que encontraremos um mercado? – perguntou ela, recuperando o fôlego quando foi colocada sobre a sela.

Clare deu um jeito para esconder o rasgo, o que não foi fácil, pois a abertura continuava a aumentar. Ajeitando-se melhor sobre a sela, segurou a saia de novo.

– Vamos chegar tarde demais para irmos ao mercado... – Arthur parou de falar de repente, encarando-a, preocupado. – Clare, você está machucada?

– Não, por quê?

– Você está sentada torta. Além disso, não tem experiência suficiente para cavalgar segurando as rédeas com uma mão só. Use as duas.

– Não posso.

– Como assim?

– Eu... Minha saia rasgou. – Com o rosto vermelho de vergonha, ela soltou a saia. – Foi por isso que perguntei sobre o mercado. Este é meu único vestido...

– Tenho linha na bolsa – disse Arthur, observando a saia rasgada. – Ivo?

– Pois não, sir?

– Procure pela agulha e pela linha, por favor.

Ivo apressou-se em achar o material pedido. Clare ficou estarrecida quando Arthur passou o fio na agulha.

– Fique quieta. – Arthur segurou as duas extremidades do rasgo. – Não é bom que se exponha deste jeito.

Não era bom se expor? Como um homem que trocava olhares cheios de intenções com uma mulher do Black Boar afirmava algo assim? Um homem que a havia feito se derreter apenas por ter olhado para seus lábios... Arthur abaixou a cabeça e enfiou a mão por baixo da saia dela de um jeito muito displicente, quase ofensivo. Imagine! Ele estava costurando o vestido! E não havia nenhum carinho, estava apenas sendo prático. Mas Clare ficou em dúvida se o olhar dele estava diferente.

– Não queremos que chame atenção indesejada – disse Arthur.

Aqueles dedos longos e fortes eram bem ágeis no manuseio de uma agulha. Os pontos eram grandes, mas bem-feitos. Sem contar a rapidez com a qual executava a tarefa. E, apesar de ele tocar a perna dela sem outras pretensões, Clare sentia como se labaredas de fogo subissem por sua coxa a cada toque.

– Você já deve ter costurado antes.

– Todo guerreiro que se preze sabe manusear uma agulha, não é, Ivo? – perguntou Arthur, olhando para cima.

– Sim, sir.

– Eu não tentaria pontos elaborados, mas sei os básicos. Minha mãe era uma excelente costureira.

– Ah...

Clare guardou a informação. Com um pai fabricante de armaduras e uma mãe costureira, ele de fato não possuía a descendência nobre que imaginara. Mas, diferente dela, Arthur não devia ter nada que manchasse seu passado... ele não tinha sido escravo e não havia falsas acusações a seu respeito.

Clare olhou para aquela mão grande segurando a agulha e sentiu uma pontada no coração. Aquele cavaleiro estava consertando seu vestido para que ela não chamasse a atenção de estranhos. De repente, lembrou-se do carinho no sorriso daquela moça em frente ao Black Boar. Arthur devia ser um amante maravilhoso.

Segurando firme na sela, Clare fixou o olhar na cabeça masculina. Santo Deus, o que estava pensando? Não tinha propósito algum imaginar sir Arthur Ferrer como seu amante... mas desejava provar o beijo dele.

Impossível! Nunca ansiara por nada assim. De homem nenhum.

Capítulo 6

– Pronto! – Arthur deu um nó para finalizar e tirou a adaga para cortar o fio.

Foi uma pena que tivesse de cobrir aquelas coxas bem torneadas. Tinha gostado do que vira e se pegou ansiando por mais. Havia se encantado com a cor de marfim da pele, o que o levou a imaginar se o corpo inteiro de Clare seria tão perfeito. No entanto, quando a tocara, a curiosidade se transformara em vergonha. Ela estava inteirinha arrepiada, o que o deixou irritado e desapontado consigo mesmo. Parecia até que esquecera o que era ser pobre. Clare não tinha roupas de baixo e a capa era muito fina. Devia estar gelada até os ossos.

– Obrigada, Arthur.

– Não chegaremos à próxima cidade em tempo de ir ao mercado, mas se quiser, amanhã podemos ir comprar roupas mais quentes.

– Será ótimo, está ficando frio e, como você sabe, não tenho dinheiro.

Arthur montou no cavalo e seguiram viagem.

– Você não pode se apresentar em trapos para o lorde de Fontaine. E guarde suas moedas, conde Henry me deu o bastante. – Ele fez uma pausa. – Desculpe-me, eu devia ter pensado nisso antes.

Enquanto remendava o vestido, Arthur ficara chocado com sua falta de atenção. Sabia que Clare tinha fugido de Troyes deixando tudo para trás. Sabia que ela vivia de maneira simples e que suas roupas do dia a dia eram bem básicas.

Sem dúvida, ela precisava de roupas mais quentes e mais *decentes*. *Mon Dieu*, aquela mulher não usava nem uma saia de baixo! Lembrou-se de quando a vira encolhida em Stork ao lado da carroça. Como podia ter esquecido, principalmente quando ele próprio também tivera um passado muito simples...

Suprimindo um suspiro, culpou-se por ter se distraído com a beleza feminina, porém estava ainda mais irritado por ter se sentido atraído por ela. Clare era uma mulher intrigante, além de muito desejável, o que no momento deveria ser irrelevante. Afinal, ela estava sob sua proteção e por isso não podia tocá-la.

A difícil decisão de não se aproximar foi sentida a duras penas quando chegaram à hospedaria Running Fox. Arthur sabia que o lugar não era dos melhores, mas não conseguiriam chegar a outro antes do anoitecer.

Quando desmontaram, Clare estava esgotada, com olheiras fundas e escuras.

O vento forte e frio fez com que entrassem correndo na hospedaria. Mesmo sabendo que o lugar era ruim, assim que atravessou a porta, Arthur se surpreendeu com a espelunca que viu. Não estava muito mais quente do lado de dentro. O vento assobiava ao atravessar as frestas da parede de tábuas, por onde passava também a fraca luz da tarde. As chamas da lareira dançavam conforme a direção do vento. O ar ali dentro estava empesteado com o cheiro do sebo das velas e das mesas imundas, sinal de que não deviam ser limpas havia anos.

Arthur enfiou as luvas no cinto e olhou para Clare.

– Esta é a única hospedaria dos arredores – murmurou. – Não temos muita escolha a não ser ficar aqui mesmo.

Clare passou por um casal de fregueses e se aproximou do fogo, estendendo as mãos acinzentadas de tão geladas.

– Deixe-me ver. – Arthur pegou as mãos dela, que pareciam dois pedacinhos de gelo. Quando Clare se retraiu, ele as virou e viu que as palmas estavam vermelhas e feridas pelas rédeas. – Por que não me disse que estavam assim? Tenho outro par de luvas. Ivo também tem um par extra e acredito que podem servir melhor em você.

– Não tem importância – disse Clare com um sorriso tímido.
– Não? Esses vergões devem estar doloridos.
– Podemos comprar luvas no mercado amanhã.

Arthur estava perplexo, sem entender por que ela não tinha reclamado antes. Será que por causa de um passado triste, achava que precisava sofrer em silêncio?

– Pelo menos tem uma lareira – disse Clare, inclinando a cabeça na direção das chamas. – E não choveu hoje.

Arthur percebeu que não adiantaria se oferecer para pendurar o trapo que servia como capa enquanto ela não se aquecesse um pouco mais. Deixando-a ali, foi procurar o dono da hospedaria, sem muitas esperanças de acomodações para dormir. Teriam de se arranjar com o que lugar podia oferecer. Para ele não teria muito problema, mas para Clare... com aquela capa...

Não poderia entregá-la com pneumonia ao conde Myrrdin.

– Ah, não, sir. – O dono da hospedaria Running Fox tinha olhos redondos escondidos pela gordura do rosto. – Não temos quarto de dormir. O senhor e seus amigos terão de dormir aqui embaixo com todo mundo. – Ele fungou e esfregou as mãos. – Mas... se pagar um pouco mais, posso arrumar um colchão limpo para a moça perto da lareira. Ou... – ele soltou um risinho malicioso – posso arrumar cortinas, se quiser privacidade.

Havia uma escada que levava ao andar superior. Arthur inclinou-se um pouco mais e viu uma porta.

– O que há ali?

– Ali em cima? É o depósito – respondeu o estalajadeiro, contraindo o rosto. – É um espaço pequeno para se abrigar.

– Mostre-me.

Depois de muito resmungar, o estalajadeiro pegou um candeeiro e começou a subir pela escada. Arthur foi logo atrás. A porta se abriu, revelando um sótão apertado e com as vigas de madeira bem baixas. Arthur pegou o candeeiro do estalajadeiro e se abaixou para seguir em frente. O caminho estava bloqueado por colchões antigos, com palha saindo pelos vários rasgões. Ele sentiu o nariz coçar com o cheiro de mofo e o ar pesado. Ao tirar um dos colchões da passagem, viu uma aranha correr pela teia intrincada até a viga mais próxima. Havia caixotes velhos, uma pilha de tigelas quebradas, uma espada enferrujada e alguns ganchos. Um barril de vinho estava apoiado torto na parede. Arthur o cutucou com o pé e a madeira cedeu. Por que alguém teria trazido um barril até ali? Não só o barril, mas tudo naquele lugar daria uma boa fogueira. No entanto, o teto de palha parecia firme e sem aberturas. Ali estava mais quente do que no salão do andar de baixo.

– Isto serve para mim. Se afastarmos isso... – Arthur apontou para os caixotes – teremos espaço para dois. Vou dormir aqui com a moça. Meu cavalariço dormirá no seu salão principal.

– Mas, senhor...

Arthur já estava descendo a escada quando o estalajadeiro começou a reclamar. Mas estava determinado a ficar sozinho com Clare. Não porque a achava atraente, mas porque, quanto mais a conhecia, mais intrigante ela se mostrava. Seu sexto sentido lhe dizia que Clare era um mistério, além de esconder segredos que podiam afetar Troyes, por isso, como capitão dos Guardiões, tinha a obrigação de descobrir. Estava certo de que conseguiria fazê-la se abrir se pudesse falar com ela a sós. Podia jurar que Clare guardava informações que seriam muito úteis quando voltasse a Troyes.

Entretanto, sabia que não era apenas a suspeita de que Clare poderia ajudá-lo a limpar as estradas de Champagne dos foras da lei; foi obrigado a admitir que estava curioso sobre todos os aspectos da vida dela que não eram da conta dele. Ainda não descobrira que tipo de relacionamento Geoffrey tivera com aquela linda mulher. Tinha dúvidas que fosse inocente como ela descrevera. Talvez tivessem sido amantes, ou apenas amigos. Outro mistério era onde Clare morava antes de conhecer Geoffrey. E, se fosse mesmo filha do conde Myrrdin, seria útil se sanasse aquelas dúvidas, principalmente descobrindo a razão para ter deixado Fontaine. Como ela nunca tinha desconfiado de sua descendência?

Ela é filha do conde Myrrdin, tenho certeza.

Infelizmente essa convicção o levava a mergulhar mais a fundo no mistério que a envolvia. Alguma coisa extraordinária devia tê-la separado do conde Myrrdin. Se o pai dela fosse um homem qualquer, era provável que quisesse se livrar da filha ilegítima, mas não o conde Myrrdin. Não o homem mais honrado da Bretanha. Clare devia ter sido tirada de Fontaine ainda muito nova para não se lembrar de sua procedência. Todos os bebês nasciam com olhos azuis, mas logo mudavam. E quem quer que visse os olhos de Clare no ducado, teria suspeitado de que era filha do conde Myrrdin.

Clare estava cercada de mistério por todos os lados. O tombo encenado para não precisar responder ao seu questionamento só fizera aumentar a curiosidade de Arthur. Bem, ele também podia se valer do mesmo ardil, fingindo-se de inocente para chegar a um objetivo. Como Clare estava congelando, e por culpa dele, Arthur se ofereceria para mantê-la aquecida durante a noite. O mais importante era que estariam a sós e não haveria maneira de fugir das perguntas...

– O depósito é bom – disse olhando para Clare, enquanto colocava moedas de prata na mão do estalajadeiro. – Gostaria que fosse limpo e varrido até depois de comermos. Por favor, colchões limpos.

Os olhos pequenos do estalajadeiro brilharam com as moedas na mão.

– Sim, senhor. Deixarei tudo de acordo com suas ordens.

– Gostaríamos de vinho e cerveja. Vamos jantar perto da lareira.

– Sim, senhor.

Arthur e Clare sentaram-se perto do fogo. Ele sorria, imaginando como ela reagiria quando soubesse que dormiriam sozinhos. Procuraria ser gentil, pois sabia da desconfiança dela com os homens. Clare tinha tirado o capuz, e o cabelo desgrenhado, que tanto desejava soltar, brilhava com a luz das chamas.

– Está mais aquecida? – indagou, tocando-lhe a mão.

– Sim, obrigada – respondeu ela, baixando a cabeça.

Quando Ivo se sentou, Clare puxou a mão para baixo da mesa.

A refeição demorou muito a chegar e estava apenas palatável. A sopa de ervilha com presunto estava salgada e oleosa, o pão estava amanhecido por pelo menos um dia, mas servia para mergulhar na sopa. Surpreendentemente, o queijo de cabra estava muito saboroso. Clare cortou fatias generosas e as dispôs ao redor do prato.

– Muito obrigado – disse Arthur. – Acho que sobreviveremos até amanhã.

Ivo fez uma careta ao pescar os pedaços de presunto da sopa, enxugando a mão nas calças.

– Não tenho tanta certeza, sir.

– Termine seu prato. Não sabemos o que comeremos até chegar a Fontaine.

A noite chegou rápido. Clare perscrutou o salão e notou as frestas nas paredes.

– Passaremos a noite aqui? – perguntou, franzindo o cenho. – Neste salão?

– Há espaço no andar de cima. – Arthur inclinou a cabeça para um criado da estalagem que subia com o colchão pela escada. – É um pouco apertado, mas é quente e o teto parece seguro e sem buracos.

Clare assentiu e bocejou. Tinham cavalgado tempo suficiente para deixar até uma pessoa mais experiente cansada. Como era a primeira vez que ela montava, estava tão exausta que não se deu conta de que dormiria sozinha com Arthur. Mas, enquanto subia a escada, ela percebeu o que aconteceria.

– Arthur, aqui só tem espaço para uma pessoa – disse Clare ao chegar ao alto da escada.

Ele a segurou firme pelo braço, abaixou a cabeça para não bater nas vigas e a conduziu até o colchão. A porta se fechou atrás deles.

– Aqui estamos – anunciou com calma, colocando o candeeiro sobre o barril. – Nossa Senhora, isto vai desmoronar. – Em seguida, mudou o candeeiro para cima de um dos caixotes.

– Arthur? – Clare cruzou os braços. – Só vejo *um* colchão.

Ele encolheu os ombros, tarefa nada fácil, já que estava bem curvado sob o teto inclinado.

– Olhe a sua volta, não tem espaço para dois colchões. Você não confia em mim?

– Sim, mas pensei que Ivo dormiria conosco.

Arthur suspirou.

– Bem, não a impedirei se quiser voltar para o salão e dormir com os outros e com as correntes de ar.

– Acho que é isso que farei – disse ela, franzindo a testa ao abrir a porta. – Você vai descer também?

Ele balançou a cabeça, batendo-a numa viga.

– *Mon Dieu!*

Clare levou a mão à boca para abafar o riso. Quando a porta se fechou, Arthur soube que ela não iria mais dormir no salão.

Arthur estava todo torto e massageando a cabeça.

– Você está parecendo um corcunda – disse Clare de repente. – Uma gárgula.

– Muito lisonjeiro. – Tirando a mão da cabeça, ele apontou para o colchão. – Por favor, se vai ficar aqui, por que não se acomoda logo? Estou ficando com o pescoço dolorido.

Clare se sentou e tirou as botas. O colchão não era muito estreito, mas também não era largo o suficiente.

– Quer dizer que... – Ela corou. – vamos nos deitar juntos.

– Sim. – Com um suspiro, Arthur se sentou do outro lado do colchão e girou os ombros.

Clare desabotoou a capa. Alguém, provavelmente Ivo, tinha trazido a bolsa de Arthur, deixando-a num canto com os cobertores.

– Tome. – Arthur jogou um dos cobertores para ela. – Enrole-se nisto e sua virtude estará preservada.

– Sabe que confio em você.

Arthur meneou a cabeça e se curvou para tirar as botas.

– Não, não confia. – A bota dele caiu perto do barril e levantou uma nuvem de poeira. – Se confiasse teria respondido às minhas perguntas e não teria usado o artifício ridículo de cair do cavalo.

– Que perguntas? – exigiu Clare, segurando a respiração em seguida.

– Sempre que falo nos ladrões, você muda de assunto.

– É mesmo?

– Você sabe que sim – disse Arthur. Depois de tirar a outra bota, encarou-a, sério. – Só Deus sabe o porquê, mas isso me irrita tanto que nem consigo dizer. Quero que confie em mim. – Ele passou a mão pelo cabelo.

– Arthur, eu confio em você. – Clare se inclinou na direção dele, enrolando a tira da capa no dedo. – Não estou aqui com você? E sozinha? Claro que confio em você.

– Prove e fale comigo. Conte tudo o que sabe sobre a morte de Geoffrey.

– Ele foi morto no Campo dos Pássaros, antes do início do torneio.

– Isso eu já sei. Ele agia como intermediário entre o ladrão e um possível comprador do relicário.

Clare contraiu os lábios numa linha. Esperava que apenas o conde Lucien soubesse a extensão da vergonha que Geoffrey tinha causado. Mas, de algum jeito, Arthur também sabia. Era difícil falar no assunto. E estava tão tensa que, quando Arthur a tocou no braço, Clare pulou como se tivesse sido queimada.

– Você seria desleal se admitisse isso. Era óbvio o que ele pretendia fazer.

– Geoffrey se arrependeu de ter se aliado aos ladrões – disse Clare com a voz baixa. – Percebeu o erro que tinha cometido e o quanto havia sido ingênuo, mas quando tentou se livrar...

– Então ele foi morto porque queria romper o acordo com o ladrão?

Clare respondeu que sim com um sinal de cabeça.

– Ele foi ingênuo ao dizer ao ladrão que pretendia devolver o relicário para o mosteiro.

– Isto é verdade?

– Juro que sim.

– Então o ladrão achou que ele sabia demais para continuar vivo. Ah, Senhor, que desperdício! É um alívio saber que Geoffrey reconheceu o erro antes de morrer. Sempre gostei dele. Tinha muito potencial. – Arthur passou a mão no rosto antes de continuar. – Pelo menos o assassino está morto. É preocupante como os foras da lei estão se tornando ousados demais. Foi-se o tempo em que a maioria deles saía de Troyes quando acabava o Festival. Geralmente esse tipo de bandido acompanha os mercadores até a próxima cidade em busca de um furto maior. Nesse inverno foi diferente. Soubemos que muitos ficaram na cidade. Clare, por que você fugiu de Troyes? Os ladrões a ameaçaram? – Arthur a encarou no fundo dos olhos. – Não consigo parar de pensar que tem alguma coisa a mais acontecendo. Por favor, ajude. Você pode evitar outras mortes.

Nervosa, Clare continuava brincando com as tiras da capa. Arthur estava com a melhor das intenções e ela queria ajudá-lo, pois reconhecia o desejo dele de fazer o que era certo. Gostava de Arthur, na verdade, mais do que deveria. Seria ótimo para ele, como capitão dos Cavaleiros Guardiões, se voltasse com uma informação ao conde Henry sobre os ladrões e a conexão com os traficantes de escravos. Por outro lado, Arthur não se contentaria com apenas um aviso de que os traficantes atuavam em Champagne.

Ele não descansaria enquanto não soubesse de toda a verdade. E Clare teria de confessar que no ano anterior havia sido uma escrava em Apulia. Não apenas isso, mas Arthur logo descobriria sobre as acusações que pesavam sobre as costas dela. Tentativa de assassinato.

Conde Myrrdin pode ser o homem mais honrado da Bretanha, mas é um nobre e deve ser muito orgulhoso. O que pensaria se soubesse que sua suposta filha é uma escrava fugitiva com a cabeça a prêmio?

E Arthur...

Clare fechou os olhos, procurando não pensar em como Arthur reagiria se soubesse de tudo. Lentamente, voltou a abrir os olhos e o fitou sentado a seu lado. Ele exalava poder. A luz bruxuleante da vela amenizava os traços fortes daquele rosto. Mesmo que não pudesse enxergar direito, sentiu que aqueles olhos escuros estavam focados nela, como se pudessem ler seus pensamentos.

Sinto-me segura com este homem.

Clare soltou as tiras da capa. Foi um gesto inócuo, mas Arthur percebeu. Estava sempre atento a qualquer movimento que ela fizesse. Um burburinho vinha do salão, vozes masculinas misturadas com risos de crianças. Clare estava atenta ao barulho e às conversas, mas também notou uma expressão de estranha vulnerabilidade no rosto de Arthur. Os olhos brilhavam como se quisessem beijá-la. Um beijo.

Só de pensar nisso, Clare sentiu doces arrepios percorrerem a pele, e a boca seca de nervosismo. A tentação de aceitar um beijo era irresistível...

A capa dela se abriu sozinha. O vestido puído não a deixava sensual e jamais poderia competir com aquela mulher, Gabrielle, do Black Boar em Troyes, no entanto, havia uma forte atração entre eles. Clare gostava de Arthur, mas seria ousada o suficiente para aceitar um beijo?

Respirando com dificuldade, alcançou a mão dele. Não esperava tremer, mas era a primeira vez que tomava a iniciativa diante de um homem e não sabia direito como proceder.

Devo ser eu mesma.

– Clare... – murmurou ele, encarando-a primeiro nos olhos e depois na boca.

A palha do colchão estalou quando ela se aproximou. Os ombros largos de Arthur bloqueavam a luz, mas Clare percebeu que ele engolira em seco. Será que também estava nervoso? Impossível. Afinal um homem forte como ele, com o hábito de visitar Gabrielle no Black Boar, devia ser destemido. Naturalmente, não podia se comparar com Gabrielle, mas era bom pensar que também tinha o poder de atraí-lo.

Havia falado a verdade sobre Geoffrey e se sentia segura com ele. Arthur não era Sandro e jamais a forçaria a fazer o que não quisesse. Àquela altura, seu coração batia em descompasso e já não conseguia mais pensar com lógica.

Arthur permitiu que ela lhe segurasse a mão, mas continuou imóvel, esperando o próximo passo. Trêmula, Clare entrelaçou os dedos nos dele e apertou com carinho.

– Esta é mais uma de suas cenas? – perguntou Arthur, depois de uma tossidela.

– Cena?

Soltando a mão masculina, Clare escorregou as mãos por baixo da túnica de Arthur e gentilmente tocou-lhe os músculos do braço, os pelos fazendo cócegas na palma de sua mão... O coração batia tão forte que podia desafiar qualquer instrumento de percussão. Era a primeira vez que não era forçada a beijar e que seguia os ditames da sedução. *Gosto deste homem.* Com a ponta da língua, umedeceu os lábios.

– Clare...

A voz dele estava rouca, como se fizesse anos que não falasse nada. Com a luz fraca, era impossível realmente ver suas feições, mas o brilho dos olhos era visível. Clare não havia se mexido, mas Arthur estava mais perto. Um dos cantos da boca dele se curvou para cima antes de continuar:

– Clare, estou avisando…

Com o rosto em chamas, ela encurtou mais a distância que os separava, até os seios tocarem o colete de couro dele.

– Clare.

E, no momento seguinte, ele a segurou pelo pescoço e cobriu-lhe os lábios com os seus. O primeiro beijo foi para que ambos sentissem o sabor das bocas sequiosas, mas os seguintes foram regidos pela paixão que os dominava por completo. Clare sentiu-se úmida à medida que as carícias tornavam-se mais intensas. A partir dali, não era mais ela quem ditava os movimentos, mas, sim, as mãos gentis de Arthur. O perfume masculino era rústico, rescendendo apenas a couro e a terra… Arthur.

Quando ela cravou as unhas nos ombros largos, ele parou de beijá-la, deixando-a temerosa de que o que mal havia começado fosse interrompido.

Mas estava enganada. Arthur deixara os lábios dela apenas para continuar a beijá-la no rosto, no pescoço. Eram beijos rápidos, que despertaram todo o desejo represado. Nunca antes sentira um prazer tão intenso que chegava a ser dolorido, embora nem soubesse o que significava. Os beijos rápidos eram uma tortura, pois Clare ansiava por voltar a beijá-lo na boca e a sentir aquele sabor inebriante. Sua vontade era trazer para a realidade o beijo ardente que vislumbrara nos olhos dele. Embora enlevada pela paixão, um laivo de razão a fez se afastar de um jeito brusco.

Arthur aproveitou o momento para tirar o colete de couro e voltar a abraçá-la. Os seios macios comprimiram-lhe o peito através da fina túnica de linho.

– Assim está melhor… muito melhor… – murmurou ele.

Os dois estavam ajoelhados sobre o colchão e, com o colete fora do caminho, Clare espalmou a mão sobre o peito másculo, sentindo o calor através do tecido mais fino. Com uma das mãos, entremeou os dedos pelo cabelo reluzente, deslizando-os pela pele quente do pescoço. Ousando um pouco mais, enfiou a mão por baixo da túnica de Arthur para delinear com a ponta dos dedos os músculos do peito e do abdômen. Ele era um homem forte. Muito forte.

Se ao menos ele fosse o *seu* Cavaleiro Guardião, ela não teria mais de se preocupar com os traficantes de escravos. Deixaria o passado para trás e nem precisaria que o conde Myrrdin a aceitasse.

Os pensamentos de Clare se turvaram quando Arthur lhe mordiscou o lóbulo da orelha; ela entreabriu a boca, aguardando ser beijada mais uma vez. Ele a segurou com firmeza e uniu os lábios de ambos, explorando-a com a língua afoita. Clare estava totalmente dominada e impressionada com a avidez com que correspondia à carícia, deixando que sua língua bailasse com a dele num ritmo tresloucado. A sensação de ser transportada para outra esfera era extraordinária, *cada* pedacinho do seu corpo ansiava por ser tocado.

Oh, Deus, estava apaixonada por aquele homem...

Arthur estava extasiado com os seios de Clare colados em seu peito. Beijaria-a por toda a eternidade se ela continuasse a se movimentar daquele jeito. Tinha urgência em rasgar o vestido maltrapilho e libertar os seios fartos nem que fosse para verificar se eram tão alvos quanto as coxas que vira antes. Infelizmente não poderia realizar a fantasia, pois Clare só possuía aquela roupa.

Arthur arrancou a boca da dela. *Isto tem de parar.* Não deveria sequer tê-la beijado a primeira vez, pois seu dever era protegê-la. Clare estava com os lábios inchados, mas bastava parar de beijá-la por um segundo para que já sentisse saudades de tomá-los mais uma vez. Através do tecido fino do vestido, os mamilos túrgidos se ressaltavam. Para uma mulher miúda, ela tinha seios grandes e lindos.

– Amanhã... – falou Arthur sem afastar a boca dos lábios femininos – amanhã vamos comprar um vestido mais quente.

E roupas de baixo, mesmo que isso me impeça de sentir tão completamente este corpo maravilhoso.

Clare não respondeu com palavras, mas segurou o pescoço dele e puxou-o para voltar a beijá-la. Arthur desejava segurar aqueles seios. Estava quase impossível conter o desejo que já lhe deixara com a ereção tesa, pronta para amar. A paixão corria por suas veias com tanta intensidade quanto na vez que os dedos hábeis de Gabrielle o tocaram lá em Troyes. Não... o desejo que o consumia naquele momento era muito mais forte. Tinha de parar. Precisava acabar com aquele martírio.

– Arthur... – murmurou Clare.

Mesmo ciente de que não podia continuar, sua mão cobriu um dos seios femininos como se tivesse vontade própria. Bastou tocar-lhe para confirmar o que já suspeitava. O seio era tão perfeito quanto o gemido que Clare proferiu ao abraçá-lo com mais força. Ela estava com os olhos fechados, os cílios grandes encostavam-se às faces coradas. E àquela altura já estava ofegante. Arthur deixou de acariciar um dos seios para passar para outro, mesmo sabendo que seu desejo real era sentir a pele macia escondida por baixo daquele tecido maltrapilho. Almejava sentir os corpos se fundirem sem nenhuma barreira.

Aquela mulher de jeito matreiro o excitara com incrível facilidade. Mas bastou tê-la nos braços por pouco tempo para saber que o relacionamento dela com Geoffrey não fora muito longe. Clare não tinha a mesma desenvoltura de Gabrielle, e no entanto...

Arthur contraiu o rosto. Estava dolorosamente rijo. Mas não podia ir além sem arriscar sua honra. Afinal, *aquela mulher* estava sob sua proteção...

– Não está certo... – murmurou, soltando-a.

Mas ainda estavam bem próximos quando aqueles olhos incomuns o fitaram. A respiração dela acariciava o rosto de Arthur.

O sorriso tímido de Clare era a confirmação de que, com ela, um relacionamento não seria passageiro, principalmente se fosse filha do lorde de Fontaine. Arthur ardia de desejo de rolar com Clare sobre aquele colchão de palha, mas sabia que era impossível. Por isso afastou-se e puxou o segundo cobertor.

– É melhor dormir agora. Durma.

Quando já estavam aconchegados em seus cobertores, Arthur percebeu que mais uma vez tinha se distraído e não perguntara o que queria a Clare. Virando-se de costas, fitou as vigas no teto, procurando relaxar o corpo que ainda ardia de desejo. Entretanto, imaginou se os beijos não teriam sido mais uma estratégia para distraí-lo. Bem, se fosse, Clare conseguira, atingindo-o num ponto vulnerável e primitivo. Não passaram dos beijos, mas por pouco ele não perdera o controle.

A breve e inocente troca de carícias por pouco não o levara a rasgar a roupa de ambos numa ansiedade igual à de um rapazinho de 16 anos. O forte desejo quase o tinha levado à loucura. Bem, precisava ter sempre em mente que aquela mulher estava fora de seu alcance, jamais deveria se aproximar tanto novamente.

Arthur a ouviu ressonar tranquila e em paz. Mas como estava de costas, ela podia estar fingindo dormir. Tinha certeza de que ela estava fingindo, mas não daria a Clare o gostinho de enganá-lo outra vez. Por outro lado, admitia estar curioso sobre os pensamentos dela naquele instante. Será que tinha se arrependido de tê-lo beijado? No silêncio do quarto, Arthur ouviu o que provavelmente seria um rato correndo por uma das vigas. O som discreto misturou-se com o burburinho de vozes do salão principal e com a tosse de uma criança.

O desejo ainda latejava em seu corpo, tão intenso que o levou a sonhar com Clare nua sob seu corpo. Ela devia ser muito feminina, delicada, cheia de curvas irresistíveis. Tinha feito amor com Gabrielle das mais diversas maneiras, mas nunca se importara em se despir. Aliás, nunca havia pensado nisso. Possuíra Gabrielle vestindo a túnica e a calça, despindo-se apenas o suficiente para penetrá-la sem demora. Nem sequer se dera ao trabalho de em tirar as botas…

Mas com Clare… Doaria um mês de seu pagamento para tê-la nua em seus braços e ser um amante apaixonado. A experiência de Arthur se restringia apenas ao amor comprado, e era tudo o que um cavaleiro sem terras podia arcar. Clare o levava a sonhar com um tipo diferente de sentimento. Se bem que ele próprio não conhecia outro tipo.

Virando-se de lado, observou a cabeça dela. O cabelo trançado refletia a luz da vela e o remeteu a um novelo de lã espalhado sobre o cobertor. Havia mechas de tons mais claros, amarelo e castanho. Quando deu por si, estava estendendo a mão para acariciá-los, mas conteve-se a tempo. Ah, precisava ter muito cuidado. Clare não era seu bem-querer. Um cavaleiro sem terras não tinha nada para oferecer a alguém como ela. Era preciso se lembrar do que havia acontecido com sua mãe, a maneira como fora marginalizada porque havia tido um filho fora do casamento. Isso não aconteceria com Clare. Mesmo virando-se de costas, não deixou de pensar que a situação poderia ter saído do controle mesmo que só tivessem trocado alguns beijos. Não podia permitir que se repetisse, pois não estava tão certo de poder parar, pois a desejava demais para se impor limites.

Isto não pode continuar.

O melhor a fazer era olhar para a parede. Não... melhor fechar os olhos e dormir.

Precisava dormir. E, assim que chegassem a Fontaine, encontraria uma taverna e pagaria por algumas horas na companhia de uma mulher.

Capítulo 7

Arthur pegou no sono, e, quando despertou, a vela estava apagada. Havia sonhado que estava caminhando em um campo de lavanda. Quando acordou, o silêncio era absoluto. Clare repousava a cabeça sobre seu peito e o enlaçava pela cintura. O perfume de lavanda vinha do cabelo dela. Arthur afagou aquele cabelo acobreado e imediatamente seu corpo reagiu. Desejo reprimido? Era frustrante não conseguir se dominar.

Não tinha o hábito de passar a noite inteira com uma mulher, talvez fosse esse o problema. Estava acostumado a pagar, e muito bem, por um ato de prazer, mas jamais oferecera moedas para qualquer uma passar a noite inteira a seu lado. Seria desperdício demais pagar para dormir a maior parte do tempo. Na verdade, era a primeira vez que passava a noite inteira com uma mulher nos braços.

Com o cuidado de não a acordar, apoiou o rosto na cabeça de Clare e mais uma vez embriagou-se com o perfume de lavanda. Até que era gostoso acordar ao lado de uma mulher. Mas não demorou para que sua masculinidade se enrijecesse. Apesar de bom, tinha uma certa desvantagem...

Depois do desjejum, Arthur e Clare foram até o vilarejo para procurar roupas. Ivo os acompanhou. O ar que saía dos pulmões deles transformava-se imediatamente numa nuvem de vapor condensado, e a fina camada de gelo que cobria o solo estalava conforme passavam.

No caminho, Clare olhou para Arthur de soslaio e levou a mão à boca. Tinha de se concentrar em comprar roupas, mas os beijos da noite anterior não lhe saíam da lembrança. Ainda podia sentir a umidade e o calor daqueles lábios sobre os seus. Ser abraçada e derreter-se nos braços dele havia sido uma experiência única e impossível de ser esquecida. Quem sabe aquilo não tivesse sido apenas um vislumbre do prazer de se estar com o homem em quem se confia? Por mais estranho que parecesse, a sensação de se abandonar à mercê do desejo conferia certo poder. Como era possível?

E por que Arthur se afastara de um jeito tão brusco? Será que havia feito alguma coisa errada que o tivesse repelido? A dúvida esfriou a emoção que invadia o seu coração. Seria muito bom pensar que ele tinha gostado dos beijos tanto quanto ela, mas...

Arthur estava com o olhar focado em alguns chalés ao redor do poço de água da cidade. Algumas casas haviam sido transformadas em lojas. Uma delas vendia pão, a outra dispunha queijos sobre uma mesa na calçada. Mais à frente ficava a casa do ceramista e, a seguir, a do ferreiro. Uma cabra fora amarrada a uma das estacas de madeira de suporte e seu berro triste soava por todos os cantos. Algumas galinhas cocoricavam, confinadas a uma gaiola.

Com a vida acontecendo na cidade, tudo o que Clare pensava era no beijo da véspera. Talvez tenha sido melhor Arthur se afastar. Se continuassem naquele ritmo, não parariam apenas nas carícias.

– Olhe, parece que há roupas à venda ali – disse Ivo, apontando.

Eles atravessaram a rua, enquanto Clare ainda tentava se concentrar. Tinha de focar toda sua atenção apenas em roupas e nada mais.

– Este não é ruim – disse Arthur, segurando um tecido de lã. – Deve evitar que sinta frio.

Clare logo vislumbrou um tecido verde acetinado.

– Gosto deste, mas... – Ela tocou o remendo em seu vestido. – Estaremos viajando e não posso costurar na viagem. Preciso de um vestido pronto.

– Um vestido, *madame*? – O rosto do dono da loja se iluminou ao gesticular para que ela entrasse no chalé.

Pela porta aberta, Clare viu o brilho de uma agulha. Havia uma mulher costurando ali dentro.

– *Mademoiselle* precisa de três vestidos quentes – disse Arthur, antecipando-se. – Precisa também de uma capa, luvas e roupas de baixo. Mas precisamos de tudo para as próximas horas desta manhã.

– Para agora de manhã? – indagou o lojista, arregalando os olhos. – *Três* vestidos? Minha esposa vai verificar o que temos. – E, medindo Clare da cabeça aos pés, ele gesticulou na direção da porta. – Alix! *Alix!* Atenda esta moça que precisa de três vestidos prontos.

Clare também estava surpresa.

– *Três?* – repetiu, olhando para Arthur. – Eu já acho uma extravagância comprar um vestido, imagine três. Tem certeza?

– Se ela os tiver – disse Arthur, meneando a cabeça. Em seguida, tirou um punhado de moedas da bolsa de couro presa ao cinto e deu a Clare. – Compre o que precisar. O conde Henry colocará minha cabeça sobre uma bandeja se eu a apresentar ao conde Myrrdin vestida como uma pedinte.

Clare sentiu-se tão tonta como quando ele a beijara e meneou a cabeça.

– Não precisa me esperar, podemos nos encontrar na hospedaria.

Os cavalos estavam selados e preparados para partir quando Clare chegou da costureira. Um véu azul-claro cobria os cachos ruivos, e uma capa da cor do trigo cobria um vestido alguns tons mais escuro.

Arthur sentiu como se tivesse levado um soco ao vê-la. O véu caíra bem nela; mesmo escondendo a maior parte de seu lindo cabelo, alguns cachos rebeldes ainda emolduravam o rosto delicado. Ele a preferia sem o véu, pois assim poderia apreciar o cabelo acobreado sem nada que o impedisse.

– Você está muito bem. – Na verdade, Clare se parecia com uma dama nobre, mas ele estava tão admirado que não sabia como se expressar. – Seu pai ficará orgulhoso.

– Espero que tenha razão – disse ela, segurando um pacote. – Aqui estão as outras coisas que comprei, inclusive um pente.

– Ivo, coloque as coisas de Clare naquela bolsa. – Enquanto o cavalariço se ocupava das sacolas que se prendiam às selas, Arthur a segurou pelo braço. – Tem certeza de que comprou tudo o que precisa?

– Comprei, sim. Eu tive sorte, a costureira tem quase o mesmo tamanho que eu. Tive bastante escolha. Encontrei até um vestido naquele tecido verde-folha que estava na banca.

Os olhos de Clare irradiavam alegria. Arthur se culpou de não ter pensado naquilo antes.

– A capa é forrada?

– Sim, com lã inglesa. – Clare abriu a capa e passou a mão no forro com um sorriso de felicidade nos lábios. – Posso devolver se achar que passei dos limites.

– De jeito nenhum. Você precisa se agasalhar.

– Obrigada. – Olhando para Ivo com o canto dos olhos, ela abaixou a voz para continuar: – E antes que pergunte, sim, tenho roupas de baixo e olhe... – Clare tirou um par de luvas do cinto.

Arthur pegou as luvas e ergueu uma sobrancelha.

– Hum... couro de bezerro.

– As luvas pertenceram à vizinha de Alix. Ela ficou feliz em vendê-las para mim.

– Ótimo, assim não terá bolhas e as mãos estarão protegidas do frio.

– Arthur, agradeço de todo meu coração – disse Clare, tocando a mão dele. – Nunca tive nada de tão boa qualidade.

– Não agradeça a mim, mas ao conde Henry.

Arthur virou-se na direção dos cavalos com a sensação de que queria ele próprio presenteá-la. A expressão de alegria deixava-a mais bonita. Os olhos incomuns e aquela boca bem desenhada eram pura tentação. Tomara que o conde Myrrdin ficasse feliz com a linda filha e a aceitasse. *O que ele achará dela? Será que vai cobri-la de presentes?*

Por sua vez, Clare não tinha tanta certeza de que o pai a aceitaria, pois não conhecia o conde Myrrdin. Este já tinha uma idade avançada, não participava mais dos torneios e havia se aposentado do posto de conselheiro da jovem duquesa da Bretanha. A descoberta de uma filha jovem certamente iria alegrar seu coração nos últimos anos de vida.

Arthur observou como Clare pegava as rédeas e montava. Não precisava mais de ajuda. Até o final da viagem, ela cavalgaria muito bem.

Claro que o conde Myrrdin poderia rejeitá-la. Arthur suspirou com o pensamento negativo. Só se estivesse senil para não aceitar uma moça com os olhos iguais aos dele, mas se fosse o caso...

Eu poderia oferecer a ela a minha proteção. Será que Clare aceitaria se casar comigo? Arthur tinha acabado de colocar o pé no estribo, mas ficou imóvel ao cogitar um casamento. *Ah, Deus, de onde veio esta ideia?*

Arthur não foi feito para o casamento. Como um cavaleiro sem terras e filho ilegítimo, não podia oferecer um lar ou segurança a uma mulher. Ainda considerando a questão, se acomodou na sela.

Mas se o conde Myrrdin a achar um embaraço...

Arthur nunca participara dos encontros amorosos que aconteciam na corte do conde Henry. As lembranças ruins dominaram seus pensamentos. Depois do que havia acontecido a Miles, ele preferia observar os encontros de longe. Miles, seu irmão, acreditava que a habilidade com as armas encobriria seu passado humilde. Acreditava que, se provasse ser um homem honrado, o fato de ser filho ilegítimo seria ignorado... Mas acabou pagando um preço alto por suas crenças.

Quem sou eu para achar que posso conseguir o que Miles não teve?

Entretanto, Arthur tinha de admitir que sua condição não era tão ruim, já que todo mundo sabia que seu pai havia sido o fabricante de armaduras do conde Henry e muitas damas tinham deixado claro, inúmeras vezes, que gostariam que ele as favorecesse. As mulheres de Troyes não viam seu passado como um impedimento para o flerte. Algumas chegaram ao ponto de sugerir um caso ilícito. Mas, se um homem flertasse com uma mulher solteira, estaria se arriscando a ser mal interpretado. E se fosse uma mulher casada... Arthur fez uma careta só de pensar, pois a ideia de flertar com uma mulher comprometida não o atraía.

O fato era que, por causa da morte de Miles, evitava envolvimentos de qualquer natureza com mulheres nobres, fossem solteiras ou casadas.

As chances eram mínimas, uma vez que havia muitas "Gabrielles" no mundo.

Gabrielle o compreendia, além de satisfazer seus desejos de um jeito que uma mulher da corte jamais faria. As ladies não faziam parte da realidade de Arthur. Bem sabia que, caso se envolvesse com uma dama bem-nascida e a honra dela fosse questionada por causa de um mal-entendido qualquer, a corte inteira o rejeitaria. Isto era tão certo quanto o pôr do sol em todo final de tarde. Se a honra dele fosse colocada em dúvida, se sua palavra fosse posta numa balança com a de um homem bem-nascido, Arthur sabia muito bem em quem acreditariam. Lógico que não seria no filho ilegítimo do fabricante de armaduras do palácio.

Esporeando o cavalo, Arthur seguiu pela estrada.

Atrás dele, Clare conversava com Ivo, levantando uma das mãos para exibir a luva. O garoto tossia, sorria e meneava a cabeça ao mesmo tempo. Era óbvio o quanto ele gostava dela. Mas será que Ivo tinha pegado um resfriado?

— Não percam tempo, vocês dois, temos muita estrada para percorrer ainda hoje. — Clare esporeou a égua para alcançá-lo, enquanto os cachos de cabelo vermelho como uma chama desprendiam-se do véu. Seria possível se casar com uma mulher como ela? Alguém que também era filha ilegítima?

Clare nunca me olhará com o nariz empinado. Somos iguais.

Considerar o casamento como uma possibilidade pela primeira vez na vida chegava a ser chocante. Ivo não era o único a gostar de Clare, Arthur também a apreciava, mais ainda depois que ela deixara de ser tão reservada. Não havia dúvida sobre seu desejo, os beijos da noite anterior foram prova disso. Se bem que desconfiava que Clare o beijara para fugir de mais um questionamento, mas o efeito tinha sido o inverso com relação à paixão.

Não tinha dúvidas de que alguém como Clare, a adorável filha do conde Myrrdin, gostaria que um cavaleiro declarasse seu amor. Ela nunca se delongara muito a respeito do relacionamento que tivera com Geoffrey, mas, sem sombra de dúvidas, eles tinham sido amantes. E os boatos não demorariam a chegar aos ouvidos do conde Myrrdin, vinculando o nome dela ao de Geoffrey de Troyes.

Todos em Fontaine acreditariam que Clare tinha sido uma *belle-amie* de Geoffrey. Quando isso acontecesse, ela seria uma mulher decadente com o futuro sombreado pelo passado.

E o que aconteceria então? Se tivesse sorte, o pai subornaria um de seus cavaleiros internos com terras para que se casasse com sua filha adorável, mas com um passado manchado. A ideia de Clare casada com um dos cavaleiros do conde Myrrdin deixou um gosto amargo na boca de Arthur. Ela merecia mais do que um casamento comprado. Fora uma experiência surpreendentemente boa acordar com Clare nos braços, sem contar com a frustração, claro. Mas se a pedisse em casamento, isso poderia ser resolvido, e o conde Myrrdin não precisaria se preocupar em comprar um cavaleiro para se casar com a filha.

Clare se divertia com alguma coisa que Ivo tinha dito e intensificou o sorriso quando viu que Arthur a observava. Ele sorriu também, mas sem deixar de pensar que a atitude podia ser apenas para deixá-lo enternecido e distraí-lo das dúvidas que ainda persistiam.

Ela sabia da atração que havia entre ambos. Mesmo relutante, desviou o olhar e focou a atenção na estrada. Precisava ter cuidado, pois aquela mulher estava mexendo com sua cabeça e, talvez, deliberadamente. Não tinha chegado à posição de cavaleiro sem aprender o valor da precaução. Por isso, era melhor conhecê-la bem e não se apressar em tomar qualquer decisão importante como casamento.

A atitude mais ponderada seria aguardar o final da viagem. Se ainda estivesse atraído e Clare lhe confiasse a verdade sobre seu passado, então faria a proposta.

Os dias se sucediam amargos e frios. Eles cavalgavam horas a fio pela estrada esbranquiçada pela neve, e Clare sempre ficava gelada até os ossos.

As plantas à margem da estrada estavam congeladas e a água empoçada nos buracos tinha se transformado numa camada de gelo. Quando o sol vencia a batalha contra as nuvens, não era forte o suficiente para afastar o frio que os atacava como um animal selvagem faminto. Graças às luvas de couro, os dedos dela estavam protegidos. Se não fosse pela capa forrada, seu corpo teria se transformado num bloco de gelo, mas não havia como proteger a ponta do nariz e as orelhas.

Ivo continuava espirrando sem parar.

Não havia sequer uma alma viva nos arredores e os dias pareciam cada vez mais longos. A cidade de Chartres tinha ficado para trás, e outras como Alençon e Vitré estavam quilômetros à frente. Os nomes não significavam nada para Clare, mas, de acordo com Arthur, estavam na metade do caminho. Se bem que não fazia muita diferença; a viagem parecia interminável. Ela havia desistido de falar, porque sempre que abria a boca tinha a impressão de que os dentes congelavam, sem contar que seus pulmões ardiam a cada respiração. A sensação era de que seu corpo inteiro estava adormecido, pois já não sentia mais dores, apenas o frio congelante.

Subiam e desciam montanhas, passavam por planícies imensas. O único ruído era o dos cascos dos cavalos batendo na fina camada de gelo que cobria a estrada. Depois de mais uns dias, passaram por outros viajantes, e os cumprimentaram com um aceno de cabeça.

O sol já não aparecia com tanta frequência, e o céu parecia feito de chumbo. Clare mal conseguia mover os dedos dentro das luvas, como se o gelo tivesse atravessado o couro, e o mesmo acontecia com seus pés. Fazia horas, dias que não os sentia mais... Estavam em pleno inverno.

A paisagem esbranquiçada parecia ter saído de um conto de fadas, mas era insuportável para viajar. Os únicos pássaros que enfrentavam o frio eram os corvos, que salpicavam pontos pretos no céu plúmbeo. As outras aves deviam estar escondidas em seus ninhos dentro das árvores, com frio demais para voar.

Não era à toa que Arthur ficara desapontado quando recebera ordens para escoltá-la até Fontaine. A viagem não seria fácil em qualquer época do ano, mas era o purgatório em pleno inverno. O conde Henry devia estar ansioso para despachá-la o quanto antes. Os pensamentos sombrios tomaram conta da mente de Clare.

Uma névoa se formava diante dos cavalos ao respirarem. Clare ajustou o capuz da capa e arqueou o corpo. Graças a Deus tinha comprado roupas, caso contrário, já estaria morta de frio.

Mesmo com o frio congelante, não foi Clare quem ficou doente. No final de certo dia, quando por uma bênção o vento abrandara, Ivo não estava bem. Fazia horas que cavalgava em silêncio e mal respondeu quando Arthur se encarregou do cavalo que carregava as bagagens.

– Estamos a pouco mais de um quilômetro da abadia de St. Peter – avisou Arthur. – É melhor pararmos lá.

O cavalariço estava com o nariz quase azul e com muita dificuldade para respirar. Uma semana atrás, Clare mal sabia subir num cavalo, mas agora já estava apta o suficiente para apressar o passo e emparelhar com Arthur para puxar-lhe a manga.

– Concordo em parar. Ivo precisa se aquecer e descansar.

Ao ouvir seu nome, Ivo levantou a cabeça e deixou à mostra o rosto vermelho, que indicava que estava febril.

– Não precisa, estou bem. Não quero ser motivo de atraso.

Arthur olhou preocupado para o leste, onde uma quantidade de nuvens escuras se acumulava acima da linha das árvores.

– Não fará mal algum descansarmos um pouco.

– Mas, sir... – Ivo começou a tossir e levou alguns segundos para continuar: – Sei o quanto está ansioso para voltar a Troyes.

– Não se o preço for a sua saúde. Estou muito mais ansioso para que você se cure. Um cavalariço com pneumonia não pode trabalhar.

Um monge de hábito branco os conduziu aos aposentos de hóspedes da abadia. Logo que entraram no saguão, depararam-se com uma grande lareira. Os passos ecoaram no salão de paredes pintadas de branco.

– Não há outros hóspedes, irmão? – perguntou Arthur.

– Não, sir. O tempo... – O monge encolheu os ombros.

Clare prestava atenção na chaminé de pedra da lareira.

– Nunca vi nada parecido com isso, mas é justamente do que Ivo precisa.

Arthur observou enquanto Clare levou o seu cavalariço até um banco perto da lareira, deitou-o e esfregou as mãos dele com força.

– O jantar será servido no refeitório – informou o monge. – O senhor e seu cavalariço podem se sentar à mesa conosco, mas providenciarei para que a dama seja servida aqui no quarto.

Arthur ficou em dúvida. Ivo não parecia capaz de chegar sozinho nem até a cama, o que dirá andar até o refeitório. Ele sabia que, mesmo que fosse permitido, Clare não ficaria confortável sentada em uma mesa só com monges, mas tampouco queria deixá-la sozinha.

– Se possível, gostaria de comer aqui no quarto também – disse Arthur ao soltar a espada da bainha e pendurá-la num gancho na parede.

– Como quiser, sir. Um noviço trará uma bandeja em breve – disse o monge, meneando a cabeça.

– Muito obrigado, irmão.

Clare se ocupou em cuidar de Ivo e, antes de o jantar chegar, já o tinha acomodado num colchão perto do fogo. Cobriu-o com alguns cobertores e saiu dizendo que ia procurar pela enfermaria. Quando voltou, trouxe uma cumbuca e ervas para fazer um caldo na lareira. Não que Ivo recusasse alguma coisa que ela oferecia, mas seria difícil engolir o caldo. Quando a comida e a bebida chegaram, uma sopa de lentilha, pão quente e cerveja, Clare serviu Ivo antes de se servir.

Preocupado que ela se esquecesse de comer, Arthur esperou até que o rapaz fechasse os olhos e sentou-se ao lado de Clare.

– Ivo está apenas resfriado e não morrendo. Sua sopa está esfriando, e, se não comer logo, não resistirei à tentação de comer por você.

– Acho que levará alguns dias para que Ivo possa viajar de novo – disse Clare, pegando a colher da bandeja.

– Eu já sabia. – Arthur franziu o cenho quando o rapaz tossiu, mesmo dormindo. – Percebi que ele estava resfriado, mas não tão mal assim... Se Ivo tivesse dito, não o teria forçado tanto.

– Ele sabe como você está ansioso para voltar a Troyes. Sua família mora lá? Lembro que me disse que seu pai havia falecido. E sua mãe? É por isso que quer tanto voltar?

– Não tenho família. Já se foram todos.

– Todos? – perguntou Clare, embora tivesse notado que Arthur não estava disposto a continuar a conversa.

Mas, para sua surpresa, ele respondeu:

– Meu pai, mãe, irmão... todos mortos.

Clare imaginou que Arthur devia estar perto dos 30 anos de idade, por isso não se surpreendeu que seus pais tivessem falecido. Pena ele ter perdido um irmão...

– Você tinha um irmão... eram muito próximos?

Arthur acenou com a cabeça, com o olhar fixo na caneca de cerveja.

– Ele se chamava Miles e se tornou cavaleiro alguns anos antes de mim. Era dez anos mais velho que eu, mas éramos amigos apesar da diferença de idade. Aquela espada... – Arthur inclinou a cabeça para a espada, pendurada na parede – era de Miles. Foi meu pai quem a forjou.

– Seus pais deviam ter orgulho dos dois filhos cavaleiros.

– Minha mãe só viveu para ver Miles se tornar cavaleiro. A morte do filho mais velho a consumiu e ela morreu antes de eu ganhar minhas esporas.

– Ah, Arthur, sinto muito. – Clare colocou a mão no braço dele em sinal de conforto.

– E meu pai nunca mais foi o mesmo depois da morte de minha mãe.

– Isso é compreensível – comentou ela, engolindo em seco. – O que houve com Miles?

Arthur balançou a cabeça e afastou a mão dela.

– É uma história triste e não gosto de falar nisso. Quem sabe um dia...

Havia muita tristeza por trás daquelas palavras. Clare estava prestes a dizer que não se importava se a história não fosse bonita e que era melhor falar para aplacar a dor, quando a porta se abriu e uma corrente de ar frio invadiu o quarto.

– Vim buscar a bandeja. Já terminaram? – Era o noviço que havia trazido o jantar.

– Você comeu bem? – perguntou Arthur a Clare.

– Sim, obrigada.

O noviço colocou os pratos na bandeja, deixando a jarra de cerveja e as canecas.

– O senhor vai querer o desjejum?

– Se for possível, sim. Talvez precisemos usufruir da sua hospitalidade por alguns dias. Acho que meu cavalariço não poderá continuar a viagem amanhã.

– Logo que amanhecer, trarei pão fresco. Se precisarem de mais velas, há uma caixa na prateleira.

– Agradeço muito. – Quando a porta se fechou de novo, Arthur olhou para a escada que levava ao quarto de hóspedes. – Você está pronta para se recolher?

– E o que faremos com Ivo?

– Seria um crime acordá-lo. Ele está bem instalado diante do fogo. Vamos nos acomodar lá em cima. Quer que a acompanhe até o quarto de banho primeiro? – indagou Arthur com um sorriso sem graça. – Não creio que o mosteiro tenha sido construído com instalações para mulheres, mas posso ficar de guarda para garantir sua privacidade.

– Muito obrigada – respondeu Clare, retribuindo o sorriso.

―⚬―

Quando Arthur foi ao quarto de banho, Clare arrumou dois colchões, um do lado do outro, bem perto da chaminé, para garantir que o calor das pedras os aquecesse. Depois se sentou em um e começou a pentear o cabelo à luz da vela.

Arthur havia dito que a viagem já tinha passado da metade. A notícia devia tê-la alegrado, mas Clare sentia o peito comprimido pela ansiedade. Receava ter de se encontrar com o conde Myrrdin, apesar de ter rezado diariamente para que a aceitasse, pois queria fixar moradia em Fontaine, mas tudo ainda era muito incerto.

Qual seria a reação do conde ao conhecê-la? Quais seriam as expectativas dele? A vida de Clare não seria mais a mesma depois dessa experiência, o que era uma bênção. Se fosse aceita pelo conde, nunca mais passaria fome, teria roupas finas e um lugar certo no mundo. Por outro lado, a mudança podia não ser tão boa assim...

Será que teria de obedecer ao conde Myrrdin sem questionar? Não sabia nada sobre como uma filha ilegítima de um nobre devia se comportar. Sua vida poderia ser tão controlada quanto nos tempos de escrava.

Como se aquelas dúvidas não bastassem, ainda havia Arthur. Ao olhar para o colchão, concluiu que ele era mais uma razão para não querer chegar logo a Fontaine. Assim que a deixasse no castelo do conde de Myrrdin, Arthur voltaria a Troyes. E aquela era a última coisa que desejava.

Por essa razão, decidiu que aquela seria a noite. Era improvável que tivessem outro momento a sós, num quarto, em uma cama quentinha. Não podia prever o que aconteceria quando chegassem a Fontaine. Por essa razão, se desejava Arthur, e tinha certeza disso, precisava fazer acontecer naquela noite.

Só de pensar seu coração começou a bater forte. Nunca imaginara que confiaria em um homem a ponto de deixá-lo de guarda no quarto de banho de um monge até que completasse sua toalete. Havia algo nele que inspirava total confiança.

O único homem em quem confiara em toda sua vida tinha sido Geoffrey. Quando o conhecera estava exausta e faminta. Foi por puro desespero que concordara em acompanhá-lo até a casa da mãe dele. Quando conhecera Nicola e Nell, soube que nada de mau lhe aconteceria. Se bem que tinha dúvidas se aceitaria o convite caso Geoffrey morasse sozinho.

Sorriu, olhando para o candeeiro na parede. Pobre Geoffrey. Ele havia se arrependido tanto de ter se unido a ladrões, mas não tivera tempo para reverter a situação. No final, a imagem que deixara era de uma pessoa em quem não se podia confiar.

A porta do salão no andar de baixo bateu e Clare ouviu passos subindo a escada. *Arthur*. Arthur era diferente. Tomara que o desejo dele não tivesse esfriado desde os beijos trocados na estalagem. Tinha fortes razões para acreditar que ele interrompera as carícias por uma questão de honra. Bem, estava na hora de descobrir...

O coração de Clare continuava a bater em total descompasso. Será que ele a repreenderia quando visse os colchões tão juntos?

Arthur abriu a porta segurando uma vela em uma das mãos, a capa e a espada na outra.

– Está bem aquecida? – perguntou, fitando-a nos olhos.

As sombras na parede se moviam conforme ele se aproximava, e parou quando notou os colchões colados.

– Clare?

Os pensamentos de Arthur eram tão claros que poderiam ser ditos em voz alta. Não estavam mais no espaço apertado do Running Fox. O aposento era espaçoso e não havia desculpa para dormirem tão próximos. A menos que...

Para tirar qualquer dúvida que ainda pudesse existir, Clare deixou o pente de lado e levantou a mão.

– Acho que nós dois ficaremos aquecidos pela chaminé.

Arthur deixou cair a capa e a espada sobre o colchão e se sentou ao lado dela. Em seguida, apoiou o candeeiro no chão.

– Clare... – A voz estava rouca. Ele pegou um dos cachos avermelhados e enrolou no dedo. – É bom ver seu cabelo de novo. Prefiro você sem o véu...

Clare o segurou pelo ombro, apertando-o. No momento seguinte, os lábios se encontraram em um beijo calmo, que não durou muito tempo, pois Arthur a puxou para perto. Clare fechou os olhos e se deixou levar por aqueles braços fortes, enquanto abria a boca à espera da língua dele, entorpecida que estava pelo seu perfume másculo.

Com a respiração ofegante, Arthur se afastou, mas não deixou de abraçá-la.

– Clare, meu dever é protegê-la e não possuí-la.

– Mas e se for exatamente isso o que eu quero?

– Seu pai fará planos quando a conhecer.

– Ninguém pode prever o que acontecerá em Fontaine. – A voz dela denotava o receio que sentia. – Arthur, fui vítima das vontades dos outros durante minha vida toda. Esta é a primeira vez que ouço a voz do meu coração.

Por um instante, os olhos escuros dele transmitiram uma nesga de vulnerabilidade.

– Você me quer? – indagou com um sorriso nos lábios.

– Sim, Arthur – respondeu Clare, e baixou os olhos com o rosto ardendo em chamas. Não imaginava que fosse tão difícil expressar seu desejo. – A não ser que você não me queira... Pensei que depois do que aconteceu no Running Fox... – Quando voltou a olhá-lo, percebeu que os lábios dele estavam prontos para serem beijados. – Você não quer...?

Arthur permeou os dedos pelos cachos acobreados e a puxou para mais perto.

– Fique tranquila, porque esta também é a minha vontade. – E a beijou com voracidade, envolvendo-a no calor da paixão. – Claro que a desejo, *ma mie*, meu coração. Mas sei que você não é uma mulher para ser amada e deixada. Não sei o que houve entre você e Geoffrey...

Clare abriu a boca para falar, mas Arthur a impediu colocando o dedo sobre seus lábios.

– Não precisa dizer nada. Quando perguntei, você me disse que este assunto não era da minha conta e estava certa. Não me interessa o que houve entre você e Geoffrey. Mas não podemos simplesmente ter prazer um com o outro. Você não é Gabrielle.

– Não? – Clare sentiu o coração doer.

– Você é uma mulher linda, desejável e eu a quero – disse Arthur, beijando o cacho que segurava. Depois ergueu a mão e continuou afagando o cabelo, observando o brilho sob a luz da vela. – Clare, nós dois sabemos o que é ser filho ilegítimo.

– Você também é filho ilegítimo? – Clare retesou o corpo.

– Sou, sim – respondeu ele, comprimindo os lábios.

Para ela, ser filho ilegítimo não era uma vergonha. Como poderia? Ela tinha sido uma escrava. Perto disso, não havia nada mais insignificante. No entanto, percebeu que ser ilegítimo para um cavaleiro como Arthur podia ser um problema, principalmente por ele ter uma origem humilde.

– Seus pais nunca se casaram?

– Não.

– Nossa, por que não?

– A vida não teria sido mais fácil se fossem casados, mas minha mãe não queria nem cogitar a ideia. Eles não discutiam sobre o casamento e minha mãe quase nunca falava de seu passado, por isso foi difícil quando descobri o motivo de tamanha rejeição.

– Um casamento infeliz?

– Minha mãe foi vítima de maus-tratos e se recusava a tocar no assunto. Meu pai a adorava e minha casa era cheia de amor e alegria. Quando eu era mais novo, não pensei em investigar detalhes. E, quando minha mãe morreu, logo depois de Miles, tudo me pareceu irrelevante. Meu pai sofreu demais e não seria justo crivá-lo de perguntas depois de duas perdas significativas. – Arthur pegou uma mecha do cabelo de Clare e a passou por cima de um dos ombros dela. – O que quero dizer, Clare, é que entendo o que é ser ilegítimo. Não podemos simplesmente fazer amor. Eu jamais aceitaria colocar uma criança fora do casamento nesse mundo.

Ela baixou a cabeça, mordiscando o lábio. Sentia-se uma tola. Arthur a recusava. Era difícil demais ser rejeitada, embora não pudesse culpá-lo por ser responsável, por isso limitou-se a assentir.

– Mas... – Ele afastou o cabelo vermelho do ombro dela e beijou-a no pescoço, fazendo-a estremecer. – Quero propor uma coisa. Posso pedir sua mão em casamento para seu pai?

Clare piscou, incrédula. Arthur queria pedi-la em casamento para o conde Myrrdin?

– E então? – Ele a encarava no fundo dos olhos, ansioso por uma resposta.

Para Clare era difícil entender que o mesmo homem que acabara de rejeitá-la como amante agora a pedia em casamento.

– Arthur, não sei se sou filha do conde Myrrdin e mesmo assim você quer pedir minha mão?

– Clare, somos iguais, da mesma espécie.

– Porque somos filhos ilegítimos?

– Isso mesmo. Jamais quis me casar com alguém que me olhasse de nariz empinado por causa da minha família.

Clare ainda estava incrédula e sem saber o que responder. Não conhecia direito o mundo de Arthur, mas acreditava que sua habilidade com as armas e o fato de ser um capitão fossem razões mais do que suficientes para ninguém desprezá-lo, mesmo sendo filho ilegítimo. E, como se isto não fosse razão suficiente, era um homem gentil, honrado, bonito... Em suma, Arthur era um cavaleiro perfeito. Lamentava ter de se separar dele, pois tinha gostado de sua proteção, sem contar que seria ótimo ter alguém ao seu lado quando chegassem a Fontaine.

Mas nem em seus sonhos mais impossíveis tinha cogitado que aquele homem especial poderia pedi-la em casamento. Aliás, nunca pensara em se casar com homem algum.

O casamento é uma forma de escravidão.

Entretanto, alguma coisa lhe dizia que se casar com Arthur seria diferente. E apesar disso...

– Sir... Arthur, não sou a melhor mulher para você.

– Eu acho que é.

Clare segurou-o pelo braço e sentiu os músculos fortes sob a manga da túnica. Força esta que admirava e precisava. Mas tinha dito a verdade sobre não ser a melhor escolha. Arthur não se importava em se casar com alguém que carregava o estigma de ser ilegítima, mas como reagiria se soubesse que fora uma escrava? Alguém que cometera uma tentativa de assassinato? Se um capitão dos Cavaleiros Guardiões soubesse disso, não a aceitaria. O fato era que não podia se casar com um homem que não sabia quase nada sobre seu passado. E não podia contar o que tinha acontecido com Sandro. Simplesmente não podia.

– Você não sabe quase nada sobre mim – murmurou.

– Sei o suficiente.

Dito isso, ele a beijou de novo, mas dessa vez foi mais exigente. No mesmo instante, Clare sentiu como se seu corpo derretesse. Eram beijos de um homem que seria seu amante e marido, a promessa estava clara nos olhos dele.

– Eu quero você, Clare. Desejo-a como jamais quis qualquer outra mulher. Deixe-me ao menos abraçá-la.

Ela sentiu o rosto corar e o sangue correr mais rápido em suas veias. As palavras de Arthur eram praticamente uma declaração... Ainda não conseguia acreditar que ele a havia pedido em casamento!

– Arthur, eu o quero como amigo, antes de mais nada – disse Clare, segurando-o pelos ombros.

Ele se afastou com um sorriso enigmático.

– Você não quer que eu fale sobre isso com o conde Myrrdin?

– Não foi isso que eu disse. Faça o que achar melhor, mas não quero que se sinta obrigado a tanto.

Arthur suspirou aliviado.

– Não há obrigação nenhuma – disse, olhando para os lábios dela. – Beije-me, *ma mie*, beije-me.

Capítulo 8

Um delicioso frisson correu pelo corpo de Arthur ao beijá-la novamente. Clare era uma mulher intrigante. Nenhuma dama da corte de Champagne tinha se aproximado com tamanha candura e ingenuidade, o que era simultaneamente excitante e incomum. Ao mesmo tempo, quando o beijava com tamanha sensualidade toda a sua inocência ficava à flor da pele.

Ele retirou o gibão, a puxou para perto e os deitou sobre o colchão. Ele a daria prazer e então pararia. Não podia levá-la de volta para a família sabendo que havia a possibilidade dela estar grávida. O cabelo vermelho emoldurou-lhe o rosto e parte do corpo como se fossem cachos de cobre reluzentes como o fogo. Depois de afagar as mechas sedosas e deixar-se embriagar pelo perfume de lavanda, Arthur a cobriu com seu peso. Os lábios estavam levemente abertos, e os olhos, seus lindos olhos incomuns, o encaravam com total confiança. Ele estava completamente desarmado, com os pensamentos confusos.

Clare queria que ele a pedisse em casamento? Ou seria ela, como seus pais, contra o matrimônio, por algum motivo? Ansiava por saber. O que ela via quando o olhava? Um amigo – Clare havia dito que o via como um amigo. E um amante. Por que não um marido? Segurando a mão dela, Arthur beijou dedo por dedo, até se deter no menor deles e sugá-lo.

– Arthur... – Clare começou a rir, ao mesmo tempo que tentava puxar-lhe a túnica para cima.

Como a tarefa provara ser mais difícil do que ela imaginara, Arthur se afastou e se despiu, jogando a túnica para longe.

A primeira coisa que Clare viu foi o unicórnio preso a uma corrente, depois deteve-se nas linhas que separavam os músculos bem definidos do abdômen masculino. Suspirando, traçou com a ponta dos dedos o mesmo caminho que já havia feito com os olhos, deixando-o completamente desarmado. Depois subiu a mão para o pescoço dele e desceu em seguida, passando-a aberta sobre os pelos do peito largo. Arthur sentiu-se enrijecer, mas conteve-se ao perceber o quanto aquela mulher especial se deliciava com um carinho tão simples.

Quando Clare sorriu, ele sentiu o desejo pulsar dentro de si. Engolindo em seco, procurando se controlar, abaixou-se e a beijou, mas dessa vez ousou mais ao sugar-lhe os lábios e contorná-los com a ponta da língua. Ela lhe dava todos os sinais de que precisava ser tratada com muito carinho. Clare não hesitara em mostrar-lhe todo o desejo que sentia, como uma mulher experiente faria, mas Arthur não conseguia esquecer o sorriso tímido ou o toque hesitante de poucos momentos atrás...

Ele decidiu então que seria o mais gentil possível, pelo menos naquela noite.

A cabeça de Clare girava. A necessidade a apertava por dentro. Arthur dissera que a daria prazer. Não tinha certeza do que ele queria dizer com isso, parecia que finalmente saberia alguma coisa sobre o que acontecia quando um homem e uma mulher desejavam um ao outro.

A palavra amor não havia passado pelos lábios de Arthur. Como poderia? Os dois mal se conheciam. Mas assim como ele era o único homem que já quis beijar, também era o único que já quis dessa forma.

A vida dela estava mudando rápido. Era impossível prever o que aconteceria quando chegassem a Fontaine. Algumas mudanças seriam para melhor, mas outras... Não havia certeza de nada. Arthur tinha razão quando sugerira que o conde Myrrdin faria planos para a sua vida e talvez nem a consultasse. Clare estava ciente de que vivia em um mundo regido pelos homens. Entretanto, naquela noite a escolha seria dela. Queria ficar com Arthur. Os sentimentos que ele plantara em seu coração eram incomparáveis a qualquer coisa que já tivesse visto ou experimentado. Talvez não soubesse explicar quais eram as emoções geradas por aquelas sensações, o calor dos corpos, por exemplo, mas sabia distinguir que a confiança e o carinho eram vitais. Talvez nunca mais se sentisse daquela forma.

Toda a ousadia, que desconhecia possuir, só aparecera diante de Arthur.

O futuro podia ser incerto, porém, naquela noite, estava disposta a aceitar o que ele oferecesse e tentaria retribuir com a mesma intensidade.

Pensando assim, espalmou as mãos sobre o peito forte e sentiu o calor do corpo másculo aquecê-la por inteiro. Os gemidos de Arthur a incentivaram a continuar. *Sir Arthur Ferrer*. Antes de conhecê-lo nem sonhara ser possível vivenciar sensações tão fortes. Era a primeira vez que se deparava com uma combinação tão peculiar de força e candura.

Arthur tivera uma origem humilde e alguns o haviam chamado de bastardo, mesmo assim se tornara o capitão dos Cavaleiros Guardiões, embora não deixasse dúvidas de que se ressentia das ofensas. Como as pessoas podiam ser tão cegas? Tão estúpidas? Como não enxergavam que era um homem honrado e excepcional?

Embora estivesse encantada, Clare pressentia que Arthur não lhe contara tudo sobre sua vida. Será que o irmão havia morrido por ter tido uma origem humilde? Seria por isso que Arthur evitara se casar?

Ele não devia estar falando sério quando me pediu em casamento. Não é possível que sir Arthur Ferrer queira mesmo se casar comigo.

Por que ele se prenderia a uma mulher se em Troyes tinha alguém que o satisfazia? Gabrielle. E talvez até tivesse outras mulheres no Black Boar. Se o próprio pai não tinha se casado, por que o filho o faria?

Ele me pediu em casamento porque achou que era sua obrigação. Ele é um cavalheiro.

Clare nunca pensara em se vincular a um homem. Era verdade que sua experiência de casamento se limitava ao que vira enquanto era escrava. A esposa de seu senhor, Veronica, era tratada como uma escrava também, a diferença era que ela apanhava menos do que as outras mulheres. Para muitas, o casamento também era uma forma de escravidão.

Enquanto Clare estava perdida em pensamentos, Arthur a livrava do vestido e subia a mão pelas suas pernas, coxas, quadril...

Foi então que ela se esqueceu de tudo e deixou-se dominar pela luxúria. Sabia que estava totalmente à mercê daquele homem e, por algum milagre, não sentia um pingo de medo. Tudo o que queria era aplacar um anseio que nem ela própria compreendia.

– Clare, você está com frio? – perguntou ele, quando a sentiu tremer.

– De jeito nenhum. – Ela sorriu e escorregou as mãos até segurar as nádegas másculas.

A corrente ao redor do pescoço dele reluzia à luz do candeeiro. Clare segurou-o pelo cós da calça e o puxou; foi o suficiente para que ele compreendesse e as tirasse. Afoitos, eles se livraram do restante das peças de roupa que os impediam de ter um contato pleno.

Deitando-se de lado, ele a estudou inteira, antes de seguir com as mãos pelo mesmo caminho, a começar pelos seios, cintura...

– Sua pele tem a textura de mel e creme.

O comentário fez com que os mamilos dela enrijecessem. Afastando uma mecha de cabelo que cobria um dos seios, Arthur inclinou a cabeça e salpicou a pele macia de beijos rápidos até sugar-lhe um dos mamilos gentilmente, usando a língua para incrementar a carícia.

– Você também tem gosto de mel.

Clare se sentiu arrepiar até o centro de sua feminilidade e se mexeu, assustada. Arthur percebeu e sorriu de lado, conhecedor do efeito de seus carinhos. Impaciente, ela o segurou por trás do pescoço e o levou a beijá-la nos seios novamente. Os murmúrios de ambos soaram como uma suave melodia, quando ela se lembrou de que não deviam fazer barulho algum. Afinal, estavam em um mosteiro e pecando, o que ofenderia os anfitriões.

– E se nos ouvirem?

Arthur levantou a cabeça, e os olhos escuros brilhavam de desejo.

– Você mudou de ideia?

– Não. *Não*. Mas precisamos ser silenciosos. Ivo... os monges...

– Ivo está dormindo e os monges já devem estar em seus aposentos. Ninguém nos ouvirá.

– Não quero aborrecê-los.

Arthur suspirou e puxou um cobertor por cima deles.

– Você se esqueceu de que hoje é domingo.

– Domingo? – Clare piscou, sem saber a que ele se referia.

– É proibido que um homem e uma mulher tenham prazer num domingo, já que não temos intenção de procriar. – Arthur acariciou o seio dela com movimentos circulares, provocando-a. – Além do mais, não somos casados. Sendo assim, somos pecadores duas vezes. Isto a preocupa? Você é religiosa?

– Não exatamente.

O senhor de Clare mandava os escravos à capela na propriedade. A missa era um descanso bem-vindo depois do trabalho pesado nos campos e na cozinha. Com o passar dos anos, ela passou a duvidar de um padre que fechava os olhos à escravidão. Os escravos eram mandados para a igreja, não para serem favorecidos por um momento espiritual, e sim para que aprendessem a diferença entre o certo e o errado, o que os tornaria mais obedientes. Ir à igreja não beneficiava os escravos, mas, sim, o seu senhor. Se eles aprendessem o significado da hierarquia, seria menos provável que se rebelassem contra sua condição.

Clare não era mais escrava, mas ainda não sabia como seria sua vida em Fontaine. Naquela noite, era livre para fazer o que quisesse. Se o conde Myrrdin a aceitasse como filha, sua vida seria regida pelos costumes locais. Mesmo não tendo experiência como filha de um conde, ela teria de cumprir seu dever. A vida era mesmo muito estranha.

Durante anos, ela rezara pela liberdade, mas só agora compreendera que ninguém era completamente livre. A filha de um conde não era livre.

Nem mesmo Arthur, que havia conseguido subir de padrão, mas ainda devia lealdade ao conde de Champagne.

Arthur ainda a acariciava nos seios, subindo até o pescoço e ao cabelo. Clare queria descobrir tudo sobre a arte de amar e, principalmente, sobre como dar prazer àquele homem. Naquele momento, era uma mulher livre, mas não sabia o que seria do amanhã.

– Mostre-me como satisfazê-lo – disse ela, tomando-lhe a mão para beijá-la.

Em vez de responder com palavras, ele lhe segurou o rosto com as duas mãos e a beijou com uma volúpia que a deixou sem ar. Com vontade de prendê-lo para sempre, ela enlaçou as pernas por entre as dele, enlevada que estava pela essência daquele homem... *Arthur*.

– Cuidado, *ma mie* – advertiu ele, afastando as pernas dela e acariciando-lhe a parte interna das coxas.

O coração de Clare batia em disparada, como se ela tivesse ido correndo de Apulia até ali.

Ele não tinha dito que eram iguais?

Assim, quando ele lhe tocou a intimidade, ela se moveu para fazer o mesmo. Era uma experiência inusitada, mas seguia seu instinto, como se seu corpo soubesse como agir. Ao segurar a masculinidade túrgida, Arthur gemeu, e, quando os olhares se encontraram, ela percebeu que aqueles olhos escuros brilhavam de prazer.

– *Ma mie*, não posso prometer silêncio.

Clare já se encontrava em outra esfera, e o silêncio não importava mais. Ao contrário, os murmúrios e gemidos de Arthur a cada vez que ela deslizava a mão pelo órgão ereto a excitavam também.

– Toque aqui... – sussurrou ela – de novo. Não pare.

– Nem você.

– Não vou.

– Senhor!

Ela o segurou com mais firmeza e movimentou a mão para cima e para baixo, deleitando-se com os gemidos que provocava.

– Sim, Clare, isso. Mais.

Clare pressionou o corpo ao dele e percebeu que o coração dele estava disparado. Sentiu que seu coração batia no mesmo ritmo e que agora ambos estavam num frenesi único, à espera de... de... de algo que ela não sabia ao certo o que era.

Arthur a beijava no pescoço, descendo até os seios para sugar-lhe os mamilos. Aquele corpo forte de cavaleiro era lindo, perfeito, e respondia com intensidade a cada carícia. Mas ela sentiu que estava galgando numa direção incerta. Seu corpo tremia como se quisesse chegar a um lugar desconhecido e tinha de ser rápido...

De repente, o mundo inteiro pareceu explodir em faíscas e espasmos incríveis. Arthur a acompanhou naquela viagem alucinante, convulsionando na mesma cadência até atingirem o prazer supremo juntos.

Clare adormeceu logo em seguida, com a cabeça aninhada no peito de Arthur, como se pertencesse a ele, como se aquilo fosse a coisa mais natural do mundo. Era essa a vontade dele.

Por que ela reluta em aceitar meu pedido de casamento?

Ele puxou o cobertor, cobrindo-os, e olhou para as sombras nas paredes, causadas pela chama da vela que começava a enfraquecer. Momentos antes de chegarem ao prazer total, por pouco Arthur não se esqueceu do limite ao qual tinha se imposto, penetrando-a. Só de pensar, sentiu o corpo enrijecer de novo. *Mon Dieu*, dar e receber prazer com uma mulher era muito bom, mas faltava alguma coisa. O desejo ainda não tinha sido saciado de maneira apropriada.

Enquanto divagava, ele acariciou o cabelo que agora espalhava-se pelo seu peito e no lençol.

Ela recusou meu pedido. Sei que gosta de mim, mas mesmo assim não me aceitou como marido.

Arthur nunca antes havia considerado pedir a mão de uma mulher em casamento, mesmo porque não tinha terras e bens para oferecer segurança. Será que Clare também pensava assim? A descoberta de que poderia ser filha de um conde lhe subiu a cabeça? Agora ela acha que está acima dele?

Suspirando, ele desejou saber mais sobre ela. Clare havia dito que Geoffrey a tinha achado perdida na estrada e a trouxera para Troyes. No breve relato, havia ficado claro que ela procurava por segurança. Se ela lhe contasse sobre seu passado, talvez fosse mais fácil entendê-la. Não lhe restava muito a fazer. Portanto, ele decidiu que iria observar e esperar.

Arthur passara o dia todo quieto. Clare suspeitava que ele estivesse mais preocupado com Ivo do que queria admitir. Na enfermaria do mosteiro, ela conseguira várias ervas e especiarias e passara a maior parte do dia sentada fazendo remédios diante da lareira no salão principal. Enquanto isso, Arthur afiava a espada encostado ao batente da porta. O ruído ritmado da pedra de afiar na lâmina era reconfortante, mas, quando cessava, ela sentia o par de olhos escuros a observá-la. Para não corar, preferiu não olhar para ele, nem mesmo cogitar se seu comportamento da noite anterior o havia chocado, preferindo ater-se em cuidar de Ivo, que precisava de toda sua ajuda.

Por mais que procurasse disfarçar, ela se sentia diferente. Tinha aprendido o que era dar e receber prazer, mas ainda estava surpresa com a responsabilidade dele. Teria sido fácil tirar-lhe a virgindade, mas Arthur não passara dos limites. Clare se lembrou de quando ambos tinham atingido o clímax praticamente ao mesmo tempo. Sentiu o corpo reagir só de pensar naquele momento tão íntimo, imaginando como teria sido se o ato tivesse se consumado. Mesmo que tivesse sido uma experiência única, ela ainda almejava por mais. Chegou inclusive a sentir ciúme das mulheres do Black Boar...

— Tome isto, Ivo — disse ela, ajudando o rapaz a se sentar.

— O que é? — perguntou ele, desconfiado.

— É uma mistura de ervas com mel.

Ivo fez uma careta, mas acabou tomando. Não devia estar muito bom, porque ele tossiu e deixou-se cair sobre o travesseiro.

Arthur se aproximou e jogou mais lenha na fogueira, espalhando as brasas.

– Vou ver os cavalos. Depois pedirei um pouco de vinho para os monges.

Enquanto Arthur estava fora, Clare tentou dar outra mistura para Ivo, que olhou com cara feia e resmungou.

– Você vai gostar agora – disse ela. – Coloquei um pouco de gengibre e canela.

– E o mel?

– Posso colocar se quiser.

Arthur voltou e viu Ivo colocar a caneca de lado.

– Podemos tentar dar isto a ele – disse, levantando um frasco de vinho. – Se esquentarmos o vinho com algumas dessas ervas podemos mantê-lo aquecido. Vai fazer bem para a cabeça também.

Quando anoiteceu, um noviço veio tirar a bandeja do jantar. Clare estava no dormitório com o olhar fixo nos colchões, ainda dispostos lado a lado, perto da chaminé da lareira. Insegura, mordiscou a unha. Arthur não demoraria a subir e ela ainda não tinha decidido se deixava os colchões juntos ou se os separava.

O clique da tranca e uma corrente de ar anunciaram a chegada dele.

– Clare – disse ele, segurando-a pelos ombros.

– Arthur, os colch...

Ela não terminou de falar porque ele a beijou com volúpia, levando embora todas as dúvidas. Embriagada pelo aroma másculo e provocante, ela o enlaçou pelo pescoço e entregou-se à carícia. Clare achou que derreteria ao som daqueles murmúrios roucos de prazer.

– Como você faz isto? – indagou ela, afastando a cabeça.

– O quê? – perguntou Arthur, enquanto ocupava-se em mordiscar o lóbulo da orelha dela.

Em seguida, ele a acariciou nos seios firmes, descendo pelo ventre liso. Por onde passava parecia deixar uma trilha de fogo que não demorou a chegar ao centro da intimidade de Clare.

– Este som tão peculiar me enfraquece.

– Enfraquece? – indagou ele, erguendo uma sobrancelha.

– Minhas pernas...

Arthur olhou por cima do ombro dela e sorriu ao ver os colchões juntos.

– Você está exausta depois de ter passado o dia inteiro cuidando de Ivo. É melhor se deitar.

Clare meneou a cabeça e sorriu também. Os olhos dele brilhavam de desejo quando a beijou de novo, empurrando-a lentamente para trás.

– Preciso de mais beijos... – disse ele, deixando de beijar os lábios carnudos de Clare para tocar-lhe a ponta do nariz. – Passei o dia pensando nisso...

No segundo seguinte, estavam deitados lado a lado nos colchões. Arthur continuou a expedição que fazia pelo corpo dela, acariciando-lhe os seios, apalpando os mamilos por cima do tecido da camisola.

– Eu acho que ambos precisamos de um pouco mais desse prazer – ele disse, aguardando por sua resposta.

Assumindo a recém-descoberta ousadia, Clare puxou a túnica dele pela barra até livrá-lo da peça de roupa. Depois de jogar a túnica para o lado, ela o acariciou no peito, músculo por músculo, até chegar ao cós da calça. Não se deteve pela barreira, continuou descendo com a mão até segurar-lhe o órgão túmido.

– Prazer... Hummm – ela murmurou.

O unicórnio preso à corrente no pescoço de Arthur reluziu quando, com um movimento brusco, ele a livrou da camisola. E num instante estavam quase nus. A luz bruxuleante da vela iluminava os corpos se enlaçando e as bocas que se beijavam sedentas. Vez por outra ele movia a boca para o rosto dela, o pescoço, o colo, e voltava a beijá-la nos lábios, entreabrindo-lhe a boca com a língua, convidando-a a participar daquela dança irresistível. Quando as mãos dele voltaram a afagar os seios generosos, Clare achou que desfaleceria, tamanho o desejo que a dominava. Ela gemeu, parte por prazer e parte por frustração.

– Abra o caminho para mim, *ma mie* – suplicou ele, enquanto descia com as mãos pelo abdômen de Clare e permeava os dedos na penugem macia que cobria o baixo-ventre.

Ela já havia aprendido o que fazer, assim, desamarrou as calças dele e deixou-o terminar de tirá-las com um movimento afoito de pernas e pés. Depois segurou o órgão ereto e guiou-se pelos murmúrios dele. Já sabia distinguir alguns, como aquele que respondia com paixão quando ela movimentava os dedos para cima e para baixo da pele aveludada. Outro som demandava que ela fosse mais devagar, outro mais rápido, para cima, para baixo...

Este é meu único homem, pensou ela. Era o único a quem se entregaria por completo.

Os dois começaram a ficar ofegantes. Arthur cobriu-a com seu peso e se aconchegou no meio das coxas dela. Os dois dividiam a mesma paixão inesgotável e, mais uma vez, galgavam rumo ao prazer infinito.

Arthur! Clare parou de acariciá-lo de repente e o encarou nos olhos.

– Quero que você me possua. *Por favor.*

Era como se ela soubesse que só ele exercia aquela magia sobre seu corpo e mente, por isso sentia-se pronta para se entregar plenamente. *Esta pode ser a nossa única chance.*

– Eu também quero você, mas... – Arthur meneou a cabeça e apoiou-a sobre o ventre dela.

– Sei que há meios de nos preservarmos... Você conhece?

– Sim, mas você tem certeza?

Em vez de responder com palavras, ela movimentou os quadris.

– Ah, Clare... Você é irresistível – sussurrou ele antes de penetrá-la.

Clare se chocou com a dor aguda que se seguiu. Sabia que a primeira vez que uma mulher se deitava com um homem era dolorida, mesmo assim arregalou os olhos ante a mescla de dor e prazer. Para que ele não visse sua reação, enterrou o rosto no ombro dele.

Ainda assim, estava convencida de que havia escolhido o homem certo. Ele tinha sido generoso, não lhe negando nada, mas era difícil se acostumar com o contraste entre a dor e o prazer.

Arthur não deu mostras de ter percebido o desconforto dela, pois continuou se movimentando deliberadamente.

– Isto é tão... perfeito – murmurou.

– Fico feliz.

Clare estava feliz de fato. Depois de passado o choque inicial, ela já o acomodava com maior conforto. Quando recuperou o controle da expressão do rosto, olhou para ele e o encontrou de olhos fechados, concentrado. Não podia culpá-lo pela dor que sentira, pois não tinha contado sobre sua virgindade e ele mencionara mais de uma vez que acreditava que ela e Geoffrey haviam sido amantes.

Quando tornou a prestar atenção, Arthur murmurava algo sobre ser cuidadoso e que não a engravidaria, mas a única coisa que passava pela cabeça dela era que a dor se amainava a cada investida.

– É tão bom, *ma mie* – sussurrou ele.

Clare delineou o maxilar dele até a orelha, quando ele virou a cabeça e mordiscou o dedo dela.

– Clare, você é tão perfeita...

Ela contraiu os músculos íntimos e o observou. Sentiu certo desconforto, no entanto, não era mais físico, e sim algo indecifrável e completamente diferente da dor de instantes atrás. Chegou a pensar que talvez fosse uma dor por desejar algo que não podia ser seu. Se fosse isso, seria fácil ignorar. Durante anos, acostumara-se a não ter o que queria. Mas não, era um sentimento mais profundo, uma resposta que não teria tão breve.

Assim, concentrou-se naquele homem que a possuía e que demonstrava o prazer que sentia. A sensação de não ser forçada a fazer amor como se fosse uma escrava era maravilhosa. Arthur a desejava do jeito que ela se apresentava, e não como um senhor que toma o que quer de uma de suas escravas.

– Ah, Clare...

A respiração de Arthur estava acelerada, envolvendo-a com o perfume do desejo que exalava de seu corpo másculo.

– *Mon Dieu!* – Ele gemia como se estivesse sendo torturado, até afastar-se de Clare às pressas para derramar-se fora do corpo dela, sobre a túnica.

O rosto dele se contorcia de êxtase e agonia quando se deixou cair sobre ela.

– Lamento, Clare – murmurou, com a cabeça encostada no ombro dela. – Foi muito rápido.

Ela beijou a pele suada do pescoço dele, embriagada pelo perfume marcante.

– Lamenta por quê?

Ele virou a cabeça, mostrando um sorriso irresistível.

– Eu queria que você tivesse chegado ao ápice do prazer de novo, junto comigo. Mas não tem importância, temos tempo para isso.

Arthur pousou a cabeça sobre os seios dela e sua respiração começou a normalizar.

– Temos tempo... Isso parece interessante – disse ela, passando os dedos pelo cabelo dele, sentindo um aperto no coração.

Mas não se arrependia de nada. Os dois tinham feito amor seguindo seus desejos. Se tivesse sorte, poderiam compartilhar a mesma cama até o final da viagem. Entretanto, ao pensar nos outros lugares onde se hospedariam dali para a frente, decidiu que não havia nada melhor do que aquele quarto no mosteiro. Ivo dormia no cômodo no andar de baixo, enquanto eles estavam sozinhos naquele quarto perto da chaminé, não havia outros viajantes...

– Arthur?

– Hum?

– Ivo precisa de mais alguns dias de repouso antes de viajar de novo – disse ela, beijando-o no rosto.

O assoalho rangeu quando ele se virou de lado, apoiando-se no cotovelo.

– Verdade?

– Acho que teremos de ficar na abadia um pouco mais.

Arthur inclinou a cabeça e abriu um sorriso matreiro de quem tinha entendido exatamente aonde ela queria chegar.

– É mesmo?

– Sim, antes de voltarmos para a estrada precisamos ter certeza de que Ivo não está com pneumonia – disse Clare, olhando para o unicórnio preso à corrente dele com a expressão mais inocente do mundo.

Arthur acordou com um sorriso no rosto quando o dia raiou. Clare ainda dormia em seus braços, com o cabelo exalando aquela deliciosa fragrância de lavanda. Seus corpos ainda estavam quentes em contraste com o quarto frio. Virou-se de lado e percebeu que a respiração se condensava. Colocou a mão na chaminé e sentiu que estava gelada. O fogo da lareira tinha apagado.

Levantando-se sem acordar Clare, pegou a túnica mais quente da bolsa e se vestiu. A que usara na noite anterior... Bem, teria de ser lavada, pensou ao olhar para Clare com carinho. Não tivera intenção de possuí-la, mas o pedido convincente o pegara de sobreaviso. O desejo foi mais forte, mas ele não tentou freá-lo também. Enrolando a túnica suja, pensou em guardá-la até que Ivo pudesse lavá-la.

Ao olhar para Clare de novo, notou uma mancha rosada no lençol.

Sangue?

A constatação o deixou imóvel. Mais uma vez, Clare tinha escondido informações. Ela era virgem! O que ele tinha feito...?

– Clare? *Clare!*

Ela murmurou alguma coisa e esticou os braços.

– Hum? – Ao abrir os olhos e vê-lo em pé, ela se cobriu até o pescoço. – O que houve? Os monges estão atrás de nós?

– Não, não são os monges. – Ainda segurando a túnica suja, ele se ajoelhou ao lado dela. – Você não me disse nada. Por quê?

Clare bocejou e arrumou melhor a coberta.

– Não disse o quê? – perguntou ela com a voz rouca.

E mesmo magoado... não, *bravo*... ele a beijou e teve vontade de voltar para baixo do cobertor e continuar de onde haviam parado na noite anterior. Mas Clare ainda estava meio adormecida. Quando achava que ela começava a gostar e confiar nele, descobria que ela escondera algo tão importante, o que o deixava muito aborrecido.

– Você deveria ter me contado.

– Contado o quê? – indagou ela, sonolenta.

– Olhe – disse ele, apontando a mancha no lençol. – Sangue.

Clare ficou corada e o fitou.

– Isso faz alguma diferença?

– Claro que sim! Você deveria ter me contado. Eu não teria ido até o fim. Eu podia ter percebido, mas estava preocupado demais em não me derramar dentro de você. – Jogando a túnica longe, ele entremeou os dedos pelo cabelo. – Devo ter machucado você.

Clare tirou a mão de baixo do cobertor e segurou no braço dele.

– Não doeu muito e foi rápido. Você não me machucou. Arthur, você teria percebido.

Sem saber o que dizer, ele a estudou. Tanto o tom de voz de Clare como a expressão de seu rosto eram sinceros, mas isso não amenizava o fato de ela não ter contado que era virgem.

– Devo ter machucado você – repetiu ele.

– Não, Arthur, você não me feriu. – Ela o acariciou no rosto com as costas da mão. – Nós... – o rosto dela ficou mais corado – nós fizemos amor várias vezes e ambos tivemos prazer.

– Devo falar com o conde Myrrdin quando chegarmos a Fontaine.

– Vai contar a ele? – indagou Clare com os olhos arregalados, balançando a cabeça com o cabelo esvoaçante. – Por favor, Arthur, não diga nada.

– Por que não? Quero me casar com você. Eu já tinha dito minhas intenções quando chegamos aqui. Ah, Clare, achei que você fosse experiente, mas você não era. Eu tirei sua virgindade e tenho a obrigação de falar com seu pai. Preciso pedir sua mão em casamento.

Arthur se sentou sobre as pernas e a observou, alerta como uma águia, atento a qualquer mudança de expressão no rosto dela. Se bem que não sabia o que esperar, pois Clare era uma mulher surpreendente e fora do comum.

– *Não* – afirmou ela, contraindo o cenho.

– Não?

A veemência com que ela negou chegou a feri-lo. Se ela tivesse sido criada como uma dama nobre, a resposta seria compreensível. Mas ela não fora criada para se julgar superior, para olhar do alto para as pessoas comuns. Arthur sabia que ela havia morado em terras estrangeiras e só Deus sabia como tinha sido sua vida, mas certamente ela não vivera no luxo. Era filha ilegítima, assim como ele. Além do mais, ele não era uma pessoa comum, era um homem que conseguira se tornar um cavaleiro.

Sou um cavaleiro. Ilegítimo? Sim. Mas igual a ela.

– Não sei o que acontecerá em Fontaine, mas, seja o que for, não quero que fale com o conde Myrrdin.

– Lamento se isso não a agrada, Clare, mas vou falar com ele. – Arthur contraiu o maxilar. – Eu a desonrei e...

Um riso agudo o interrompeu.

– Você me desonrou? Isso é ridículo! Ao contrário, foi uma honra o que aconteceu. Entenda, Arthur, eu queria me deitar com você. E você também queria.

– Não é tão simples assim...

Ela respirou fundo, evidenciando os seios por baixo do cobertor. Arthur procurou desviar o olhar.

– Não quero que você se sinta em dívida comigo. – Clare retorceu os lábios antes de continuar: – Não se sinta na obrigação de falar com o conde Myrrdin. Além disso, eu nunca vou aceitar seu pedido.

– Nunca? – Arthur se levantou. Ele nunca tinha ficado tão confuso. – Mas você gosta de mim.

A constatação não tinha sido arrogante. Arthur sentia que Clare gostava dele. Por instinto, sabia que ela não era o tipo de mulher que se entregaria a um homem se não sentisse por ele algo forte e sincero. Ele, por sua vez, não sabia exatamente o que sentia; seu coração exultava na presença dela, mas não tinha a resposta. Sentindo-se perdido, olhou para os olhos dela, para o cabelo, os lábios...

Apesar da discussão, o desejo ainda era latente. A vontade dele era deitar-se ao lado dela de novo e ter esperanças de um dia se casarem. Mesmo com tantas dúvidas, ele tinha certeza de que não se casaria com outra mulher.

– Você não se deitou com Geoffrey e concedeu a mim a sua virgindade. Isso deve significar alguma coisa.

– Claro que sim. Arthur, gosto de você, não duvide – disse ela, com um olhar terno.

– Por que não quer se casar comigo, então? O conde Myrrdin vai querer lhe arranjar um marido e talvez você não goste da escolha.

– Como não sabemos o que o conde dirá quando me conhecer, esta discussão é irrelevante. Devo dizer também que acho a ideia de me casar um aborrecimento.

Arthur sentiu como se tivesse levado um tapa no rosto.

– Aborrecimento?

Clare desviou o olhar para a janela.

– O casamento é uma forma de escravidão.

– Escravidão? – Arthur estava prestes a continuar falando, mas viu como ela apertava as mãos com força, a ponto de as juntas ficarem esbranquiçadas. Quando se sentou ao lado dela novamente, cobriu as mãos dela com as suas. – Deixe para lá, Clare. Não quero brigar.

Ela retribuiu o sorriso, mas a tristeza estava evidente no rosto dela.

– Eu também não quero. Arthur, não se sinta preso a mim, não quero isso.

– Está certo.

Ele sorriu e a beijou. A resposta imediata ao beijo, a maneira como ela se agarrou aos ombros dele e permitiu que as línguas brincassem amenizou o clima tenso. E, quando se viu envolvido pelo perfume de lavanda e o cobertor, escorregou exibindo os seios de Clare e se esqueceu completamente do que ia dizer. Clare possuía um poder incrível, pois bastava beijá-la para que ele se entregasse à paixão. Mesmo com toda a experiência, Gabrielle não exercia o mesmo encanto.

Ao se afastar, ele deu uma tossidela.

– Saiba que passarei o restante da viagem tentando mudar seu jeito de pensar.

Clare riu, mas dessa vez foi de uma maneira carinhosa.

– Esta é uma ameaça intrigante, mas também devo dizer que não me influencio fácil. Casamento não é para mim.

Beijando-a mais uma vez e não se deixando enfeitiçar, ele se forçou a levantar.

– Enquanto isso, vou ver como Ivo está.

– Desço em seguida.

Capítulo 9

Arthur, Clare e Ivo ficaram mais quatro dias na abadia. Nevou todos os dias. O céu permanecia cinza-escuro e a neve cobriu o pátio do mosteiro. Os monges limpavam, mas logo a neve voltava e esbranquiçava tudo de novo. O lago de peixes congelou.

Ivo foi se recuperando com o decorrer dos dias. Por sorte, ele tivera apenas um resfriado e não uma pneumonia, como suspeitavam.

Como a neve tinha deixado as estradas intransitáveis, ninguém mais chegou, e Arthur e Clare continuaram com o dormitório inteiro para eles. Clare estava determinada a não brigar, pois queria aproveitar o máximo do tempo com Arthur. Não se casaria com ele, nem com qualquer outro homem. E, se alguém a forçasse, fugiria como sempre fizera. Na pior das possibilidades, podia se refugiar em um convento.

– Não, Ivo – repetia Arthur toda noite quando Ivo insistia em dormir com eles no aposento superior. – Você precisa ficar perto do fogo, é mais quente.

Durante os quatro dias, Arthur se apossou de todos os sentidos de Clare.

– Os bons monges ficariam horrorizados se soubessem o que estamos fazendo – disse Clare na terceira noite, quando os dois se recolheram bem antes do que o costume. – Ainda nem está escuro!

– E não somos casados – acrescentou Arthur, com um sorriso furtivo.

– Arthur! – exclamou ela, afastando-se. – Estou avisando... não fale mais em casamento.

Mesmo gostando muito dele, Clare não se esquecia de como o senhor dos escravos batia na mulher todos os dias. Uma esposa estava sempre sob a autoridade do marido. E ela não queria ser submissa nunca mais.

– É o que veremos – retrucou Arthur, desfazendo os laços do vestido dela, para tirá-lo o quanto antes. – Eu ainda venço você.

Clare estava tentada a concordar enquanto puxava a túnica dele por sobre a cabeça e espalmava as mãos em seu tórax como se quisesse lhe roubar a temperatura. Curvando-se para a frente, beijou os pelos no centro do peito dele e, não resistindo ao perfume másculo, roçou o nariz de leve por ali. Amava o corpo dele inteiro, mas o peito em particular, e o murmúrio de prazer que ouvia quando o acariciava. Tinha verdadeira adoração pelos ombros largos e pelo modo como o tronco se afinava até a cintura.

Entretanto, na quarta noite no mosteiro, Clare concluiu que estava enganada. Não era o tronco sua parte preferida do corpo dele, mas as nádegas firmes. Ela gostava de segurá-las enquanto faziam amor, percebendo-as contraídas a cada investida.

Na quinta noite, estava seduzida pelos olhos dele. Quando estava tomado pelo desejo, as pupilas se dilatavam a ponto de deixá-los negros. A diversão favorita dela, quando o percebia tão excitado, era rir e fugir do alcance daquelas mãos grandes. Gostava de ser recapturada com a impaciência de um adolescente, mas o olhar sedutor continuava sempre atento a qualquer movimento que ela fizesse. Sem mencionar que se encantava quando ele baixava os cílios longos enquanto sussurrava palavras de amor.

– Arthur...

– *Ma mie...*

Mas o que Clare não apreciava era a maneira brusca como ele saía de dentro dela para atingir o prazer. Tentou acreditar que estava sendo tola, mas não foi muito convincente. Observava a expressão tensa do rosto dele todas as vezes que repetia o ato e sabia que ele não estava feliz. Entretanto, Arthur estava sendo precavido, pois nenhum dos dois queria um filho. Embora a explicação fosse lógica, Clare se sentia culpada toda vez que aquilo acontecia. Era óbvio que ele agia contra a vontade, o que a levava a concluir que o ato de amor era mais completo para ela do que para ele. E isso não estava certo.

—⚬—

Certa manhã, depois do degelo, Ivo insistiu que estava bem o suficiente para continuar a viagem.

No caminho, se hospedaram em estalagens e castelos, mas a oportunidade de ter intimidade com Arthur tinha terminado. Clare sentiu a partida do mosteiro mais do que esperava sentir. Quanto mais o tempo passava, mais pesado ficava seu coração.

Arthur mantinha distância e Clare sentia-se péssima; aquele comportamento não era o certo. Sem perceber, não tirava os olhos dele enquanto cavalgavam. Ele raramente correspondia o olhar, mas era apenas para proteger a reputação dela. Parecia que no momento em que deixaram o mosteiro St. Peter, Arthur se esquecera de que a desejava. Pela maneira como se comportava, ninguém adivinharia que haviam dormido juntos. Clare tinha dúvidas se Ivo sabia.

A situação era dolorosa, pois Arthur fazia questão de manter uma distância mínima dela, como se quisesse deixar claro que a paixão de antes derretera com a neve. No entanto, ele não deixava de ser educado:

– *Mademoiselle* se sente capaz de percorrer mais alguns quilômetros ainda hoje?

– Creio que sim.

Ele a tratava com uma formalidade irritante.

– *Mademoiselle* está aquecida o suficiente?

– Sim, obrigada.

Ao entrarem na Bretanha, as estradas serpenteavam por dentro de uma grande floresta. A neve derretida pingava dos galhos desfolhados das árvores. Pássaros de diversas espécies bicavam as folhas caídas. Clare viu uma coruja com a penugem do pescoço arrepiada.

– Será que há um lobo por perto? – perguntou, apavorada.

Arthur limitou-se a menear a cabeça, sem desviar os olhos da estrada.

— Não tenha medo, lobos não atacam durante o dia. Quando anoitecer, chegaremos a uma estalagem. *Mademoiselle*, chegaremos à fronteira das terras do conde Myrrdin amanhã de manhã. Creio que ficará feliz em saber que amanhã à noite estaremos no Castelo Fontaine.

Clare o encarou e passou a mão no peito. Ele tinha falado no término da viagem de um jeito tão frio... Será que imaginara toda aquela paixão que compartilharam num passado que parecia ter sido há séculos? Não havia nem mais um laivo de expectativa nos olhos dele. Era raro trocarem olhares. Será que o prazer e a alegria de estarem juntos tinha sido um sonho? Do jeito como Arthur se comportava, parecia que nem sequer se conheciam.

Os olhos dela se encheram de lágrimas. Arthur a relegaria ao esquecimento. Àquela altura, ela estava certa de que o pedido de casamento fizera parte da dança da sedução. Fora tola demais em acreditar.

Piscando rapidamente para afastar as lágrimas, Clare endireitou o corpo e refletiu que deveria estar feliz, pois se Arthur queria esquecer o breve romance, seria ótimo. Mesmo porque ela nunca quisera se casar.

Ao olhar para o lado, percebeu que ele estava mirando o horizonte com um sorriso nos lábios. Por pior que fosse a situação, ela deveria se sentir lisonjeada porque aquele cavaleiro a tinha desejado, até mesmo pedido sua mão em casamento, mesmo que ela tivesse jurado que jamais se casaria. Estava fazendo papel de boba ao sentir o coração pesado como chumbo porque aquele cavaleiro não estava mais interessado. Sentiu-se aliviada ao pensar que, se ele não estava interessado, pelo menos não falaria com o conde Myrddin a seu respeito. Não teria de passar por nenhuma situação constrangedora em Fontaine.

Ótimo. *Ótimo.*

Tinha esperanças de se sentir melhor quando conhecesse o conde Myrrdin. Bem, pior do que estava seria impossível.

Arthur mal podia esperar para chegar a Fontaine. Clare recusara seu pedido de casamento, não queria nem ouvir falar do assunto. Enquanto a observava com o canto dos olhos, seus pensamentos estavam em conflito. Cavalgava ao lado da mulher mais suscetível do mundo, mas que não queria falar em casamento. Por quê? Seria porque ele não possuía terras? Ou talvez ela estivesse esperando que o conde Myrrdin a casasse com um nobre? Alguém que apagaria a vergonha de ser uma filha ilegítima.

Seria difícil esquecer os momentos raros que tiveram juntos. Era provável que nem ela mesma soubesse o quanto tinha sido ingênua. Mesmo assim ela era perfeita... o calor de seus lábios, a maneira como ela o prendia dentro de si ao contrair os músculos íntimos, o perfume de quando chegava ao clímax. Mas que mulher tola.

Mon Dieu, deixara Troyes sabendo que a viagem seria uma provação, mas preferiu se preocupar com o estado das estradas. Não podia imaginar que aquela mulher de jeito matreiro o testaria até a última gota de resistência. *Ah, ela vai mudar de ideia e se casará comigo. Ela precisa casar.*

Ele ainda estava disposto a conversar com o conde Myrrdin quando chegassem a Fontaine. Mas até lá pretendia tratá-la com todo o respeito. Precisava evocar todas as suas forças para não tomá-la nos braços, mas não podia pôr tudo a perder. Ninguém podia descobrir que tinham vivido um romance tórrido.

No entanto, fingir que não sentia nada por Clare estava acabando com ele. Não podia estender o braço para segurar-lhe a mão, nem sorrir para ela. Mas o pior de tudo era não saber se ela o recusaria de novo. Aquela incerteza era insuportável.

Por que ela não quer se casar comigo? Por quê?

Clare estremeceu ao avistar Brocéliande. Os carvalhos de troncos retorcidos erguiam-se como sentinelas na floresta adormecida. Havia musgo na maioria dos troncos das árvores e caules de heras mortas penduradas nos galhos desfolhados. A paisagem na primavera era bem diferente, com os caules esverdeados e os galhos carregados de folhas, dando vida à floresta. Brocéliande não deixava de ser bonita, mas parecia menor e triste.

Conforme avançavam na estrada, as margens ficavam mais afastadas e Clare se viu ladeada por pequenos arbustos em meio às árvores. Quanto mais se aproximavam da cidade, as árvores ficavam mais numerosas, acarpetando a estrada com as folhas caídas em diversos tons de marrom, ocre e amarelo...

De vez em quando, passavam por pequenos córregos que apareciam e desapareciam como mágica. O ruído da água fluindo entre as pedras produzia uma melodia agradável. Clare se encantou quando viu uma pequena cachoeira de pedras escuras, que contrastavam com o branco da água. Nas terras ao redor não havia vegetação, parecia um solo árido e deserto desde o início dos tempos, como se fosse proposital para que a cachoeira reinasse sozinha. O silêncio seria completo se não fosse pelo rumor da cachoeira e dos cascos dos cavalos passando por cima das folhas secas. Até os pássaros estavam em silêncio. Se alguém tivesse dito a Clare que a floresta de Brocéliande era encantada, ela talvez acreditaria.

Fontaine surgiu da mesma forma inesperada que os riachos.

Clare estava distraída com as montanhas e árvores de galhos entrelaçados quando chegaram a uma muralha com ameias. Como a floresta, parecia sólida e impenetrável e também devia estar ali desde o começo dos tempos.

– É o castelo de Fontaine? – indagou ela, puxando as rédeas do pônei.

Arthur parou ao lado dela e assentiu com a cabeça sem olhar para o lado.

Havia uma torre acinzentada que se erguia no meio das árvores. Clare se virou na sela e viu mais algumas torres. Eram três no total, com outras construções as quais era impossível identificar.

Uma repentina sensação de medo a fez suar frio. Estavam em Fontaine.

– Arthur? – *Olhe para mim, por favor...* – Arthur?

Por fim ele a encarou.

– O conde Myrrdin deve estar viajando – disse ela, mexendo nervosa com as rédeas.

Arthur já havia dito que Fontaine era apenas uma das propriedades do conde Myrrdin e que ele podia não estar no castelo quando chegassem. Ele explicara também que a jovem duquesa da Bretanha precisava de aconselhamento, por isso o conde poderia estar com a duquesa Constance...

– O lorde de Fontaine está aqui, não tema. Acredito ter mencionado que ultimamente ele se tornou um recluso.

Acredito ter mencionado... Arthur continuava usando aquele tom frio e formal. Clare chegou a pensar que ele a estivesse ironizando por não se lembrar de conversas anteriores.

Clare comprimiu os dentes, enquanto ajeitava o véu. Não seria bom desonrar o conde Myrrdin chegando como uma mendiga no portão. Satisfeita com o resultado, ela esporeou o pônei. E passou por Arthur sem olhar. Nunca precisara de ajuda e não seria diferente naquele momento. Mesmo assim, ainda sentia o suor escorrendo pela nuca; não era para menos, pois estava prestes a conhecer o homem que Arthur jurava ser seu pai. Fazia já algum tempo que Clare vinha se preparando para o encontro, por isso suas expectativas não eram muitas. Arthur podia estar enganado.

Mas mesmo que fosse esse o caso, não podia esperar muito dos homens quando os que haviam passado por sua vida eram tiranos, como Sandro e o pai dele, ou desencaminhados como Geoffrey. Até mesmo Arthur, que dissera que ela podia contar com ele como amigo, estava se mostrando uma grande decepção. Arthur tinha prometido amizade para poder se deitar com ela, não havia outra explicação. Ela não se arrependera de dormir com ele, mas ressentia-se da perda da amizade e do fato de ele ter usado isso como uma artimanha para manipulá-la.

A floresta mais densa ficou para trás à medida que eles se aproximavam da muralha do castelo, e as torres laterais ao portão logo se agigantaram diante deles. Munindo-se de coragem, Clare respirou fundo, empinou o nariz e atravessou a ponte levadiça.

Ao entrar no pátio, o véu azul balançava em sua cabeça como se fosse o pendão de um cavaleiro. Arthur sabia que ela estava nervosa e queria muito ajudá-la, mas não pertencia àquele lugar. Seria melhor se apresentasse Clare ao conde Myrrdin e permanecesse de lado. Aguardaria um tempo para que os dois se conhecessem melhor e depois se aproximaria para pedir a mão de Clare em casamento, sem se importar se ela seria reconhecida como filha ou não.

Infelizmente, a confiança entre Clare e o lorde de Fontaine não se estabeleceria de imediato, o que significava que talvez ele tivesse de voltar para Troyes por uma semana ou mais. Era irônico lembrar que, quando concordara em escoltar Clare até ali, sua principal preocupação era quanto tempo levaria para voltar. Agora, toda a urgência de antes havia desaparecido. Aproximar-se para fazer a proposta cedo demais não seria a melhor estratégia, pois o conde poderia não concordar. Além disso, o conde poderia suspeitar que ele e Clare estivessem envolvidos em algum tipo de conspiração para tirar proveito em benefício próprio.

Sem dúvida, o melhor a fazer seria aguardar que Clare estabelecesse um vínculo com o conde Myrrdin antes de pedi-la em casamento.

Mas depois...

Arthur a observou atravessar o pátio segurando firmemente as rédeas. Com o tempo de convivência aprendera que ela não era uma mulher fácil e talvez não aceitasse se casar, nem com a bênção do conde Myrrdin.

Na verdade, ela já o havia rejeitado enquanto estavam no mosteiro de St. Peter, logo depois de terem se amado, o que o tinha atingido diretamente no coração. Mais do que isso, ele ficara confuso, pois acreditava que se casar com um conhecido seria bem melhor do que se unir a um estranho. *Somos iguais e existe afeição entre nós.*

O tempo era a melhor solução. Tinha esperança de que mais adiante ela se tornasse receptiva e quisesse voltar a Troyes como sua esposa. Afinal, ela havia deixado pessoas amigas lá.

Arthur pensou em Raphael de Reims em seu lugar como capitão do conde Henry e contraiu o rosto. Era melhor voltar rápido para Troyes para não permitir que Raphael tomasse seu posto.

Clare agia como se ele a tivesse desapontado. A atitude era promissora, pois se ela estivesse magoada era um sinal claro de que nutria sentimentos por ele. Arthur tinha certeza de seus sentimentos. Nunca esqueceria as noites que havia passado juntos no mosteiro. Ele sorriu ao vê-la desmontar e passar as rédeas para um cavalariço mais velho. Clare já exibia a postura de uma dama, aprendia rápido, em todos os sentidos.

Não impostava o que acontecesse ali, ela já havia ganhado muita coisa.

O rosto do cavalariço possuía fissuras profundas como os troncos dos carvalhos da estrada. Clare percebeu como ele ficou estarrecido ao notar-lhe os olhos, mas limitou-se a pegar as rédeas e levar o pônei, enquanto ela subia os degraus até a porta de madeira do castelo. No caminho, ouviu vozes:

– André, você não vai acreditar no que acabei de ver. A mulher que acabou de chegar tem os mesmos olhos do conde Myrrdin. E o cabelo dela... o cabelo...

Clare não ouviu o resto da conversa. Sentiu o coração batendo na garganta ao seguir um criado até o salão nobre. Ouviu Arthur perguntar pelo conde Myrrdin. Alguém tirou sua capa e a conduziu para uma sala lateral onde havia uma bacia e um jarro de água.

– Para a senhora se refrescar, *madame*. Antes que se encontre com o conde Myrrdin – disse a criada, sem deixar de fitar os olhos de Clare.

– Muito obrigada.

Quando voltou para o salão nobre, algumas mulheres, que, pelos trajes, deviam ser criadas, apareceram não sabia de onde. Todas a estudaram com critério, aproximando-se para examinar melhor seu cabelo e seus olhos.

Ela chegou a imaginar que havia alguma coisa errada com seu cabelo e estava prestes a amarrar melhor o véu quando lhe mostraram um assento à cabeceira de uma mesa. Com as unhas fincadas nas palmas das mãos, ela prestou atenção na movimentação a sua volta. A voz de Arthur conversando com um dos cavaleiros do conde Myrrdin parecia vir de muito longe. Logo os dois saíram do salão nobre. Uma porta bateu.

Depois de respirar fundo, ela levantou os olhos. Alguns guardas se juntaram aos criados. Ninguém desviava a atenção de Clare, que esticou as costas. *Não é minha culpa ter origem humilde. Também não é pecado.*

A porta por onde Arthur tinha saído voltou a se abrir. Uma moça entrou no salão e se aproximou devagar. Pelo vestido carmesim ricamente ornamentado e a fita trançada no alto da cabeça, devia ser alguém importante. As criadas, uma a uma, fizeram uma vênia conforme a moça passava.

Clare ouviu a voz de Arthur vindo da outra sala:

– Milorde, eu preferia tratar desta questão delicada a sós. Meu suserano...

– Chega! Essa mulher não pode ser minha filha.

Clare sentiu o estômago contrair. Aquela devia ser a voz do lorde de Fontaine.

– Conde Myrrdin... – continuou Arthur – se ao menos a visse...

– Está me insultando, sir. Eu *não* tenho filhos ilegítimos.

Clare tentou ouvir melhor, mas a dama de vestido carmesim parou bem a sua frente, franzindo o cenho. Ela possuía olhos azul-acinzentados e cabelo escuro como a noite.

– Qual é o seu nome? – perguntou a moça numa voz clara e melodiosa.

– Clare – respondeu ela, levantando-se.

– Eu sou a condessa Francesca.

– É um prazer conhecê-la, milady – disse Clare, fazendo uma vênia enquanto centenas de pensamentos lhe passavam pela mente.

Aquela devia ser sua meia-irmã, a condessa Des Iles, e a maneira como olhava para ela não predizia boas coisas. Será que ela estava ressentida com a chegada de uma meia-irmã ilegítima? Os temores de Clare cresciam conforme a condessa a estudava com critério.

– Milady?

– Seu cabelo é vermelho – disse a condessa.

Mas o que havia de errado com o cabelo dela? Clare estava acostumada que reparassem em seus olhos, mas não no cabelo. Ela encolheu os ombros e olhou na direção da porta aberta. Não seria nada agradável se Francesca não a aceitasse, mas o importante era saber como o conde Myrrdin reagiria.

Não ficarei aqui se não for bem-vinda. O que estará acontecendo na outra sala?

Ao que tudo indicava, Arthur cometera um grande erro sobre o parentesco dela. Pelo tom de voz do lorde de Fontaine, ele havia se ofendido. Clare achou normal que ele tivesse ficado bravo. Se ela não fosse sua filha, logicamente ele estaria indignado, e, se fosse... Bem, ninguém ficava feliz em se deparar com a evidência viva de um comportamento inadequado do passado que era muito melhor esquecer.

Alguém empurrou a porta com tanta força que chegou a bater na parede com um som ensurdecedor. O homem que surgiu dali só podia ser o conde Myrrdin. Era um homem alto, magro, e vestia uma túnica creme comprida com um cinto largo. A bainha verde ondulava conforme andava. A túnica sugeria que ele já fora um homem mais robusto. Seu cabelo era branco e ralo; a barba chegava ao meio do peito.

Com a garganta seca, Clare se curvou numa vênia. Quando se levantou, deparou-se com um par de olhos iguais aos seus.

– Um azul-acinzentado e o outro verde – murmurou ela.

Por mais estranho que parecesse, o conde Myrrdin não olhava para os olhos dela. Assim como Francesca, estava com a atenção fixa no cabelo acobreado. Em seguida, levantou a mão retorcida e trêmula e afastou o véu de Clare para trás. Capturou um dos cachos entre os dedos e o levou até o nariz. Clare sentiu-se prestes a desmaiar.

– *Mon Dieu* – murmurou ele, pálido, engolindo em seco. – *Mon Dieu*.

E, com a mão no coração, o conde Myrrdin deixou-se cair num banco.

Os olhos da condessa se encheram de lágrimas e, levantando um pouco as saias, saiu correndo do salão.

– Milorde? – Arthur se antecipou. – O senhor está bem? Precisa de ajuda?

– Qual é o seu nome, minha jovem? – perguntou o conde, ignorando Arthur.

– Milorde... – Clare mordiscou o lábio e acenou na direção para onde a condessa Des Iles havia corrido – sua filha está angustiada.

– Lidarei com Francesca mais tarde. Imagino que você tenha um nome.

– Chamam-me de Clare, milorde.

– Você foi batizada com esse nome? – indagou o conde, apertando os olhos.

– Eu... eu nem sei se fui batizada, sir. Eu escolhi me chamar Clare.

– Você escolheu o próprio nome? – perguntou o conde, erguendo uma das sobrancelhas brancas.

– Sim, milorde. Eu... eu gosto do nome. – Clare parou de falar abruptamente, lembrando-se de que não podia revelar que tinha escolhido aquele nome depois de ter fugido de Apulia.

– Você escolheu porque gostou do nome.

– Sim, milorde.

A cor voltou ao rosto do conde Myrrdin, que se levantou e dirigiu-se a Arthur.

– Sir Arthur, desculpe-me por não ter acreditado no que me contou a princípio. Como você mesmo disse, este é um assunto muito delicado. Na verdade, você não sabe a gravidade disso. Os dois, por favor, acompanhem-me até o solário.

O conde Myrrdin os conduziu até o solário, onde se postou de costas para a lareira.

– Por favor, sir, a porta... – disse acenando para Arthur, que obedeceu, fechando a porta.

Havia um semicírculo de poltronas acolchoadas ao longo de uma grande janela que combinava com o restante do espaçoso salão. Os vitrais acima da janela eram coloridos, emprestando ao piso múltiplas cores, refletidas pelos raios de sol. Uma mesa e bancos de madeira polida estavam dispostos num dos cantos da sala, em frente a um móvel de madeira que expunha as louças. Clare não teve tempo de observar mais o salão.

– Não tenho nenhum filho ilegítimo – disse o conde Myrrdin.

– Poucos homens podem afirmar isso com tanta certeza, milorde – comentou Arthur, sem jeito.

– Eu sou um deles. Sempre fui fiel a Mathilde. – O conde Myrrdin inclinou a cabeça para o lado, olhando para Clare com tanta intensidade que a fez se sentir desconfortável. – Falo com você daqui a pouco, minha querida. Antes, preciso tirar umas dúvidas com sir Arthur. Onde a encontrou?

– Em Troyes, milorde. Eu a vi num torneio. Fiquei impressionado com os olhos dela e logo os relacionei aos seus.

– Não sabia que já havíamos nos encontrado, sir.

– Não formalmente. O senhor foi a Troyes quando eu ainda era garoto. Eu o vi conversando com o conde Henry e notei a singularidade dos seus olhos. Milorde, não há quem não perceba.

– Geralmente são os estrangeiros quem mais notam, não é? – perguntou o conde Myrrdin a Clare.

A maneira delicada como a pergunta foi feita escondia um sentimento maior que a surpreendeu.

– Sim, milorde, é verdade.

– Papai, pode me chamar de papai.

Arthur sentiu um nó no peito. Aquela era a constatação de que sua missão estava cumprida. Pelo menos a parte oficial. Apesar de insistir que havia sido sempre fiel à esposa, tudo indicava que ele aceitaria Clare como filha.

– Venha até aqui, minha querida.

O conde Myrrdin conduziu Clare até a lareira. Quando, pela segunda vez, ele pegou um dos cachos de Clare e o levou ao nariz, Arthur sentiu um calafrio. *O que está acontecendo?*

– Desculpe-me, querida... – A voz do conde falhou e ele se virou com as mãos cerradas em punhos. Quando voltou a fitá-la, estava com os olhos marejados. Com a ponta do dedo, levantou o rosto dela, estudando cada detalhe. – Minha filha... – murmurou e engoliu em seco. – Finalmente você está em casa.

Finalmente?

Para surpresa de Arthur, o conde passou o braço sobre os ombros de Clare e a abraçou com um sorriso de felicidade no rosto.

– Minha filha... Eu a procurei tanto... Mas nunca a encontrei – disse sem soltá-la ou deixar de admirá-la enquanto lhe acariciava o cabelo, balançando a cabeça. – Você é a imagem de sua mãe.

Arthur sentiu um calafrio na espinha, que interpretou como um mau presságio. O conde Myrrdin estava ficando senil e parecia se esforçar para se lembrar dos pecados da juventude. Mas, pelo menos, Clare havia encontrado sua casa.

– Eu disse... – Arthur murmurou, quando seu olhar cruzou com o de Clare. – Eu disse que não havia dúvida. Você é uma filha do coração e está em segurança agora.

As sobrancelhas alvas do conde se juntaram; apesar da idade, ele ainda ouvia muito bem.

— Filha do coração? Você está enganado. Clare é a imagem viva da minha Mathilde. Ela é minha filha *legítima*.

Arthur teve a impressão de ter levado um soco no estômago.

— Clare é a imagem da condessa Mathilde? — indagou com uma voz que não se assemelhava à dele.

— O que há de errado com você, meu jovem? Eu lhe disse que nunca fui infiel a Mathilde.

— Meu cabelo... — murmurou Clare, chocada, levando a mão à cabeça. — Quando cheguei, todos repararam não apenas nos meus olhos, mas no meu cabelo também. Minha mãe devia ter o cabelo igual ao meu.

— É verdade, mas você também herdou as feições delicadas dela — disse o conde, desviando o olhar de Clare para fitar Arthur. — Sir Arthur, se tivesse conhecido minha Mathilde, saberia que não há dúvidas da maternidade de Clare. — Ele tornou a olhar para a filha.

Arthur ainda se sentia como se tivesse levado um forte golpe. Sua mente estava em turbilhão.

Clare é filha legítima? Eu tirei a virgindade da herdeira de um condado. Como eu podia saber? Se o conde Henry a tivesse visto teria sabido da verdade, mas ela havia fugido de Troyes sem conhecê-lo.

— Milorde, a condessa Mathilde conheceu o conde Henry? — perguntou depois de dar uma tossidela.

— Eles se conheceram em Paris logo depois do nosso casamento. Por quê?

— Sinto por não tê-la apresentado ao conde Henry, ele a teria reconhecido imediatamente, milady — disse Arthur.

— Milady... — repetiu Clare, com expressão pensativa, e puxou a manga da túnica do pai. — Milorde...

— Papai — pediu o conde depois de estalar a língua, impaciente. — Sou seu pai e você precisa se referir a mim como tal.

— Papai, como pode ter tanta certeza? — A voz de Clare era pouco mais que um sussurro. — Nem sei quando nasci.

– Não importa. Sei exatamente qual é a sua idade. Mathilde teve apenas uma filha. Você tem 18 anos de idade.

Clare suspirou.

– Então sou sua filha legítima.

– Sim, minha querida. – O conde Myrrdin a acariciou no rosto. – Sir Arthur, Clare tem olhos iguais aos meus, mas as feições são de Mathilde. Ela possuía o cabelo da mesma cor e o mesmo feitio de corpo. Tudo nela, menos os olhos, foram herdados de Mathilde. – O conde respirou fundo com dificuldade. – Sinto como se Mathilde tivesse renascido. Se não fosse pelos olhos desta menina, eu diria que minha esposa tinha voltado a viver. – Ele a abraçou forte. – Bem-vinda ao lar, minha querida. Bem-vinda a Fontaine.

Arthur sentiu um vazio no coração, mas entendeu porque os criados ficaram tão assustados quando Clare atravessara o pátio do castelo. Eles estavam longe demais para distinguir os olhos dela, mas perceberam a semelhança com Mathilde. Claro que estava feliz com a sorte de Clare, mas, ao mesmo tempo, não queria que ela fosse a herdeira de Fontaine. O pensamento não era dos mais dignos, mas não lhe saía da cabeça.

– Como isso é possível, milorde? Como alguém *perde* uma filha?

– Essa é a questão crucial, sir Arthur. Tentarei responder o mais rápido possível. – O conde Myrrdin olhou para Clare. – Você quer continuar a se chamar Clare, minha querida?

– Sim, milorde – respondeu ela, engolindo em seco.

– Muito bem, sendo assim, daqui em diante você será conhecida como lady Clare de Fontaine, apesar de ser grande a chance de você ter sido batizada como Francesca logo após seu nascimento.

Clare entreabriu os lábios com os olhos brilhantes ao assimilar tudo aquilo. Sua expressão estava tranquila e demonstrava esperança e nenhuma dúvida a mais. As mudanças já estavam ocorrendo nela.

Arthur rangeu os dentes ao se dar conta de que ela ficava cada vez mais longe de seu alcance. Clare não havia apenas encontrado seu pai, mas estava cada vez mais evidente que ela nascera de pais que se amavam, e dentro de um matrimônio legítimo.

Mon Dieu. Ele agora estava diante de lady Clare de Fontaine. E isso mudava tudo.

– Sinto admitir que não me lembro exatamente do que aconteceu depois do seu nascimento – disse o conde com grande tristeza. – A única coisa que me lembro daquele dia foi que minha Mathilde faleceu.

– Ela morreu ao dar à luz? – Clare colocou a mão sobre o braço do pai.

O conde respondeu meneando a cabeça afirmativamente.

– Fiquei vagando a esmo, cego de tanta dor. Alguém tentou me tirar daquele estado, trazendo-me um bebê que havia sido batizado como Francesca. Mathilde sempre gostou desse nome. – O conde cobriu a mão de Clare com a sua. – Na época, nem pensei em questionar se aquela criança era minha filha. E por que deveria? Eu estava de luto por Mathilde. Levei semanas para olhar para Francesca e levei alguns anos para começar a suspeitar que ela não era minha filha verdadeira.

– *Condessa Francesca!* – exclamou Clare, cobrindo a boca com a mão. – Nossa Senhora, o senhor acha que ela sabia?

– Não. *Não.* – O conde balançou a cabeça. – Ela era recém-nascida e inocente.

– Milorde... Papai, acho que agora ela entendeu. O senhor viu como ela saiu correndo do salão?

– Não posso dizer que não tenha visto.

– Papai, pensei que sua fi... Pensei que a condessa Francesca não quisesse me aceitar, mas eu estava enganada. Ela deve estar confusa... alguém deveria ir vê-la.

Clare se levantou e estava prestes a sair quando o conde a segurou pelo braço.

– Não vamos nos apressar – disse o conde, e olhou para Arthur. – Sir, posso contar com sua discrição?

– Claro que sim, milorde. – Arthur franziu a testa. – O senhor acha que a condessa Francesca é mesmo inocente?

– Estou certo que sim. Eu a vi crescer. Ela é uma menina doce... e eu aprendi a amá-la. – O conde Myrrdin sorriu para Clare. – Francesca pode não ser minha filha de sangue, por favor, entenda, minha querida, mas acho que é justo dizer que ela se tornou minha filha adotiva. Sua chegada deve ter virado o mundo dela de cabeça para baixo. Francesca tinha algumas expectativas e eu pretendo minimizar seu sofrimento. Claro que não vou abandoná-la.

– Entendo... – disse Arthur.

– E você, minha querida, entende também?

– Claro que sim, papai. – Uma lágrima escorreu pelo canto dos olhos de Clare. – Sei que o senhor não vai abandoná-la.

– E como poderia? Ela é uma criança muito doce. – O conde Myrrdin suspirou. – Com o passar dos anos, percebi que ela não poderia ser minha filha. Não havia nenhum sinal de Mathilde nela, ou mesmo meu. É difícil perceber quando as crianças são pequenas, mas quando Francesca cresceu... – Ele encolheu os ombros. – De qualquer forma, era tarde demais. Eu já a amava. Mandei investigar no vilarejo com toda a discrição para que ela não descobrisse, mas, se alguém sabia alguma coisa, não disse nada. Eu não sabia onde você estava, mesmo porque não passava de uma suspeita, não havia como provar.

Clare é filha legítima.

Arthur fechou as mãos em punhos. Suas esperanças haviam se esvaído, pois não tinha nada para oferecer à filha de um conde. Muitas oportunidades e alianças se abririam para ela. Ouviu vagamente o conde Myrddin perguntar à filha sobre a vida dela, mas a atenção dele estava focada na boca de Clare.

Nunca mais vou beijá-la.

Capítulo 10

— Você não tem família? – perguntou o conde, surpreso. O que quer que Clare tivesse dito havia o chocado. – Clare, você tem de ter uma família… Como sobreviveu esse tempo todo?

Arthur daria tudo para saber o que ela estava pensando. *Lady Clare.* Senhor do Céu, se ele tinha dificuldades em aceitar que ela era filha legítima do conde Myrrdin, era inimaginável o que ela estaria sentindo. Durante as últimas semanas ele se esforçara para descobrir mais sobre Clare, mas não tivera sucesso. Talvez o conde tivesse mais facilidade.

— Minha vida… Papai, lamento, mas não quero falar sobre isso.

— Não precisa se punir – disse o conde com uma voz suave. – Você é inocente, tanto quanto Francesca.

— Papai, não é verdade que Francesca lhe foi entregue ainda recém-nascida?

— Sim. – Os olhos do conde se enrugaram ainda mais quando ele sorriu. – Acredite, inventei dezenas de teorias durante todos esses anos. Todas plausíveis, mas nada foi provado. A troca deve ter sido feita em algum momento durante os primeiros meses de vida das duas. Eu estava imerso numa profunda tristeza na época. Se você foi roubada, a enfermeira deve ter preferido o silêncio a ser castigada. Ela deve ter encontrado outro bebê e colocou no seu lugar.

— Papai, onde está essa enfermeira hoje?

O conde Myrrdin soltou a mão de Clare e esfregou o nariz.

– Ela morreu há muitos anos. – Ele suspirou. – Nunca saberemos de toda a verdade... Mas o importante é que você voltou para casa.

Arthur e o conde trocaram olhares.

– Milorde, com o tempo, é provável que descubra a razão de Clare ter sido levada. Todos no castelo já sabem da volta de Clare... de *lady* Clare. A esta altura os rumores já devem ter se espalhado pelo vilarejo. Se alguém em Fontaine estiver guardando um segredo na esperança de que a verdade nunca venha à tona, saberá que a história mudou. É provável que descubra o que aconteceu. – Clare e o conde olharam para Arthur. – Conde Myrrdin, devo investigar isso, para o bem de lady Clare.

Assim que as palavras saíram de sua boca, Arthur desejou trazê-las de volta. O que estava dizendo? Não havia mais razão para permanecer em Fontaine além do necessário. Como não poderia pedi-la em casamento, devia voltar para seu posto de capitão em Champagne. Era melhor cuidar do que lhe pertencia, pois sir Raphael devia estar ansioso para substituí-lo...

Para sua sorte, o conde Myrrdin fez um gesto de negação com a mão.

– Não haverá investigação nenhuma, pelo menos enquanto eu não resolver como será a vida de minha filha... minha outra filha, Francesca.

– Muito bem, sir.

– Agora, minha querida... – o conde conduziu Clare até o assento perto da janela – quero saber tudo a seu respeito. Por onde tem andado? Por que levou tantos anos para encontrar o caminho de casa?

– Eu... eu cresci em Apulia, papai – disse Clare, mexendo-se com desconforto.

– Mas que raios você estava fazendo em Apulia?

Clare levantou as palmas da mão para cima e Arthur continuou imóvel. Aquela era uma das perguntas que ele fizera e que ela não respondera.

– Não tenho lembranças da Bretanha, papai. Conheci o ducado quando vim com Arth... com sir Arthur até aqui.

– Quais são suas primeiras lembranças? O que aconteceu em Apulia? – indagou o conde, estreitando os olhos.

– Eu...

Clare desviou o olhar. Arthur percebeu o mal-estar dela e, mesmo querendo saber a resposta, sentiu vontade de impedir que o conde continuasse interrogando-a. Entretanto, ela foi mais rápida.

– Diga-me, papai. O que fará com a condessa Francesca?

– Francesca. – O conde contraiu o rosto e passou a mão por trás do pescoço. – Esta é uma bela confusão. Como deve saber, Francesca é casada com Tristan le Beau, o conde Des Iles. Os dois acreditam que ela seja minha herdeira... e era, até hoje. Terei de lidar com os dois com muita tática. – Suspirando, o conde segurou Clare pelos ombros e a fitou nos olhos. – Fique tranquila, minha querida, você será reconhecida.

– Aconteceu tudo muito rápido. Ficarei feliz em aguardar, papai.

Arthur sentiu uma dor no coração por Clare. Conhecendo-a um pouco melhor, ele previa o que ela estava pensando como se a tivesse ouvido falar alto... Ela temia que o pai mudasse de ideia. Quando o conde sorriu, ficou claro que ele também percebeu a dúvida que a assolava.

– Clare, meu sangue corre em suas veias, *você* é minha filha por direito. Você será reconhecida e terá seu lugar garantido. Mas precisamos tratar disso com muita calma. Estou certo de que encontrarei a melhor solução. Francesca continuará com seu dote, claro, mas tanto ela quanto o conde Tristan tinham certas... expectativas. O conde Des Iles é o mordomo-mor de Fontaine há dois anos, preparando-se para tomar as rédeas de tudo.

– Eu o conhecerei ainda hoje? – indagou Clare, mordiscando o lábio inferior.

– Hoje não, ele está em Rennes tratando dos negócios da duquesa.

– Papai, a condessa Francesca ficou muito abalada com a notícia... – disse Clare depois de um suspiro.

– Falarei com ela mais tarde. Ela deve estar por perto.

Observando Clare com seu pai, Arthur percebeu que era hora de ir embora. Os dois precisavam de tempo para se conhecerem melhor, e ele tinha de pensar. Clare tornara-se herdeira de um condado. As complicações da chegada dela confirmavam que um pedido de casamento seria inviável. Lady Clare de Fontaine teria um casamento político, já que Fontaine era um condado importante na Bretanha. O futuro marido precisaria do consentimento e da bênção da duquesa e seu conselheiro, Roland Dinan. Além disso, o rei da Inglaterra, como soberano na Bretanha, também teria de estar de acordo com o casamento. O rei da França também teria de ser notificado...

Obviamente, o conde Myrrdin jamais permitiria que sua filha se casasse com um simples cavaleiro. Lady Clare de Fontaine estava muito além de seu alcance. *Clare teria de ser virgem para se deitar com o futuro marido...*, pensou ele com o olhar fixo nos vitrais verdes e amarelos da janela.

– Com licença, milorde. Devo deixá-los a sós para que se conheçam melhor.

E ele precisava de tempo para pensar.

Para Clare, o resto da tarde se passou como se fosse um sonho. Ela chegou a ficar atordoada com a sorte que tivera. Sentia medo de estar sonhando e acordar a qualquer momento.

Mas não. Tinha encontrado seu pai de verdade, alguém que lhe dava novas esperanças. E o havia encontrado com a ajuda de Arthur.

O conde Myrrdin era adorável, dono de um coração generoso. No entanto, ela não demorou a perceber que era também um pouco excêntrico. Enquanto conversavam, ela notou que de vez em quando ele ficava em silêncio, com o olhar perdido através da janela. Mas Clare não se preocupou, pois podia lidar com um pouco de excentricidade. Na verdade, podia lidar com qualquer coisa. Havia aprendido naquele dia que, ao contrário do que acreditara durante sua vida inteira, não tinha sido rejeitada ao nascer. Não fora abandonada por pais que não se importavam em como ela sobreviveria. *Não estou mais sozinha.*

Apesar dos momentos de distração do conde, ele se mostrou preocupado de fato. Os dois ainda não se conheciam, mas o futuro se mostrava cheio de possibilidades e responsabilidades. Clare teve vontade de se beliscar. *Não estou mais sozinha.*

Bem, mas como toda grande alegria, havia alguns problemas. A dificuldade mais óbvia era Francesca...

– Papai?

– Hum?

– Gostaria de considerar a condessa Francesca como minha irmã. Será que ela concordará?

– Espero que sim – respondeu o conde, afagando-lhe a mão. – Vou procurá-la em breve para conversarmos. – De repente, a expressão dele se agravou. – Clare, dei a ela uma propriedade como parte do dote e gostaria que ela continuasse com a posse.

– Sim, sem dúvida.

O conde Myrrdin estreitou os olhos antes de prosseguir:

– Devo lembrá-la que a propriedade em St. Méen pertence tradicionalmente aos condes de Fontaine. Por direito, deve ser devolvida a você depois que se casar.

– A propriedade foi dada a Francesca, não tem sentido tomá-la de volta – disse Clare, convicta.

– Isso é muita generosidade de sua parte, mas creio que seja melhor amadurecer a ideia.

– Não vou mudar de ideia. A condessa deve manter sua propriedade.

O conde Myrrdin meneou a cabeça, fixando o olhar nas chamas da lareira, e os vincos de seu rosto se aprofundaram.

– Creio que o maior desafio será enfrentar o marido de Francesca. O conde Tristan é ambicioso, apesar de ele a ter em alta consideração, não há dúvida de que se casou por causa da herança dela. E agora a herança não a pertence mais.

Clare ficou sem saber o que dizer por um instante.

– Sinto-me péssima por isso.

O conde Myrrdin afagou a barba, distraído.

– Por sorte, eles estão começando a se afeiçoar um ao outro. Claro que mais por parte de Francesca. Espero que o tempo o tenha feito gostar dela, porque caso contrário...

– Há quanto tempo estão casados?

— Dois anos. Francesca tinha 16 anos.

— Eles têm filhos?

Clare segurou a respiração enquanto esperava a resposta. Seria péssimo ser a razão da separação da família.

— Ainda não.

— Existe a possibilidade de o conde Tristan anular o casamento?

— É possível. — O conde Myrrdin suspirou profundamente. — Se você tivesse aparecido no começo da união, acredito que ele teria anulado o casamento. Como eu disse, ele é ambicioso e orgulhoso. Devo enviar uma mensagem a Rennes explicando o que aconteceu.

— O conde viaja bastante?

— Sim, por ser meu mordomo-mor, mas ele também tem terras para administrar. Além disso, ele está sempre atento ao que acontece no exterior. É um excelente mordomo e logo aprenderá a gerenciar Fontaine.

— Saber que um dia administraria tudo deve ter ajudado bastante. — Clare mordiscou o lábio novamente, havia muito a considerar.

— Qual é o problema?

— Papai, não é bom saber que minha sorte tem um custo tão alto e fico triste que o conde e a condessa Des Iles tenham de pagar esse preço.

— Nunca mais diga isso. *Nunca* — disse o conde, com a voz grave. — Minha querida, *você* é minha filha verdadeira. Nada pode mudar isto. Não abandonarei Francesca, mas entre as duas, você é legítima. Por mais que eu ame Francesca, nada altera o fato de que você e eu temos o mesmo sangue. Entendeu?

— Sim, papai.

— Chega deste assunto, onde estávamos?

— O senhor me dizia que o conde Tristan é um mordomo excelente.

— Ah, sim. Minha querida, Francesca e o marido não empobrecerão... Como eu disse, o conde Tristan tem terras próprias. Ultimamente, o foco dele é a Bretanha, por isso de vez em quando se encontra com o séquito da duquesa Constance em Rennes.

Clare encarou o pai com dúvidas entremeando seus pensamentos como se fossem serpentes. Ao que tudo indicava, o conde Tristan não parecia ser alguém que cederia Fontaine sem resistir.

O conde Myrrdin colocou as mãos sobre as coxas e se levantou.

– Nossa duquesa é uma criança, cuidada pelo rei inglês. O rei Henry sempre coloca os interesses dele à frente dos nossos. Explicarei melhor tudo isso mais tarde. Há muito o que aprender. Enquanto isso, seria um prazer mostrar-lhe o castelo.

– E a condessa Francesca? Vamos falar com ela?

O olhar vago e a expressão reticente voltaram ao rosto do conde.

– Ah, sim, vamos falar com ela. Agora... – O conde Myrrdin ofereceu o braço a Clare – gostaria de acompanhá-la na visita, minha querida, quero que conheça umas pessoas.

Durante as horas seguintes, o conde Myrrdin cumpriu o que prometera, mas não encontraram Francesca. Nem Arthur.

Clare sentiu o coração apertar com saudades das conversas com Arthur. O que ele teria achado de sua inesperada e súbita ascensão social? Durante toda a viagem, não haviam considerado a possibilidade de ela ser filha legítima. Mas, agora, ela se tornara uma dama! Insegura, não imaginava como lidaria com a nova posição. Arthur tinha galgado posições, por isso seria a melhor pessoa para aconselhá-la.

Quando ela e o conde entraram no salão de braços dados, encontraram algumas criadas esticando uma toalha na mesa, preparando-se para o jantar. Não havia sinal de Francesca nem de Arthur.

O conde Myrrdin chamou uma das criadas.

– Enora, venha até aqui...

Enora se curvou numa vênia.

– Pois não, milorde.

– Clare, esta é Enora. Enora, esta é minha filha *verdadeira*, lady Clare de Fontaine.

Enora fez uma vênia para Clare, enquanto as outras criadas sussurravam entre si.

– Lady Clare de Fontaine.

— Ele disse Fontaine mesmo?
— Ela é filha dele?
— Eu o ouvi dizer que ela é filha verdadeira. Legítima.
— E o que acontecerá com a condessa Francesca? — indagou uma delas.
— Milady... — Enora fitou os olhos de Clare.
— Enora, você estaria disposta a assumir novas tarefas?
— Que tipo de tarefas, milorde? — Enora arregalou os olhos.
— Há muitos anos, sua mãe era a criada da minha esposa. Você acha que pode ajudar minha filha da mesma forma?
— Oh, milorde... — Enora juntou as mãos diante da boca e sorriu. — Eu *adoraria* ser a criada de lady Clare.
O conde Myrrdin virou-se para Clare.
— Bem, minha filha, você aceita Enora como sua criada?

Clare viu Arthur no jantar, mas não conseguiu chamar a atenção dele, pois estava sentada à mesa principal, perto do pai, e Arthur estava do outro lado da sala, em outra mesa com as sentinelas do castelo. Ele parecia em casa na companhia daqueles homens, rindo de alguma piada dita pelo capitão da guarda.

Por um breve momento, ela achou que ele tinha se virado, mas provavelmente se enganara, porque logo em seguida ele arqueou as costas, apoiando o cotovelo na mesa, olhando para o outro lado. Clare sentiu uma pontada no coração ao se convencer de que ele a evitava. E, verdade seja dita, ele a tratava como se mal a conhecesse, o que parecia impossível. Seria aquele homem o mesmo com quem havia se deitado?

Ele me pediu em casamento e agora nem olha na minha direção.

Enquanto olhava para o cabelo negro dele, a verdade a abateu como um golpe certeiro. Arthur estava preocupado com a reputação dela, tentando protegê-la. Ele se mantivera a uma distância considerável desde que haviam deixado o mosteiro de St. Peter, muito antes de descobrirem que ela era filha legítima do conde Myrrdin. Certamente ele redobraria o cuidado agora.

Sou lady Clare de Fontaine, filha legítima de um conde.
Pensando nisso, ela endireitou as costas. Sua vida estava mudando a cada minuto. Ela sabia que enfrentaria dificuldades, mas o distanciamento de Arthur, em especial, era muito difícil de encarar. Mesmo que não estivesse muito a par de suas obrigações, sabia que teria de corresponder a certas expectativas de comportamento. Havia regras a serem seguidas para firmar sua nova posição.

Apesar das explicações lógicas, o coração de Clare continuava apertado. Procurando consolo, ela tomou um gole de vinho. Não deveria doer tanto. Arthur estava preocupado com sua reputação e por isso mantinha distância, mas, se ficassem a sós, ele certamente se comportaria de outro jeito. A possibilidade de encontrá-lo a sós renovou sua alegria. Seria muito mais fácil conversar se estivessem sozinhos, assim como tinham ficado no mosteiro. Precisava arrumar um encontro o quanto antes.

Sou uma lady, pensou olhando fixamente para o vinho. Mas era difícil aceitar a nova realidade. Entretanto, havia um sentimento que não seria aplacado pelo novo título; ainda se sentia sozinha.

Sandro. As acusações que tenho em Apulia.
Sua situação não tinha mudado nada. Sim, era filha de um conde, mas não se sentia preparada para tocar no assunto com ele. Arthur era a única pessoa em quem podia confiar, mas a posição dele como capitão dos Cavaleiros Guardiões o impossibilitava de ouvi-la impassível. Infelizmente, seu novo *status* não mudava o que tinha acontecido no passado. Mas não podia estragar com pensamentos nebulosos o dia em que descobrira seu pai. Agora, ela possuía uma família...

Assim, procurou mudar o rumo de suas preocupações. Onde estaria Francesca? Estivera procurando por ela durante a tarde inteira, precisavam conversar.

O conde Myrrdin a tocou no braço. Ele lhe estendia um estojo azul finamente trabalhado, contendo uma faca de mesa.

– Quero que aceite isto, minha filha.

Clare tirou a faca de dentro do estojo. O cabo era de marfim entalhado com um símbolo celta.

– Obrigada, papai. É linda…
– Vamos dividir a mesma travessa.

Clare engoliu em seco. Todos estavam com os olhares fixos nela. Escravos eram invisíveis, mas as damas não. Podia saber como as damas deviam se comportar? Sentar-se ao lado do pai na mesa principal do castelo estava além de seus sonhos mais impossíveis. Mas estava ali como uma dama de direito. Depois do pânico inicial, quando não conseguia pensar em nada, ela se deu conta de que não era tão ignorante. Seu pai estava lhe dando a honra de dividir com ela a mesma travessa. O gesto significava que ele a havia aceitado como herdeira diante de todos, inclusive dos criados.

– Obrigada, papai. A condessa Francesca não jantará conosco?
– Dréo, você viu Francesca? – indagou o conde Myrrdin a um dos criados.
– Não, milorde.
– Peça que alguém vá até os aposentos dela. Gostaria que ela jantasse conosco.

Dréo fez uma reverência e saiu, mas não demorou a voltar. Clare estava com a atenção voltada para a outra mesa, onde se encontrava um homem de costas largas e cabelo negro, dando-lhe as costas deliberadamente.

– Isto foi caçado por nós, querida – disse o conde, oferecendo um pedaço de carne de cervo. – Experimente…
– Milorde? – chamou Dréo, fazendo uma reverência.

Ele estava tão branco quanto a toalha e Clare sabia exatamente o que ele diria.

– Milorde, a condessa Francesca não está em Fontaine.

O conde Myrrdin parou de cortar a carne no mesmo instante.

– Não seja tolo, homem, claro que ela está em Fontaine.
– Não, milorde. Falei com o sargento Léry. A condessa saiu esta tarde.
– O quê? – O conde gesticulou, impaciente. – O que está dizendo?
– Ela partiu pouco depois da chegada de lady Clare – informou Dréo, olhando para Clare de soslaio.
– Que despropósito! – A faca do conde caiu ruidosamente sobre a mesa. – Pensei que Francesca tivesse mais bom-senso. Ela levou uma escolta?
– Sim, milorde, dois cavalariços e a criada particular.

O conde Myrrdin se virou para olhar através da janela.

– Já escureceu. Está muito tarde para sair atrás dela. Pelo menos sabemos para onde ela foi?

– Sim, milorde. Ela avisou ao sargento Léry que ia para a mansão em St. Méen.

– E por que o sargento não disse isso mais cedo?

Dréo permaneceu imóvel, olhando para a travessa de carne.

– A condessa pediu ao sargento para só contar quando milorde se retirasse.

– Entendo. Obrigado, Dréo, isto é tudo.

Clare aguardou pela atitude do pai. Imaginava que ele reuniria um grupo de soldados para seguir Francesca, mas não foi o que aconteceu. Ao contrário, ele parecia estar em outro mundo, fitando com tristeza o bordado da toalha, espetando de vez em quando um pedaço de carne da travessa.

– Papai?

Não houve resposta, pelo menos não do conde Myrrdin.

– Milady, posso lhe dar um conselho? – perguntou sir Brian, um dos cavaleiros do castelo.

– Ah, sim, por favor.

– Deixe seu pai por hoje – disse o cavaleiro. – O conde Myrrdin não é mais um jovem, e sua chegada causou certa comoção por aqui.

– Ele não está bem? – Clare olhou para o pai, aflita. Havia acabado de encontrá-lo e não queria perdê-lo de novo.

– Não é isso – sir Brian se apressou em garantir. – De vez em quando parece que ele sai da realidade...

– São silêncios repentinos... Seriam momentos em que ele sonha acordado?

– Sim, milady, isso mesmo. Logo ele volta. Aconselho a não exigir demais até amanhã.

Clare consentiu com um aceno de cabeça e se serviu de mais um pedaço de carne. Enquanto comia, pensava em como deveria agir com Francesca. A pobre devia ter ficado nervosa para ter saído tão apressada de Fontaine. O conde Myrrdin devia ter percebido que algo similar poderia acontecer e procurado Francesca logo em seguida para consolá-la.

Será que aqueles "silêncios repentinos" mascaravam uma doença mais séria? Clare tinha esperanças de que ela fosse forte. O conde expressara seus verdadeiros sentimentos por Francesca, por isso era difícil entender a razão de ele não a ter procurado logo. Será que era esperar demais que ele dirigisse algumas palavras de conforto e segurança a Francesca? As dúvidas levaram Clare a desconfiar que havia alguma coisa muito errada.

– Sir Brian?

– Sim, milady?

O pensamento do conde Myrrdin estava bem distante dali, seguindo os arabescos da toalha de mesa com a ponta da faca. Clare não queria aborrecê-lo falando sobre o paradeiro de Francesca, mas tampouco podia suportar a ideia de tê-la feito fugir de casa. Já que o conde Myrrdin parecia não estar presente, ela se sentiu na obrigação de ajudar. Precisava falar com a irmã e não podia perder muito tempo. Francesca tinha de entender que o conde Myrrdin continuava amando-a e que ela sempre seria bem-vinda em Fontaine.

– A mansão de St. Méen fica muito longe daqui, sir? – Clare baixou o tom de voz para perguntar.

– Cerca de vinte quilômetros, milady – respondeu Brian enquanto se servia de pão.

– Bem, então são duas ou três horas de vigem, não?

– Se for a cavalo, deve ser isso mesmo, milady.

– Então é tarde demais para mandar alguém buscá-la ainda esta tarde.

– Acho que sim, principalmente por causa da neve. – Brian colocou o pão de lado.

– Está nevando?

– Sim, milady, começou ao anoitecer.

―⚘―

Clare ganhou um aposento numa das torres e uma cama só para ela. Foi estranho acordar sozinha na manhã seguinte. Ela bocejou e se espreguiçou, deleitando-se com a sensação de lençóis limpos e da colcha de penas...

O conde Myrrdin podia ter sido relapso em garantir a posição da filha adotiva em Fontaine, mas com Clare tinha sido bem diferente. Ele havia providenciado uma criada especial para ela e insistira em mandar fazer vários vestidos novos. Quando Clare argumentou que não era preciso, ele fez um sinal de desprezo. Numa das manhãs, o conde levou Enora e ela a um quarto repleto de guarda-roupas pintados em tons claros. Num deles, Enora encontrou um vestido de seda topázio que serviu em Clare perfeitamente. Depois, vieram algumas peças de tecido de brocado verde provenientes de Thessaly e vários cortes de lã inglesa, mais finos do que aqueles que comprara a pedido de Arthur.

– Este verde parece quentinho – disse ela.

– Pode fazer uma bela capa com ele – sugeriu o conde Myrrdin.

– Mas eu tenho uma capa.

– Você precisará de mais de uma. – O conde olhou para Enora. – Quero o que há de melhor para minha filha. Faça tudo o que ela quiser.

– Sim, milorde.

Dito isso, o conde Myrrdin deixou o quarto.

– Vejo-a no salão nobre, querida.

– Sim, papai.

Nos dias anteriores, Clare estivera tão assoberbada que não pensara muito sobre os momentâneos lapsos de memória do pai. Mas, naquela manhã, ela estava na cama, pensando: *...sua chegada causou certa comoção por aqui... ele tem esses silêncios repentinos... parece que sai da realidade...*

Era como se o conde estivesse bem fisicamente, mas o mesmo não se podia dizer de sua mente.

Clare decidiu que precisava falar com Francesca sem demora. Ela saberia como agir.

Levantou-se num ímpeto, jogando de lado o acolchoado, e colocou um xale nos ombros. Sua respiração se condensava por causa do frio. Abriu a janela, desembaçou a vidraça com as costas da mão e olhou para fora.

O céu estava nublado e escuro. A neve caía numa profusão de flocos, cobrindo a paisagem de branco... as paredes do castelo, o pátio e até a água nas gamelas.

A paisagem esbranquiçada de Fontaine era uma novidade para Clare. A neve se acumulava sobre os galhos das árvores e não era mais possível ver a estrada que adentrava a floresta.

De repente, ela avistou uma mancha verde atravessando o pátio. Era Arthur, ela conhecia a capa com capuz. Quando o viu entrar nos estábulos, apressou-se em se vestir. Se fosse rápida, poderia encontrá-lo. Precisava muito falar com ele, queria ouvir os conselhos sobre como encarar seu novo papel, e a quietude do estábulo seria perfeita para isso. Com a companhia apenas dos cavalos e de alguns cavalariços, Arthur certamente deixaria a formalidade de lado.

A primeira coisa seria pedir a ele que a escoltasse até St. Méen para se encontrar com Francesca.

Capítulo 11

– Arthur? – Clare saiu do vento cortante do pátio e entrou no estábulo, relativamente mais quente.

O cavalo de Arthur estava na última baia e, de onde estava, ela o ouviu conversando baixinho com um dos cavalariços.

Surpreso, ele se virou para fitá-la:

– Lady Clare?

Depois de pendurar a capa num gancho, ela se aproximou.

– Bom dia. Vim lhe pedir um favor.

– Pois não, milady.

Milady. Clare sentiu a pele arrepiar, mas não era de frio.

– Gostaria de ir até a mansão aqui perto e preciso de escolta. Você poderia me acompanhar?

– Qual é a distância daqui até lá? – indagou ele, franzindo a testa.

– Soube que fica a umas duas horas daqui.

– Não acho seguro sair com este tempo, milady. – Arthur meneou a cabeça. – Nem mesmo por uma hora. Tenho certeza de que o conde Myrrdin concordará comigo. – E voltando-se para o cavalariço: – Obrigado, Marc, isto é tudo.

– Por favor, Arthur, eu não pediria se não fosse importante.

– Não consigo imaginar uma razão tão séria a ponto de se arriscar a sair com essa nevasca... – disse ele, cruzando os braços sobre o peito.

– A condessa Francesca deixou Fontaine pouco depois que chegamos. Preciso falar com ela.

– Ela está aborrecida e você quer consolá-la. – Arthur encostou o ombro na parede.

Clare estreitou a distância entre eles, fitando-o nos olhos.

– Entenda, Arthur, isso é muito importante. – Ela hesitou em continuar para não dizer nada que desabonasse o pai. – Quero que ela saiba que não pretendo...

– Deserdá-la?

Clare fechou os olhos por alguns instantes.

– Digamos que a ideia me parece terrível.

– Bem, sendo ou não sua intenção, o resultado é esse mesmo. Era de se esperar que ela não estivesse dançando de alegria – disse Arthur, encolhendo os ombros.

– Falando assim, parece que planejei tirar o lugar dela, e você sabe que isso não é verdade. Quem é o responsável pela minha volta? – Clare apontou o dedo para ele. – Se você não tivesse falado com o conde Henry, eu não estaria aqui.

– Você se arrependeu de ter vindo? – indagou Arthur, franzindo o cenho.

– Claro que não, fiquei muito feliz em conhecer meu pai. – E, depois de um suspiro, ela continuou: – Sinto muito, Arthur, estou contente por estar aqui e não posso culpá-lo. Mas nunca sonhei que minha vida pudesse mudar tanto. Arthur, eu sou filha legítima de um conde!

– Isso faz uma grande diferença, não é?

– Você, acima de todas as pessoas, sabe que isso não faz diferença a respeito de quem eu sou. Mas eu não esperava por isso. E admita, tenho de enfrentar muitas dificuldades, e Francesca é uma delas. Se meu pai mantiver a palavra, sou sua herdeira. Arthur... – Ela sorriu. – você está com aquela expressão indiferente que eu não gosto. Preciso dos seus conselhos. Não tenho experiência nenhuma em agir como uma dama. Gostaria de pedir, de implorar, se for o caso, que você espere um pouco mais para voltar para Champagne.

– Milady, tenho intenção de voltar assim que o tempo melhorar.

Do lado de fora, os cavalariços travavam uma batalha com as pás para tirar a neve do caminho.

– Isso deve demorar alguns dias. Por favor, fique, Arthur. Pelo menos mais alguns dias, preciso dos seus conselhos.

– Seu pai lhe dirá tudo o que precisa saber.

– Gostaria de ter essa certeza – murmurou Clare. – Às vezes, meu pai divaga...

– Deve haver um mordomo aqui, por que não pergunta a ele?

Clare colocou a mão no braço dele na tentativa de derrubar a barreira que ele havia erguido entre os dois. Não havia necessidade de tanto, já que estavam sozinhos ali.

– Arthur, você não se lembra? O marido da condessa Francesca é o mordomo aqui em Fontaine.

– Hum...

– Estou certa de que o conde Tristan é um homem honrado, meu pai não o teria escolhido para marido de Francesca se não fosse, mas tenho minhas dúvidas se ele aceitará de bom grado explicar sobre a administração da propriedade para alguém que está lhe tomando a posse. Preciso muito da sua ajuda, Arthur. Você sabe dos desafios que terei de enfrentar.

– Será?

– Não se faça de bobo. Conheço seus méritos. Você não nasceu cavaleiro, mas teve de lutar muito para subir a esse posto. Não é possível que não possa me ajudar. – Clare franziu o cenho ao se lembrar de um detalhe. – Você foi mordomo do conde Lucien, não é?

– Fui mordomo em Ravenshold antes de ser um Guardião.

– Então você é exatamente a pessoa de quem preciso. – Ela abriu um sorriso.

– Clare... *lady* Clare, preciso voltar a Troyes.

– Por quê?

Por mais que já estivesse pensando no assunto, a pergunta o pegou desprevenido, embora já soubesse a resposta.

Minha menina inocente, você agora está além do meu alcance. Você é uma herdeira e não suporto sentar no salão nobre do seu pai, olhando você de longe. Sinto falta do seu calor aquecendo minha pele. Quero conhecer cada centímetro do seu corpo. Não quero que seu perfume de lavanda seja uma mera lembrança, gostaria de me embriagar de sua essência desde o amanhecer até a noite. Sem falar nos beijos...

– Cla... milady, sabe que eu jurei servir ao conde Henry. Preciso voltar a Troyes.

– Mas, Arthur...

– Dei a minha palavra em um juramento sagrado. Sou o capitão dos Cavaleiros Guardiões.

– Você também tinha jurado ao conde Lucien e foi servir ao conde Henry. Você não pode jurar em meu...

Não! Arthur teve vontade de gritar, mas suavizou a voz, colocando a mão sobre a luva dela.

– Entenda, Clare, eu tenho de voltar.

Clare suspirou e o fitou com seus olhos incomuns.

– Eu sei... seus compromissos em Troyes são importantes. – E, apertando os olhos, alfinetou: – Há outro motivo, não é?

– Qual seria?

– É apenas uma impressão. – Ela encolheu os ombros. – Você relutou muito para deixar Troyes. Há alguma coisa que o prende, algo que você acha que precisa enfrentar.

– Como pode saber disso? – perguntou Arthur, incrédulo.

– O que é, Arthur? Conte... – pediu ela, sorrindo.

– É que... eu... – A maneira como ela o instigou deixou-o com vontade de abraçá-la e beijar longamente aqueles lábios macios. – É algo relacionado ao meu nascimento humilde. Você coloca o dedo numa ferida quando diz que não nasci na posição em que estou hoje. Infelizmente, há outros cavaleiros em Troyes na mesma posição.

– Ah, cavaleiros nobres não valem tanto assim.

O desprezo na voz dela o fez sorrir. Parecia que ela não via a diferença entre ele e um cavaleiro nascido em berço nobre. Mas ela logo aprenderia. Fazia pouco tempo que ela estava em Fontaine, mas o conde Myrrdin não demoraria a encontrar um cavaleiro nobre que a tomasse como esposa. Ou talvez até mesmo um conde. O lorde de Fontaine tinha achado um conde para a filha que ele criara como sua, e seria improvável que não agisse da mesma forma com aquela que tinha seu sangue.

Arthur estava decidido a ficar bem longe para não precisar assistir a *isso*.

– Como você disse, os cavaleiros nobres não valem tanto assim. Mas o conde Henry escolheu um deles, sir Raphael Reims, para ficar no meu lugar enquanto estou fora.

– Você tem medo de que ele o supere. – Não era uma pergunta, mas uma constatação.

– Preciso preservar meu lugar – disse Arthur, desviando o olhar dela para fixá-lo na parede. – Eu me preocupo com a possibilidade de o conde Henry decidir que sir Raphael está mais apto ao cargo do que eu.

– Ele não fará isso.

A calma e a certeza com que ela afirmou aquilo tiraram as palavras da boca de Arthur, que a encarou com um sorriso tímido e tentador.

Quando ela se virou, ele agiu por instinto, segurando-a pelo braço.

– Devo ficar mais alguns dias, milady, se for para ajudá-la. O tempo não está bom. Além disso, Ivo é muito valioso para arriscar sua saúde de novo.

Clare o olhou com tanto carinho que o fez esquecer que estavam num estábulo gelado, com as respirações se condensando numa nuvem de vapor.

– Você não me engana, Arthur. Sei o quanto gosta daquele menino.

– É verdade. – Ao perceber que ainda segurava a mão de Clare, ele a soltou e entremeou os dedos pelo cabelo. – Milady, se isso a faz feliz, eu a acompanharei até essa mansão quando o tempo melhorar. Mas, depois disso, volto a Troyes.

Clare ficou na ponta dos pés e o beijou no rosto, deixando-o enrubecido.

– Obrigada, Arthur, você é um amigo verdadeiro. Sei que meu pai me arrumaria outra escolha, mas prefiro que seja você. Todos... *tudo* aqui é muito estranho.

Arthur tossiu e tentou não olhar fixo para aquela boca bem desenhada. Era difícil demais não pensar em beijá-la da maneira voluptuosa como queria.

– Tenho certeza de que também terei de me acostumar.

– Isso é uma meia-verdade.

Arthur engoliu em seco. Aquele beijo rápido tinha sido uma revelação. Clare o beijara de um jeito casual, mas ele sentiu como um gesto de afeição, embora não tivesse ideia do que ela estava pensando. Arthur conhecia bem aquele sorriso inocente dela, como se aparentemente não soubesse o quanto ele ardia de desejo por beijos bem mais profundos e verdadeiros. Se dependesse dele, trocariam carícias como já tinham feito quando hospedados no mosteiro. Aliás, havia uma coisa que deveriam tratar, por mais estranho que pudesse parecer naquele momento.

Eu tirei a inocência dela. Ela não pode sofrer por isso.

– Milady?

Quando o ouviu voltar à formalidade, Clare mudou a expressão do rosto.

– Prefiro quando me chama de Clare.

– Milady – repetiu ele, como se não a tivesse ouvido. – Estive pensando no que aconteceu entre nós no mosteiro e cheguei a uma conclusão. Preciso contar ao seu pai.

Clare prendeu a respiração e o segurou pela túnica com as duas mãos.

– Você não está se referindo a... você e eu... Arthur, *não*! Não pode estar falando a sério.

– Estou, sim. Clare, o que eu... o que nós fizemos não deveria ter acontecido. Seu pai irá procurar um marido para você, e quando isso acontecer... Você deveria ser pura ao se casar.

Clare levantou o queixo antes de enfrentá-lo.

– Achei que já tivesse deixado esse assunto claro. Não pretendo me casar, portanto, isso é irrelevante.

Arthur meneou a cabeça sem se convencer.

– Clare, como herdeira de Fontaine você precisa se casar. Seu pai insistirá para que se case.

– Meu pai fará minha vontade – disse Clare, embora Arthur percebesse que ela tentava convencer a si própria.

– Você pode até persuadir seu pai, mas, acredite, será difícil convencer o rei inglês – disse Arthur, passando a mão no braço dela.

– O rei Henry? – Ela piscou várias vezes. – O que o meu casamento tem a ver com ele?

Arthur respirou fundo. Clare era de fato muito ingênua.

– A Bretanha é um ducado e o rei Henry é o soberano. Ele não permitirá que um grande condado da Bretanha seja deixado nas mãos de uma mulher.

– Você me faria escrava?

– Escrava? Estou apenas dizendo o óbvio. Fontaine é um condado rico e precisa ser administrado sob rédeas curtas.

– Eu já disse que não quero me casar.

– É inevitável, Clare.

– Arthur, nunca me casarei, nem com você, nem com ninguém. – Furiosa, Clare se virou, colocou a capa num gesto brusco e saiu do estábulo.

Arthur ficou observando-a sair com a mão no rosto, onde havia sido beijado.

Depois do encontro no estábulo, Clare não falou com Arthur por quase uma semana. Como não tinha muito com o que se ocupar, já que as estradas estavam cobertas de neve, ele se lembrou do que ela havia dito. *Nunca me casarei.*

A nevasca continuou, deixando-os presos no castelo e longe do mundo exterior. A floresta de Brocéliande estava completamente branca e silenciosa. O único som vinha dos pingentes de gelo nas ameias, que refletiam os raios de sol como se fosse um arco-íris. Até que, um dia, os pingentes de gelo começaram a derreter, formando pequenas poças à sombra da muralha. Mas logo voltou a nevar e novos pingentes se formaram ao redor da muralha do castelo.

Nunca me casarei.

Estranho, mas a convicção de Clare tirara um peso dos ombros de Arthur. Quando ele havia feito o pedido no mosteiro, ela o rejeitara com tamanha rapidez que surtira o efeito de um tapa no rosto dele. A rejeição o insultara e magoara, ao mesmo tempo que o deixara com um sentimento poderoso de desejo e paixão, um misto de sensações que o impedira de pensar direito. Agora, depois de alguns dias, ele começava a considerar que ela não o havia rejeitado como pessoa, mas, sim, o sacramento do matrimônio.

Nunca me casarei. Por que ela estava tão segura? A certeza chegava a ser suspeita, como se ela temesse se casar. E pensar que durante a viagem haviam passado muito tempo dando indícios da vontade que tinham de ficar juntos. Quando Gabrielle, que não fazia segredo algum de como ganhava a vida, começara a insinuar um relacionamento mais profundo, ele a rejeitara, dizendo que, se ela continuasse com aquelas insinuações, ele procuraria outra mulher.

Clare era um caso raro de aversão ao casamento, a primeira que ele conhecera. Pensando nisso, lembrou-se de sua mãe. Assim como Clare, sua mãe morria de medo de se casar, e mesmo assim era feliz vivendo em pecado com o marido.

Arthur ainda era um menino quando a mãe morreu, deixando de herança a dúvida sobre as razões para não querer formalizar o relacionamento com o pai. Arthur chegou a pedir explicações, mas os pais se recusavam a falar no assunto. Porém, Arthur ouvira algumas conversas de vez em quando que o levaram a concluir que sua mãe era casada quando conhecera seu pai, e que seu marido a maltratava. Então, quando o pai de Arthur lhe oferecera um refúgio, ela se mudara sem hesitar para a casa ao lado da forjaria. Ainda assim, eles viviam felizes, apesar da relação ilícita que mantinham e dos comentários jocosos dos aldeões, que a chamavam de meretriz. Ela se fingia de surda aos insultos, que pararam quando Miles teve a aprovação do conde Henry e ganhara seu par de esporas.

O fato é que a mãe de Arthur evitara o casamento porque seu marido tinha sido violento. O que teria acontecido a Clare para ter o mesmo comportamento?

Arthur decidiu que, enquanto aguardava a espessa camada de neve e gelo derreter, faria o possível para descobrir o segredo de Clare. Mas, com o passar dos dias cinzentos, Clare não dissera nada, ao contrário, revoltara-se com tantas indagações e passara a evitá-lo. Ele chegou a pensar que havia sonhado com o pedido de escoltá-la até St. Méen.

Certo dia, ele a viu esquentando as mãos diante da lareira no salão nobre, com a criada a seu lado. Mas ela saiu logo em seguida, deixando-o na dúvida se tinha sido coincidência ou não.

No dia seguinte, ele tentou uma aproximação mais direta quando a viu no pátio. Clare continuava evasiva. E pouco falou com ele.

– Com licença, sir, preciso ir até a cozinha.

Assim dizendo, ela saiu, deixando-o sozinho.

Seria outra coincidência? Não, dessa vez não.

Quando a viu de novo, Clare estava perto da ponte levadiça, conversando com o sargento Léry. Quando ele levantou a sobrancelha, ela imediatamente ergueu o nariz e passou por ele, sem demonstrar nenhuma intenção de parar para conversar. Em outro momento, ele saía dos estábulos quando vislumbrou um véu verde esvoaçante. Clare estava passeando pelas muralhas de braços dados com o pai. Bem, se ela não queria lhe dirigir a palavra, por certo tinha mudado de ideia sobre ser escoltada por ele a St. Méen. Propor casamento de novo a tinha afastado.

Ela teme o casamento. Ainda não entendi a razão. Não que ela tivesse receio de fazer amor, mesmo porque demonstrara o contrário. Então, o que a assustava tanto?

Àquela altura dos acontecimentos, Arthur esperava que ela tivesse esquecido sua proposta de casamento impulsiva, mesmo que na época lhe tivesse parecido a melhor solução para vários dos dilemas, além do fato de que gostava dela e não queria se separar. Mas todos estes planos tinham sido feitos antes de descobrirem sobre a paternidade dela.

Sendo sua vontade ou não, Clare teria de se casar um dia. O conde Myrrdin a havia aceitado como filha, logo, seu casamento teria de dar continuidade à dinastia. O rei da Inglaterra aprovaria e haveria uma grande festa.

Mas a dúvida persistia, o que o futuro marido faria quando descobrisse que ela não era mais pura? Clare não seria a primeira nobre a ter perdido a inocência antes do casamento, mas certamente isso causaria problemas. Por sorte, o conde Myrrdin tinha muitas propriedades que deveriam aplacar o orgulho ferido do futuro marido. Mesmo assim, Arthur se sentia culpado. E vê-la de longe tampouco diminuía o desejo que tinha por ela, nem a paixão que lhe queimava o corpo. Mas tais sensações eram perigosas e ilícitas. Nas aparências, eram apenas dois estranhos, mas ele conhecia segredos íntimos de Clare. Seria difícil esquecer o calor daquele corpo feminino tocando o seu enquanto dormiam juntos; e os murmúrios de prazer quando se amavam. Sentia falta de afagar aquele cabelo macio. As próximas primaveras jamais seriam as mesmas, pois ele se lembraria de Clare com o perfume das lavandas. Arthur continuava observando-a andar no alto da muralha, suspirando e se conscientizando que, mais uma vez, a tinha interpretado erroneamente. Clare, *lady* Clare, estava se adaptando bem à vida em Fontaine.

Tinha de partir, só assim se sentiria melhor.

Arthur estava selando seu cavalo, preparando-se para verificar o estado das estradas, quando a entrada do estábulo ficou sombreada. Um cavalariço havia entrado e Clare estava parada à porta, vestindo as luvas. Ele estranhou que ela fosse sair antes de saber as condições das estradas.

Ela vestia outra capa verde e um véu do mesmo tom, que escondia o glorioso cabelo vermelho.

– Bom dia, sir Arthur – ela o cumprimentou com um leve sorriso. – Onde está Ivo? Pretende partir sem ele?

Afivelando as correias na cabeça do cavalo, Arthur meneou a cabeça.

– A última vez que o vi, ele estava no depósito de armas. Como não nevou ontem, vou sair para checar como estão as estradas. – A cota de malha dele estava tinindo.

Em outra baia, um cavalariço selava o pônei de Clare.

– Milady, está planejando cavalgar hoje?

– Preciso falar com a condessa Des Iles – respondeu ela, levantando o queixo.

– Se for a St. Méen, milady, eu a aconselharia esperar para verificarmos as condições da estrada.

– Sir, acredito que a condessa esteja muito aborrecida. – Clare bateu o pé no chão com impaciência. – Meu pai está com saudades. Não posso mais esperar para encontrá-la.

Arthur conhecia aquele olhar de determinação, ciente de que ela não mudaria de ideia.

– Presumo que levará uma escolta...

– Conan vai me acompanhar. – Clare acenou para o cavalariço.

– Um cavalariço apenas? Nenhum cavaleiro?

Ao balançar a cabeça em negativa, o véu verde ondulou ao redor do rosto dela. Arthur segurou o arreio do cavalo com uma força desnecessária, sabendo que apenas um cavalariço não garantiria a segurança de Clare. Além do gelo e da neve, a floresta devia estar repleta de foras da lei.

– Milady precisa de mais do que um cavalariço.

– Arth... Sir, meu pai acha que estarei em segurança.

– Milady precisa de uma escolta apropriada. Acho melhor eu acompanhá-la.

– Mas St. Méen está fora do seu caminho.

– É verdade, mas não gostaria de deixá-la sair sem a escolta adequada.

De fato, Arthur não pretendia sair naquela direção, mas ir embora sem se despedir apropriadamente estava pesando em seu coração. Agora tinha mais uma possibilidade de conversarem.

– Tem certeza? Não quero atrasar sua volta a Champagne.

– Um dia a mais não fará diferença alguma.

Clare abriu caminho para que ele passasse com o cavalo até o pátio e aguardaram até que o cavalariço trouxesse o pônei. Enquanto isso, Arthur a estudou, reparando que estava com sombras mais escuras sob os olhos, denotando que, talvez, ela não estivesse se adaptando tão bem quanto ele acreditara. As roupas finas caíam bem no corpo esbelto de Clare, mas a vontade dele era tirar-lhe o véu para poder correr os dedos pelos fios acobreados. Nem que fosse por uma vez apenas... só uma...

– Outra capa verde? Essa cor lhe cai bem.

– Obrigada. Tenho três capas agora e pelo menos doze vestidos. E uma criada.

— Isso é... Assim que deve ser.

— É mesmo? – indagou ela, fitando-o com indiferença. – Enora é uma moça agradável, mas não sei direito o que dizer a ela. É tudo muito estranho ainda.

— Achei que estivesse se acostumando bem.

— Nem tanto.

— Seu pai a ajudará a se ajustar à vida de uma dama.

Ela o olhou com a mesma indiferença e levantou os ombros.

— Pode ser, mas os lapsos de memória não o ajudam.

— Como assim?

— Ele se esqueceu que sei como administrar empregados e gerenciar uma casa. Mas, como meu sotaque é muito diferente, preciso de aulas para falar como eles e me fazer entender.

— Acho sua dicção muito clara.

— Pode ser, mas ainda não me sinto segura diante de muita gente e...

Clare parou de falar quando Conan saiu do estábulo, trazendo os cavalos. Ao notar uma bolsa presa atrás da sela do cavalariço, Arthur levantou uma das sobrancelhas.

— Meu pai insistiu para que Conan levasse alguns cobertores e comida para nós.

— Vejo que os lapsos do conde Myrrdin não são tão frequentes assim – murmurou ele, seco.

Clare pressionou os lábios e meneou a cabeça.

— Você não entendeu – disse ela ao montar no pônei. – Não acho que papai esteja muito bem de saúde.

Arthur preferiu não comentar nada. Em sua opinião, o conde Myrrdin parecia raciocinar bem para alguém daquela idade. O conde havia providenciado uma criada para Clare e uma quantidade de roupas de fazer inveja a uma rainha. Por outro lado, era estranho que tivesse permitido que a filha saísse sem uma escolta apropriada.

Pensativo, ele afivelou o elmo e esporeou os flancos do cavalo, que saiu batendo os cascos sobre a superfície gelada, até os portões do castelo. O cavalariço se escondeu sob a capa e o capuz e seguiu logo atrás.

Quase não havia movimento na estrada. Os cavalos afundavam as patas na neve que tinha caído durante a noite. A floresta esbranquiçada reluzia e as sombras eram azuladas. Não demorou para que Clare sentisse os olhos arderem. Estacas de madeira tinham sido fixadas às margens da estrada para delimitá-las. Não havia reparado quando chegara, mas agora estavam bem visíveis, embora não fossem tão necessárias. Se a neve derretesse, seriam inúteis.

O couro da sela de Arthur estalou quando ele se virou para trás.

– Há quanto tempo a condessa Francesca está em St. Méen?

– Creio que há pouco mais de uma semana. – Clare suspirou. – Meu pai está sofrendo com a ausência dela, por isso me esforçarei para trazê-la de volta.

– Ela pode não gostar da sua visita – disse Arthur, levantando a viseira do elmo.

– Pode ser, mas prefiro pensar que ela esteja com saudades do papai e de todos em Fontaine. Pelo que sei, o conde Tristan ainda está em Rennes e ela não deve estar feliz sozinha.

– Cla... milady, se você que encontrou seu pai há pouco tempo não quer perdê-lo, imagine ela que sempre acreditou ser filha única. A condessa deve estar com raiva, não de você apenas, mas do conde Myrrdin também.

– Ela não pode culpá-lo. Não foi culpa dele ela ter sido roubada ao nascer, e nem alguém o ter enganado, colocando outra criança no meu lugar.

– A condessa pode discordar, ou achar que o responsável ainda esteja em Fontaine e não querer voltar nunca mais.

– Existe também a possibilidade de ela querer conhecer seus pais verdadeiros...

Arthur rejeitou a ideia, balançando a cabeça com veemência. O elmo brilhava com a luz do dia.

Clare gostou de ele ter levantado a viseira, caso contrário seria impossível ver-lhe o rosto. Dessa forma ele parecia mais humano, mais ele mesmo. Clare gostava de admirá-lo e admitia que sentira sua falta nos últimos dias. Com uma pontada no coração, pensou em como ficaria quando ele voltasse para Troyes.

— Milady, ela cresceu acreditando ser filha de um conde. São grandes as chances de os pais dela não serem nobres. Como acha que ela aceitaria ser filha de alguém de origem mais simples que a sua?

— *Status...* — Clare o olhou, franzindo o cenho. — Isso é muito importante para você, não é?

Arthur virou o rosto para a frente, olhando na direção do sol poente.

— Todo mundo tem seu lugar, milady. Lordes, cavaleiros, monges, camponeses... todos têm seu papel.

— E o céu cairá sobre nossas cabeças se alguém mudar de um nível para outro?

Arthur olhou para ela de novo, sério. Como ele nem sequer sorriu, ela corou, mas continuou a falar:

— Você age assim por causa da morte do seu irmão, não é? O que aconteceu com Miles, Arthur? Como ele morreu?

— Ele morreu na liça do castelo de Troyes. Soubemos que ele treinava quando algo saiu do previsto. Foi um acidente. — Arthur comprimiu os lábios. — Esta foi uma das versões da história.

— E qual é a outra?

Arthur deu de ombros casualmente.

— Meu pai soube que Miles foi cercado por não apenas um, mas três cavaleiros com o dobro de experiência. Eles estavam sem cavalos e foi uma luta de punhos. Miles não teve nenhuma chance.

— O que aconteceu com os homens que o mataram? Ninguém fez nada?

— Eu era um menino na época e meu pai não me contou a história inteira. Sei que, antes de morrer, Miles disse que um dos cavaleiros não gostava dele.

— Por quê?

— Miles ganhou as esporas de cavaleiros em vez do filho dele.

— Então, Miles foi cercado por três cavaleiros...

— Eram três irmãos de linhagem impecável que não suportaram a ideia de um filho ilegítimo de um fabricante de armaduras superar alguém de sangue nobre. Mas insistiram que tinha sido um acidente de treinamento.

— Acho estranho que o conde Henry não tenha feito nada...

– O conde estava em Paris. Meu pai foi visitá-lo quando ele voltou, mas foi um confronto entre a palavra dos três cavaleiros, que haviam matado Miles, contra a palavra de um fabricante de armaduras. – Arthur deu de ombros, resignado. – Não precisa pensar muito para adivinhar o que aconteceu. Disseram ao meu pai que cavaleiros morrem todos os dias em treinamento, o que não deixa de ser verdade. Meu pai não teve alternativa.

Clare suspirou.

– Arthur, a morte de Miles foi trágica, mas você permite que isso afete sua vida, acreditando que todos os nobres pensam da mesma maneira daqueles que mataram seu irmão. Você sabe o que deve ter acontecido, mas prefere ignorar. Pelo que sei, o conde Lucien d'Aveyron o contratou como mordomo e depois disso o conde Henry de Champagne ofereceu-lhe o posto de capitão dos Guardiões. Você devia encarar isto como prova suficiente de que nem todos os nobres foram forjados na mesma forma que os assassinos do seu irmão.

Os minutos seguintes transcorreram no mais absoluto silêncio. Eles passaram por algumas árvores caídas e pegadas de animais. Um cervo e uma raposa atravessaram a estrada correndo. Depois de cerca de uma hora, Arthur voltou a falar:

– Sei que tive sorte de trabalhar com homens de bom coração. O conde Henry e o conde Lucien são espécies únicas entre os nobres.

– Tenho dúvidas de que sejam tão raros quanto você diz. As barreiras entre um cavaleiro e seu senhor são mesmo tão altas quanto você imagina? Não sei... Na verdade, acho que foi você quem ergueu essas muralhas.

– O que quer dizer com isso?

– Se você procurar por obstáculos, irá encontrá-los. – Ao verbalizar o que sentia, Clare percebeu que Arthur precisava saber que ele se isolava dos outros por aquelas barreiras. Mas não entendia a razão de ele não tentar ao menos vencê-las.

– Não fui eu quem as construí – disse ele com os olhos flamejantes. – Essas barreiras existem há muito tempo. Alguns nasceram para governar, enquanto outros permanecem humildes.

– Isso quer dizer que não se pode vencer tais obstáculos? Não faz sentido. E aquele duque Norman... como era mesmo o nome dele? Aquele que era bastardo?

Arthur riu alto.

– Você deve estar se referindo ao duque William da Normandia.

– Ele se tornou rei da Inglaterra...

– Clare, o rei William pode ter sido filho ilegítimo, mas o pai dele era o duque da Normandia.

Clare. Arthur sorriu ao se dar conta de que a chamava de Clare de novo.

– Está querendo me dizer que o sangue nobre o ajudou?

– Sua vida está mudando, não é verdade? Você descobriu que é filha de um nobre.

– E porque sou filha legítima. Fico imaginando qual é a maior barreira a ser transposta, se ter nascido de pais humildes ou ser ilegítima. – Clare olhou para ele e baixou o tom de voz. – Não precisa responder, Arthur. Não quero provocá-lo. Quero perguntar uma coisa, mas fico receosa porque sei qual é a maior barreira de todas. Acredito que você a tenha vencido.

– Milady?

– É algo relativo ao preconceito, Arthur... – Clare olhou por cima do ombro, com medo de continuar, mas certificou-se de que o cavalariço estava a alguns metros deles, com o capuz enterrado na cabeça e poucas chances de ouvi-los.

– Clare, você já devia saber que pode me contar qualquer coisa.

Clare.

– Acho que sim – disse ela, segurando as rédeas com firmeza. – Já havia confessado que estava difícil me ajustar à vida de filha do conde Myrrdin, e era a mais pura verdade. No entanto, não seria fácil contar a parte mais traumática de sua vida. – Fique tranquilo, não pedirei que fique em Fontaine, sei dos seus compromissos em Troyes, mas preciso muito de um conselho.

– Estou aqui para ajudá-la. – Arthur fez uma pequena reverência.

A neve estava mais alta naquela parte da estrada, porém já não havia mais tantas árvores. Torres de fumaça ao longe indicavam a presença de chalés.

– O que vou lhe contar aconteceu há muito tempo.
– Depois que você foi levada da Bretanha?
Ela consentiu, acenando a cabeça.
– Vou contar minhas primeiras memórias. – Clare fixou o olhar na fumaça que espiralava através das árvores. – Lembro-me de ter sido cuidada por uma mulher em Apulia. Ela se chamava... Veronica. O dia em que eu soube que ela não era minha mãe ficou marcado na minha memória. Era verão. As abelhas zuniam no terraço. A porta estava aberta, permitindo que o sol entrasse e iluminasse o piso de mármore branco, rajado de cinza, mas meus pés estavam aquecidos. Eu ajudava Veronica a arrumar um vaso de lírios numa mesa lateral. Quando derrubei um pouco de água, ela me bateu. – Clare colocou o dedo sobre a boca, como se lembrasse onde tinha se machucado. – Ela disse: *Escrava. Escrava desajeitada*. Ela era a minha senhora. – Clare continuava sem coragem de olhar para Arthur, mas percebeu quando ele puxou as rédeas do cavalo.

– Ela era sua *senhora*?
– Sim – respondeu ela, agora olhando para o céu.
– E você apanhava?
– Muitas vezes. – Clare precisou fazer uma pausa para engolir os nós que se formaram em sua garganta. – Acredito que Veronica tenha me batido antes, mas não me lembro de ter ficado tão assustada. Foi a primeira vez que ela me chamou de escrava desajeitada. Eu tive sorte porque nunca fui açoitada...

Arthur praguejou.
– Clare, por Deus, olhe para mim.
Ela cruzou os braços sobre o peito, pois não sabia se ele sentia pena ou a desdenhava... Mesmo assim, arriscou olhar para o lado. Arthur havia esticado o braço, oferecendo a mão grande e enluvada. Ela sentiu como se a tensão se esvaísse de seu corpo. Depois de um suspiro profundo, ela aceitou o gesto de apoio e sentiu-o apertar-lhe a mão. A paisagem esbranquiçada ficou turva por trás das lágrimas que se empoçaram nos olhos dela.

– Quando saímos de Troyes, nunca achei que falaríamos sobre isso – disse ela, com um sorriso triste.

– Estou honrado por ter confiado em mim. Sempre achei que seu passado era nebuloso, mas nunca imaginei isso... – Ele franziu o cenho, confuso. – Por que esperou tanto para me contar?

Clare olhou para trás de novo.

– Clare, fale logo, o cavalariço não está ouvindo, acho que ele está calculando quanto tempo ainda levaremos e se terá de se contentar com um jantar frio.

Capítulo 12

ARTHUR MAL PODIA ACREDITAR QUE Clare tinha sido uma escrava em Apulia e sua senhora se chamava Veronica. O primeiro impulso foi sobrecarregá-la de perguntas. Por quanto tempo ela havia sido escrava? Como conseguira a liberdade? Fugira? Mas decidiu se conter, pois não devia ser fácil para ela confessar tudo aquilo. Era preferível esperar que ela contasse a história inteira.

Clare estava com a ponta do nariz vermelha de tanto frio, mas seus olhos não brilhavam como de costume, o que preocupou Arthur. *Ela está carregando esse fardo sozinha há muito tempo.*

– Arthur, não quero que mais ninguém saiba disso – pediu ela, com uma voz séria.

– Pode confiar na minha discrição.

– Obrigada... – Ela hesitou um pouco antes de continuar: – Há duas razões pelas quais estou contando minha história. Uma delas é saber sua opinião se devo ou não contar ao meu pai que fui escrava. Ele vem me questionando sobre minha vida em Apulia. Quando saímos de Troyes, eu achava que poderia manter meu passado em segredo. Pode parecer que o que houve com a filha legítima do conde Myrrdin não teve importância, mas...

– Não foi importante? – Arthur a encarou. – Clare, ninguém deve ser escravo de ninguém, não importa a posição social. Eu sabia que pessoas eram escravizadas, mas nunca sonhei enfrentar algo assim. Você foi vítima de uma grande injustiça. Os traficantes de escravos, e os intermediários que a venderam, têm de pagar por seus crimes. Alguém tem de detê-los.

– Seria bom se a justiça fosse feita, mas... – O capuz dela escorregou pela cabeça, deixando escapar alguns cachos brilhantes de cabelo. – Eu gostaria muito de deixar o passado para trás, mas agora descobri que sou uma herdeira. Devo contar ao meu pai?

– Agora que você se tornou uma nobre, a decisão é bem mais complexa, há responsabilidades.

– Responsabilidades? Estou errada em não contar?

– Imagino que não queira contar por temer a reação dele.

Clare abaixou a cabeça e os cachos ladearam seu rosto delicado.

– É verdade.

– O conde Myrrdin vai ficar chocado, qualquer pai ficaria – disse Arthur, sério. – Creio que você precisa falar. Se os traficantes de escravos trabalhavam em Fontaine quando você ainda era criança, há chances de ainda estarem lá. Ele precisa saber.

Clare o fitou com seus olhos díspares.

– Arthur, estou muito preocupada com meu pai. Você deve ter notado que de vez em quando ele se desliga da realidade e fica em silêncio, olhando para o infinito no meio de uma conversa.

– Nenhum dos cavaleiros do castelo comentou nada a respeito.

– Você é um estranho... Talvez eles estivessem relutantes em falar abertamente na sua frente. – Clare sentiu um aperto no coração. – Não tenho certeza se meu pai suportaria mais... surpresas.

Arthur resmungou baixinho. Não tinha notado nada estranho com o conde Myrrdin, mas, desde que chegara a Fontaine, não tivera olhos nem pensara em outra pessoa que não fosse Clare.

– Ainda não acabei... – Ao suspirar, sua respiração se transformou numa nuvem de vapor condensado. – Meu pai está preocupado com a condessa Francesca e achei que ele fosse mandar alguém buscá-la. Eles precisam conversar, mas ele não fez nada, parecia paralisado... como se fosse incapaz de tomar uma decisão. Fui eu que insisti para ir a St. Méen a fim de convencer a condessa a voltar para casa. Você não acha estranho ele não ter tomado nenhuma atitude em relação a ela?

– Quem sabe ele não esperava que ela percebesse o que havia feito e voltasse para casa sozinha. Por outro lado, talvez ele não quisesse que ninguém enfrentasse as estradas cobertas de neve.

Arthur entendeu a preocupação com o estado mental do pai. Clare era uma pessoa muito preocupada, e agora que havia confessado sobre seu passado, tinha todas as razões para ser assim. Escravidão. Deus do céu. Devia ser terrível ser vigiado durante todas as horas do dia. O contraste da vida em Apulia e o futuro, que se abria diante de Clare, não podia ser maior. A ascensão social tinha sido muito rápida a ponto de deixar qualquer pessoa sem saber o que fazer.

– Clare, não acho que o conde Myrrdin seja tão frágil, por isso recomendo que conte sua história a ele o quanto antes. – Arthur deu uma tossidela antes de prosseguir: – Você disse que tinha *duas* razões para me contar sobre seu passado...

– Os traficantes de escravos... – Ela mordiscou o lábio e respirou fundo. – Não se preocupe com Fontaine, mas eles estão em Troyes.

– Esses criminosos estão em Troyes? – perguntou Arthur, perplexo.

– Foi por isso que fugi. Achei que você devia saber para tomar providências quando voltar.

– Claro que vou agir. O conde Henry ficará chocado ao saber. Pena você não ter me dito isto antes.

– Sinto muito – disse ela, baixando os olhos.

Arthur sorriu, apesar de estar chocado com a notícia. Por outro lado, Clare havia confiado seu passado triste a ele, mas não deixava de sofrer também, pois gostara dela desde a primeira vez em que a vira.

– Você devia estar amedrontada e não me conhecia muito bem. Você os reconheceria?

– Conheço um deles, meu senhor costumava comprar escravos dele. Chama-se Lorenzo da Verona. Em Apulia, ele é conhecido como Veronese. – Clare fez uma pausa como se fosse difícil pronunciar aquele nome. – A grande ironia é que fui para Troyes achando que estaria a salvo. Eu sabia que a escravidão tinha sido abolida em Champagne e soube a respeito dos Cavaleiros Guardiões. Achei que nenhum traficante ousaria pisar em Troyes ou se aproximar dos Guardiões.

Arthur procurava assimilar tudo o que ouvia apesar do choque. Então havia traficantes de escravos em Troyes... Clare falava da tristeza de deixar Nicola e Nell, que, depois de ter visto Veronese, não pensara em outra coisa a não ser fugir, temendo ser capturada, mas Arthur só pensava que ela havia sido escrava e que precisava prender os traficantes.

— Você devia ter me contado, eu a teria ajudado... — disse ele com o coração apertado.

— Sinto muito... — Clare desviou o olhar. — Eu teria dito, mas sou orgulhosa. Falar com você seria o mesmo que confessar ter sido uma escrava. Fiquei envergonhada.

Arthur se viu estudando o perfil dela, os olhos claros, as maçãs do rosto e os cachos acobreados emoldurando o rosto delicado.

— Clare, estou honrado por ter confiado em mim. Sei o quanto deve ser difícil falar no assunto, mas, antes de voltar a Troyes, eu gostaria que me contasse tudo o que sabe sobre Lorenzo da Verona.

— Nunca mais quero ver esse homem! — exclamou ela, arregalando os olhos.

— É compreensível. Você sabe que, se o prendermos, seu testemunho pode ser muito valioso?

— Meu testemunho? — perguntou ela em voz alta, baixando em seguida para continuar: — Por que está dizendo isto? Não quero que o mundo saiba que fui escrava.

Arthur pressionou os dentes, contraindo o maxilar. Seria melhor não forçá-la a nada naquele momento.

— Pode não ser necessário depor — disse ele, dando de ombros. — É capaz de Veronese ter fugido quando eu voltar a Troyes e talvez nunca mais seja capturado...

— Mas, se ele ainda estiver lá, você quer que eu deponha contra ele? Diante do conde Henry?

— Ajudaria bastante.

– Não posso fazer isso – disse ela em voz alta. – Arthur, eu simplesmente não posso!

– Não faz mal. Ninguém a forçará a fazer nada.

– Jura que não contará a ninguém sobre minha vida em Apulia? – indagou ela, olhando por cima dos ombros.

– Não direi uma só palavra sem a sua permissão. Além disso, como já havia dito, talvez Veronese nunca seja capturado. Mas, antes da minha partida, gostaria que você me desse uma descrição dele.

Clare estava muito apreensiva, e Arthur decidiu não pressioná-la. Ela já havia sofrido mais do que a maioria das mulheres e não seria ele a desgastá-la ainda mais.

– Milady? – chamou o cavalariço, aproximando-se deles. – A mansão está a um quilômetro do pé da montanha.

– Obrigada, Conan. – Os arreios do cavalo de Clare tilintaram quando ela virou para trás. – Você poderia ir à nossa frente?

A mansão de St. Méen estava aninhada numa clareira da paisagem esbranquiçada. Era uma fortificação de pedras ladeada por paredes revestidas de uma fina camada de gelo. O fosso estava congelado e o portão fechado. Havia um cão de caça preto acorrentado ao portão, um cão de guarda talvez, pois começou a latir sem parar quando viu pessoas chegando.

– Não estou vendo ninguém – observou Clare. – A não ser pelo cachorro, parece um lugar deserto.

– Há fumaça saindo da chaminé.

Clare olhou para o cachorro que pulava, mostrando os dentes, e franziu a testa.

– Você acha que a condessa Francesca se recusará a nos receber?

Mas, para surpresa de Clare, Conan conseguiu abrir o portão e eles entraram, deixando o cachorro preto para trás, ainda latindo sem parar...

– Onde estão todos? – perguntou ela, aceitando a ajuda de Arthur para desmontar.

Arthur a fitava com grande carinho, mas, assim que ele deu um passo atrás, fazendo uma reverência formal, ela achou que tinha imaginado coisas. Será que ele havia ficado desapontado por ela não querer depor? Na certa, sim. Havia a chance de Veronese jamais ser capturado, e mesmo assim ela já o tinha decepcionado. A sensação não era das melhores.

Ele estendeu o braço, abrindo caminho.

– Primeiro as damas.

Francesca não estava no salão principal, mas havia uma lareira acesa, aquecendo o ambiente. No fundo do salão, tinha uma porta aberta e Clare viu a sombra de uma escada.

– Bom dia! – chamou ela. – Alguém em casa?

Ninguém respondeu. A mansão parecia abandonada, mas algumas cascas de nozes sobre a mesa indicavam que alguém tinha estado ali recentemente. Tirando as luvas, Clare seguiu até a lareira e tentou chamar de novo:

– *Olá!* Condessa Francesca?

O cão do lado de fora continuava a latir, mas ninguém apareceu.

– Deve haver alguém aqui, há cavalos no estábulo.

Clare esfregou as mãos diante do fogo e olhou para Arthur.

– Vamos subir? – perguntou ele, inclinando a cabeça na direção da porta aberta.

A escada em espiral chegava ao final de uma extensa passagem, iluminada apenas pela fraca luz que entrava por pequenas aberturas nas paredes. Arthur colocou a mão sobre o cabo da espada e seguiu na frente, abrindo as portas. Passaram por um depósito, casa de banho, um quarto vazio e o solário.

Francesca estava sentada no solário perto da janela, acompanhada por uma senhora de idade. As duas estavam com as pernas cobertas por uma grande toalha branca, costurando a barra. O fogo da lareira estava fraco, com mais brasas do que chamas.

Francesca levantou o rosto quando eles entraram e Clare percebeu que ela não parecia muito atenta à costura. Francesca estava com o nariz vermelho e manchas escuras sombreavam seus olhos, como se não tivesse dormido desde que deixara o castelo. A senhora que a acompanhava parecia uma criada de confiança. Ela também estava com os olhos inchados, indício de que as duas estiveram chorando.

– Lady Clare – disse Francesca, com a voz rouca. – Eu sabia que você não demoraria a vir me pedir que saísse daqui.

Clare apressou-se em se aproximar.

– Longe disso. Vim para pedir que volte comigo para casa. Milady, o conde Myrrdin sente sua falta.

Francesca contraiu os lábios numa linha.

– Como todo mundo já deve saber, Fontaine não é mais minha casa. Por direito... – A voz dela, que até então soava com um pouco de autoridade, esvaiu-se por alguns instantes. – Por direito, você me deserda. Pode me chamar de Francesca.

– Milady...

O coração de Clare batia mais forte. Pela aparência, Francesca estava sofrendo com tudo o que havia acontecido recentemente e encarava Clare com certa aversão. Mas a postura dela deu a Clare a certeza de que tinha tomado a atitude certa em ir buscá-la. Por experiência própria, sabia o que era lidar com a indiferença dos outros, já havia enfrentado crueldade, luxúria e ódio, mas era a primeira vez que via tamanha ira nos olhos de alguém.

– Se me permitir, milady, eu gostaria de considerá-la minha irmã. Mas só se concordar em me aceitar da mesma forma, caso contrário, não posso chamá-la de Francesca.

A condessa Francesca olhou Clare dos pés à cabeça.

– Você não é minha irmã, nosso sangue não é o mesmo. Milady, sou a ladra que roubou sua herança, uma mendiga... – disse Francesca olhando para Clare com frieza.

Arthur se mexeu impaciente e, para que ele não interviesse, Clare balançou a mão, proibindo-o.

– Não é nada disso. Creio que milady esteja tão chocada quanto eu em saber que o conde Myrrdin é meu pai.

– Pode-se dizer que fiquei chocada, é o mínimo.

– Eu gostaria muito de considerá-la minha irmã.

A condessa Des Iles encarou Clare não com frieza ou orgulho e sim confusa e magoada.

Clare sentiu uma pontada no coração, sabendo que ainda levaria tempo para convencer a condessa a aceitá-la. Seguindo seus instintos, sentou-se ao lado de Francesca e cobriu-lhe a mão gelada com a sua.

– Milady, tenho um assunto extenso para tratar. – Clare olhou para a criada com um sorriso. – Se preferir podemos ir lá para baixo, o fogo da lareira do salão está mais alto. A não ser que alguém possa buscar mais lenha para nós.

A criada tirou um lencinho do punho e limpou o nariz antes de se pronunciar:

– Pode deixar que eu vou buscar mais lenha.

– Obrigada, Mari – agradeceu Francesca.

– Milady, eu a aconselharia a ouvir o que lady Clare tem a dizer – disse Mari, fitando Francesca nos olhos.

– Vou pedir a Conan que a ajude – ofereceu Arthur, quando Mari passou por ele.

– Obrigada, sir.

Depois que Mari e Arthur saíram, Clare voltou a atenção para Francesca.

– Sempre quis ter uma irmã.

– Não sou sua irmã, milady.

– Papai te ama.

– Será mesmo? Então por que ele me deixou partir? Por que não mandou alguém me buscar?

– Ele... ah, Francesca... Posso chamá-la assim?

– Como queira...

– Francesca, estou muito contente por você ter concordado em me receber. Faz dias que quero falar sobre nosso pai.

– Ah é?

– Ele está com algumas dificuldades e preciso de sua ajuda. Algumas vezes está tudo bem, mas em outras parece que ele sai deste mundo. Você já deve ter notado.

Pelo olhar de Francesca, Clare percebeu que ela não tinha ódio no coração, mas medo. *Você quer que eu saia*, foi o que ela havia dito assim que se encontraram, lembrou Clare. Francesca tinha receio de que ela viera para reivindicar a posse da mansão de St. Méen. Como parte do dote de Francesca, St. Méen fora um presente para o marido. Clare compreendeu que devia ser quase impossível para Francesca imaginar que não tinha mais dote algum. Ela receava que a propriedade fosse tomada e reintegrada às posses de Fontaine.

Clare sorriu e olhou ao redor. Havia um escudo de prata sobre a lareira estampado com três trevos de cinco folhas. As poltronas sobre as quais estavam sentadas eram bordadas em seda e muito confortáveis, evidência do cuidado na decoração. Sim, Francesca amava aquele lugar. Na certa havia muitas memórias felizes ali.

A porta do andar de baixo bateu e uma tapeçaria na parede balançou com a corrente de ar.

– Mari, deixe Conan carregar a lenha, é muito peso para você. Se quiser, pode trazer os gravetos. – A voz grave de Arthur ecoou pelo salão.

– Que linda tapeçaria – elogiou Clare, estudando a estampa de cavaleiros e damas ceando à uma mesa coberta com uma toalha cor-de-rosa damasco no meio de uma floresta. Os trevos de cinco folhas tinham sido bordados nas extremidades prateadas. – É muito suntuoso. – Levantou uma das sobrancelhas e disse: – Prata e preto não são as cores de Fontaine.

– Não, são as cores do meu marido.

– Foi você quem bordou essa tapeçaria?

– Mari e eu trabalhamos nela juntas.

– É maravilhoso. Este solário parece ser um lugar feliz... Você deve amar St. Méen.

– Esta mansão é um lar para mim.

Arthur, Conan e Mari entraram com a lenha, e Clare baixou a voz.

– Francesca, papai deu esta mansão a você como parte do dote. Ninguém a tirará de você, será sua para sempre.

Os olhos de Francesca inundaram-se de lágrimas.

– Verdade?

– Que tipo de irmã eu seria se roubasse seu dote?

– Obrigada, milady, mas você não sabe da tradição. Durante gerações, St. Méen foi propriedade dos lordes de Fontaine. Pap... o conde Myrrdin me deu a posse como sua herdeira, para que ficasse para meu herdeiro, o futuro conde de Fontaine. Se me deixar ficar com a mansão, você estará abdicando de seu filho o direito à propriedade e à renda que dela provém, além de quebrar uma tradição que vem de muitas gerações passadas.

– Tradições podem ser interrompidas. – Clare deu de ombros. – Principalmente essa, que não considera as atuais circunstâncias.

O brilho voltou aos olhos tristes de Francesca, que afastou uma lágrima que ameaçava escorrer pelo seu rosto.

– Obrigada, Milady. Você é muito generosa.

– Imagine! – Clare estendeu a outra mão e, quando Francesca a segurou e apertou, ela relaxou. *Graças a Deus.* – Vamos parar com este assunto. O verdadeiro motivo que me trouxe até aqui é falar sobre nosso pai. Eu gostaria muito que você considerasse a hipótese de voltar comigo mais tarde, quando os cavalos estiverem descansados. Papai...

– Ele está muito doente? Não achei que estivesse mal quando saí.

– A doença dele não é física, mas não deixa de ser preocupante. Suspeito que seja um problema da idade. É difícil especificar o que seja, mas às vezes ele tem dificuldades em manter uma conversa, enquanto outras vezes responde com muita astúcia. Quando cheguei, ele estava ótimo. Porém, mais tarde, no mesmo dia, depois que soube de sua partida, ficou totalmente aéreo. Acho que ele já não pode mais lidar com assuntos complexos. E quando está preocupado, piora bastante. Na verdade, ele não está bem desde que você saiu do castelo.

– Eu percebi que o papai divagava bastante, mas atribuí ao fato de que pessoas mais velhas se cansam com mais facilidade.

– Essa pode ser uma das razões. Francesca, ele está com saudades suas e acredito que precise de você por perto. Sei que ele ficará feliz em revê--la. Por favor, considere a possibilidade de voltar conosco depois que os cavalos estiverem descansados.

– Está bem. – Francesca sorriu. – Eu também sinto falta do pap... conde Myrrdin.

– Papai pensa em você como filha também. Você cresceu em Fontaine e ele a ama. Estou certa de que ele lhe dirá isso quando a vir.

– Ele não me pediu que voltasse a Fontaine – disse Francesca em um tom cético.

– Minha chegada a Fontaine foi um choque para todos nós, acredito que papai esteja mais abalado do que imaginamos. Ele ficou feliz em me ver, mas...

Arthur jogava lenha na fogueira, espalhando as brasas.

– A rotina dele foi alterada, nada é como antes. Francesca, sinto como se minha chegada o tivesse deixado mais longe de tudo.

– Disseram-me que você é a imagem perfeita da condessa Mathilde.

– Foi o que todos acharam. Papai está divagando como se estivesse em transe. Ele está apenas confuso com tudo o que aconteceu. Acho que a preocupação o está deixando doente. Nós, papai e eu, precisamos que volte para o castelo. Estou certa de que ele vai melhorar com sua presença em Fontaine. Volte conosco, por favor?

Conan saiu, enquanto Arthur jogou um último pedaço de madeira no fogo e ficou olhando as brasas na dúvida se devia esperar no andar de baixo. As duas irmãs conversavam em voz baixa, mas ele conseguia ouvir. Clare dizia à Francesca exatamente o que contara a ele, mas ficou impressionado com a generosidade de Clare em ceder a mansão para a irmã.

Tossiu para chamar a atenção.

– Milady, vou ver como estão os cavalos. – E saiu do solário, fazendo uma breve reverência.

Ela está cedendo uma mansão. Arthur fechou as mãos em punhos enquanto caminhava pelo corredor sombrio. Aquela atitude tão desprendida servia para enfatizar o abismo que se abrira entre eles. *Lady Clare é herdeira do conde de Fontaine, enquanto eu...*

Arthur encontrou Conan no estábulo escovando seu cavalo depois de ter tirado a sela.

– Pode deixar que eu continuo com isto – disse Arthur, tomando a escova da mão do cavalariço.

– Sim, milorde.

– Conan? – Arthur franziu o cenho. – Sou um cavaleiro e não um lorde.

Um cavaleiro sem terras. Eu daria tudo para ter uma mansão da metade do tamanho de St. Méen. E ela se desfaz de uma propriedade como se fosse uma bugiganga comprada numa feira.

– Sim, sir, peço desculpas.

Ao perceber que Conan o fitava com medo de ser repreendido, Arthur meneou a cabeça e bagunçou o cabelo do rapaz.

– Não ligue para mim, Conan. Não sou boa companhia hoje.

Conan o estudou por um minuto e meneou a cabeça.

– Está certo, sir. Acho que a viagem de volta a Champagne não lhe sai da cabeça, não é?

Arthur resmungou enquanto escovava os flancos do cavalo.

– Uma viagem longa dessas não é muito agradável nessa época do ano – continuou Conan. – Deve ser difícil deixar o conforto de Fontaine.

Arthur apertou a escova com tanta força que as juntas de seus dedos esbranquiçaram. Mesmo assim, procurou atenuar o tom de voz.

– Ficarei feliz em voltar para casa.

Arthur sentiu como se tivesse mentido. De repente, um frio correu-lhe a espinha enquanto olhava para o cavalo. Sim, era mentira. Não tinha vontade alguma de voltar a Troyes se Clare ficasse em Fontaine. Queria estar ao lado dela, onde era seu lugar.

Mon Dieu, que diabos estava acontecendo com ele? Clare não lhe pertencia. Sim, haviam se deitado juntos, mas isso não lhe conferia nenhum direito sobre ela. Clare era apenas uma menina bonita, cujo desejo de fazer amor tinha lhe proporcionado um raro prazer. Um prazer raro e transitório. Não podia permitir que o desejo superasse seu dever como um Guardião. Além disso, havia várias moças bonitas em Troyes, era apenas uma questão de encontrar uma de quem gostasse.

Torcendo a boca para o lado, decidiu partir assim que a neve derretesse. Mesmo com vontade de adiar a volta para casa, teria de encará-la cedo ou tarde. Se Veronese ainda estivesse em Troyes, o conde Henry tinha de ser informado. Os Guardiões deviam aumentar as patrulhas. Era seu dever livrar Champagne dos traficantes de escravos.

Havia outras razões para voltar o quanto antes. Clare incitava um estranho sentimento de posse, algo inadequado, e seria melhor para ela não precisar enfrentar. Ela havia dito que jamais se casaria, mas a mudança de vida iria inevitavelmente fazê-la mudar de ideia. Lady Clare de Fontaine iria se casar e teria um matrimônio a contento das tradições. Era preciso deixar o caminho livre, assim, quando o noivo adequado surgisse, Clare poderia ter um merecido casamento dinástico.

– O vento já não está tão forte – murmurou Arthur, dirigindo-se para a porta do estábulo.

– É verdade, e logo virá o degelo. Se continuar assim, o senhor voltará a Champagne antes do que imagina.

O inverno continuou intenso por mais uma semana em Brocéliande, mas finalmente chegou o dia em que as estradas estavam transitáveis. Por baixo de uma fina camada de gelo, as plantas começavam a surgir. As folhas voltavam a brotar nas árvores e a grama aparecia através da pouca neve como se fossem pequenas lanças.

O tempo não era o único fator que impedia Arthur de voltar para casa. Depois de um começo conturbado, Clare e Francesca tinham se tornado amigas. O conde Myrrdin havia contribuído bastante para essa amizade e ficava muito feliz ao ver as duas conversando.

No princípio, a razão da amizade fora a vontade das duas em agradar o conde Myrrdin. Mas Arthur tinha certeza de que logo elas se tornariam íntimas. Para ele, era inaceitável que Francesca não tivesse gostado da consideração de Clare em deixar a posse de St. Méen para ela em benefício do amor ao pai. Como ela podia não aceitar a generosidade de Clare?

Clare de Fontaine era uma pessoa ponderada, diplomática e generosa. Ela possuía todas as qualidades necessárias para representar o castelo do pai e não demoraria muito para perceber.

No dia de sua partida, Arthur esperou que todos tomassem o desjejum antes de se aproximar de Clare para se despedir. Os criados já tinham limpado a mesa quando ele se dirigiu a Ivo.

– Você já arrumou suas coisas e está pronto para partir?

– Sim, sir.

– Então vá aprontar os cavalos, logo irei encontrá-lo – disse Arthur, inclinando a cabeça na direção da porta.

Clare estava perto da mesa principal, examinando a toalha da mesa com duas criadas. Ela estava com um vestido da cor do céu de junho, e o véu era tão leve que dançava ao redor da cabeça conforme ela se mexia. Ela parecia bem calma, equilibrada e bem ciente de seu papel de herdeira do conde Myrrdin.

Arthur sentia-se como se tivesse sido ferido por uma adaga afiada no coração. Mesmo assim aproximou-se:

– Milady, gostaria de lhe falar, por favor.

A criada tirou a toalha da mesa e se retirou do salão rapidamente. Arthur ficou sozinho diante da mulher de olhos raros. Sentiu um aperto no peito ao se dar conta de que aquela podia ser a última vez em que a fitaria daquela maneira.

– Você está de partida – disse ela, baixando os olhos. – E irá ainda pela manhã.

– Eu... Sim. – Arthur se esforçou, porém não conseguiu dizer mais nada.

Ele havia planejado um pequeno discurso, assegurando a ela que seria feliz como uma dama e que daria orgulho a qualquer marido. Queria dizer também que ela não precisaria temer pela saúde do pai. Qualquer homem que conseguisse que as filhas fossem amigas em circunstâncias tão peculiares estava em seu juízo perfeito. Planejara dizer que... ah, uma infinidade de coisas, mas sabia que havia criados ali por perto, alguns soldados esquentando as mãos perto da lareira e Ivo o aguardava no estábulo.

– Não temos muito tempo.

– Você precisa voltar para sua posição em Troyes – disse Clare, sorrindo.

– Sim, milady.

Clare esticou a mão para cumprimentá-lo. A mão dela era fina e delicada, ligeiramente avermelhada e com algumas cicatrizes do passado que logo sumiriam. Arthur a beijou e forçou um sorriso.

– Estou feliz que tenha encontrado sua casa, milady.

– Obrigada por ter me trazido à Bretanha, sir. Sei que foi um grande inconveniente. – Ela curvou os lábios e seus olhos brilharam travessos. – Pelo menos durante grande parte da viagem...

– De maneira alguma – disse ele, pressionando-lhe os dedos numa carícia secreta.

Mesmo não tendo feito o discurso pretendido, o comentário de Clare deixou claro que ele precisava dizer alguma coisa mais pessoal antes de sair. Olhando para os lados e certificando-se que não havia ninguém muito perto, ele encurtou a distância que os separava e disse em voz baixa:

– Por favor, quero que mande me avisar se houver alguma consequência da nossa estada no monastério.

– Consequência? – perguntou ela com o rosto rosado. – Fique tranquilo, não haverá nada.

– Tem certeza?

– Quase que absoluta.

Arthur sentiu uma onda de tristeza, ou talvez desapontamento, mas manteve a expressão séria.

– Você será feliz aqui. – *Assim espero.*

– Tem sido um bom amigo e lamento muito precisar dizer adeus. Saiba que sempre será bem-vindo em Fontaine. Será uma honra recebê-lo a qualquer hora – disse ela, apertando a mão dele.

– Obrigado, milady. De minha parte, gostaria que, soubesse que, se algum dia precisar da minha ajuda, não hesite em me chamar.

– Muito obrigada. – Com um sorriso tímido e um olhar de soslaio para os soldados diante da lareira, ela puxou a mão. – Adeus, sir Arthur. Que Deus o abençoe.

– Adeus, lady Clare.

Capítulo 13

Arthur se virou e seguiu pelo corredor. Clare ficou parada como se estivesse petrificada e com os olhos marejados, olhando para aqueles ombros largos até o momento em que ele tirou a capa do gancho a jogou por sobre eles. Precisou fechar as mãos em punhos com força para impedir a urgência de correr atrás dele.

– Milady? – chamou um dos soldados se aproximando.

Clare piscou para sair do transe temporário e viu que a criada tinha voltado com a toalha dobrada sobre o braço.

– Milady, quais são suas ordens?

Clare abriu e fechou a boca rapidamente. Não sabia o que responder, pois em sua mente só havia espaço para um pensamento. *Arthur está partindo.*

– Mais tarde, Jan – murmurou ela. Levantando um pouco as saias, deixou o saguão.

Assim que a porta bateu às suas costas, Clare subiu correndo as escadas da torre. Passou por seus aposentos e continuou até a saída para a muralha.

O vento oeste assobiava por entre as ameias. O céu estava claro, como se fosse uma colcha de retalhos de cores azul, branca e cinza, anunciando a chuva que não demoraria a chegar. Enrolando o véu no pescoço, Clare procurou um lugar de onde tivesse plena visão dos portões do castelo e da estrada.

Pouco tempo depois, ouviu os cascos dos cavalos trotando, antevendo a passagem de Arthur. Viu a capa verde e os soldados se despedindo. Ivo estava ao lado dele. Daquela altura, eles pareciam muito pequenos, mas o unicórnio do escudo de Arthur reluzia de longe, assim como o elmo bem polido. Não dava para ver o rosto dele, nem os olhos. *Aquele homem usa um pequeno pingente de prata no pescoço.*

Clare segurou-se no parapeito com força, dominada por uma emoção que não devia sentir, muito menos nomear. Era uma emoção alheia a tudo o que conhecia.

Não, estava errada, não podia se iludir. Sabia muito bem o que significava aquele aperto no peito. Já havia sentido a mesma coisa em proporções diferentes em relação a Geoffrey, Nicola e Nell. E começava a sentir o mesmo pelo conde Myrrdin. Amor. Era o mesmo que sentia em relação a Arthur, mas com uma intensidade muito maior. Será que estava apaixonada?

Com a visão turvada pelas lágrimas, ela o viu passar pelo portão e chegar à estrada. A neve acumulada nas ameias estava derretendo, deixando pequenas poças de água no lugar.

Será que é amor? Ansiava sentir aqueles braços fortes ao redor de seu corpo. Queria que...

A porta bateu e o conde Myrrdin apareceu e postou-se ao lado dela. O vento fazia dançar a barba branca e comprida.

– Então ele partiu mesmo.

Clare estava emocionada demais para falar, por isso limitou-se a um aceno de cabeça.

– Hum... Pensei que ele fosse ficar – disse o conde, encarando-a com seus olhos ímpares.

O conde estava visivelmente preocupado. Clare não estava acostumada a ser alvo de preocupação e não queria aborrecer o pai.

– Sir Arthur fez um juramento ao conde Henry de Champagne.

– Ele não é escravo. – O conde fez um gesto de desdém com a mão. – Achei que você encontraria um meio de mantê-lo aqui.

Piscando para afastar as lágrimas, Clare continuou com o olhar fixo na estrada que levava até a floresta e para fora da Bretanha. A neve transformara-se em lama por toda a parte. Os três cavalos, eles levavam o pônei de volta para o conde Henry, deixavam pegadas na terra molhada. Quando começasse a chover, Arthur e Ivo cavalgariam sobre um mar de lama.

– Você achou que eu não notaria? Eu sei... – disse o conde, com um sorriso estranho.

– Sabe o quê? – perguntou Clare, corada.

– Você é apaixonada por aquele homem.

– *Papai!* Isto não é verdade! – exclamou Clare, chocada.

As linhas ao redor dos olhos do conde Myrddin vincaram quando ele sorriu.

– Não minta para mim, minha menina. Posso não ser muito falante, mas observo tudo e sei o quanto você gosta dele. – E batendo de leve sobre a mão dela, completou: – Fique tranquila, ele gosta de você também.

– Será? – O coração de Clare deu um salto.

– Eu estava esperando que ele pedisse minha permissão para cortejá-la.

O conde Myrrdin a encarava com olhos tão lúcidos que Clare imaginou que talvez estivesse errada e a idade não tivesse afetado sua mente.

– É verdade, papai, gosto dele – confessou ela, surpreendendo a si mesma. – Mas não quero me casar.

O conde Myrrdin resmungou e olhou para o horizonte além das ameias. O vento brincava com o cabelo branco e fino. Arthur e Ivo entravam na floresta. Por um breve momento, Clare viu o unicórnio no escudo verde, mas logo em seguida eles desapareceram por entre as árvores. Uma gralha grasnou não muito longe dali e Clare ouviu um pica-pau tamborilando o bico numa árvore.

Arthur partiu.

– Você precisa se casar, Clare. Se tivesse me perguntado, eu o teria aceitado, mas tenho de confessar que estou aliviado por isso não ter acontecido.

– Como assim? Por quê?

– Você precisará de um bom mordomo quando eu partir. Sei que Arthur Ferrer é um bom cavaleiro, mas soube que a administração dele em Ravenshold deixou a desejar.

– Isso é verdade, papai? – Clare segurou a respiração.

– Ravenshold estava em ruínas quando ele deixou o cargo. O castelo estava quase abandonado.

Pensativa, Clare voltou a olhar para o meio das árvores onde Arthur e Ivo tinham passado, a trilha dos cascos ainda era visível na lama.

– Ravenshold estava abandonado? – *Isso não pode ser verdade. Entre outras coisas, Arthur é zeloso e cuidadoso.* – Quem lhe disse isso, papai?

– Pelo que sei, isso é do conhecimento de todos. Eu não negaria nada a você, mas gostaria que Fontaine tivesse um mordomo consciencioso. A propriedade é tudo, minha querida... tudo está relacionado à propriedade. – O conde Myrrdin sorriu e deu um tapinha na mão dela. – Não fique triste, encontrarei um bom marido. Alguém que você goste. E não se preocupe, não vou apressá-la a nada. Você só se casará quando estiver pronta.

Clare sentiu um vazio no coração. Não queria que seu pai delicado e excêntrico lhe escolhesse um marido. E ele estava errado a respeito de Arthur. Muito enganado, aliás. *Arthur? Um mordomo ruim? Impossível.*

– Não achei que o senhor tivesse alguma reclamação de sir Arthur, papai. Por que não me disse isso antes?

De repente o olhar do conde já não parecia mais tão intenso.

– Eu... eu... – Ele tentou se explicar, mas estava visivelmente confuso. – Eu... eu esqueci.

– Esqueceu?

– Eu estava pensando sobre uma coisa que o frei Alar tinha me dito.

– O que foi, papai?

O conde apertou a mão de Clare.

– Quando você chegou a Fontaine, ninguém duvidou de sua linhagem, mas pedi ao frei Alar que investigasse no vilarejo se alguém sabia o que tinha acontecido depois do seu nascimento.

Uma rajada de vento levantou o véu de Clare, tornando impossível mantê-lo preso ao pescoço.

– O senhor descobriu alguma coisa?

– Um pouco. Alguém se confessou com o frei Alar há muito tempo. Ele não deveria contar a ninguém algo que lhe foi dito em confissão. Mas dadas as circunstâncias e o tempo transcorrido, ele achou que poderia me dizer. Um aldeão confessou que a irmã tinha roubado um bebê, uma menina. A jovem estava muito perturbada, sem conseguir superar a morte da filha.

– Então ela me roubou?

– E depois fugiu de Fontaine. O irmão nunca mais a viu, por isso não há mais pistas. Agora sabemos que a jovem a levou para Apulia.

Clare olhou para o céu e viu uma nuvem escura passar pelo castelo. *Fui roubada por uma mulher em luto que fugiu de Fontaine. Como fui parar nas mãos dos traficantes de escravos? Como?*

– A mulher era desequilibrada, papai?

– Parece que sim. Imagino que a enfermeira entrou em pânico quando percebeu seu desaparecimento e colocou Francesca no seu lugar. Frei Alar jura que esta enfermeira nunca se confessou com ele, portanto, estamos apenas supondo.

– Ele sabe de onde Francesca veio?

– Infelizmente não.

Pena que Arthur já tinha ido embora, pois Clare gostaria de ter lhe contado as revelações do reverendo. Arthur era a única pessoa que sabia que ela já tinha sido escrava e seria esclarecedor discutir o assunto com ele.

Será que a mulher que a roubara tinha morrido na estrada? Se ela estava enferma, pode ter se transformado numa mendiga. *Ela deve ter sido forçada a me vender em troca de comida. Isso pode ter acontecido em qualquer lugar entre Fontaine e Apulia.*

Distraído, o conde Myrrdin soltou a mão de Clare e abriu um sorriso ao contemplar seus domínios. A pele do rosto dele estava vincada pelo tempo. As veias das mãos eram bem salientes e esbranquiçadas pelo frio. Clare pensou na idade do pai e achou que ele devia estar usando uma capa.

– Papai, onde está sua capa? – perguntou ela, entrelaçando o braço no dele.

– Um dos cachorros deve ter comido.

– Papai? – Clare percebeu que o período de lucidez do conde tinha se esvaído, e infelizmente não descobrira mais detalhes sobre sua infância.

– Não tenho a menor ideia, minha querida.

– Vamos entrar, papai, precisamos nos aquecer.

Com o degelo, as estradas se transformaram em lama, que cobria as pernas dos cavalos, até os flancos. O alazão cinza de Arthur tinha mudado de cor e estava irreconhecível. Mal se via a cor da capa de Ivo por causa da quantidade de manchas de lama. O estado das roupas de Arthur não era muito melhor. As botas dos dois estavam inteiras recobertas de barro.

No entanto, o castigo maior que enfrentavam era a chuva que fustigava os rostos dos dois com tanta determinação que Arthur chegou a pensar que enfrentavam alguma maldição. Ivo e ele estavam encharcados dos pés à cabeça. A espada devia estar enferrujando na bainha. Ao olhar para o escudo, ele achou que seu símbolo tivesse desbotado. Mas o unicórnio continuava exibindo suas cores inalteradas, uma mancha branca no meio de tanta lama e chuva.

Contraiu o rosto e olhou para Ivo. Apesar da chuva, ele e os cavalos estavam indo bem e rápido.

Arthur tinha esperança de que a viagem desviasse seus pensamentos de Clare. Mas não adiantou muito. Durante os últimos dias em que estivera em Fontaine, eles não haviam passado muito tempo juntos, mas ele sabia que estavam próximos. Por vezes, a vira conversando com o pai no salão nobre; em outras ocasiões, ela verificava os suprimentos na cozinha ou sentava-se no solário na companhia de Francesca, aprendendo um ponto novo. Certa vez, a viu pedindo ao sacerdote se podia ensiná-la a ler e a escrever. Naqueles dias, mesmo não estando juntos, ele gostava de saber onde Clare estava. Mas agora...

Esforçando-se bastante, ele tentou manter a mente ocupada. Procurou pensar nos traficantes de escravos e como poderia encontrá-los. Ensaiou também o que diria ao conde Henry.

Mas seus esforços de nada valeram. Parecia que tinham tirado uma parte de seu coração. A sensação de perda não o agradava nem um pouco, e por isso acabou forçando o ritmo da viagem acima do habitual. Assim os dias se passaram e eles avançaram além do esperado.

– Você tem andado bem, Ivo. Apesar das condições, progredimos bastante hoje.

– Quando chegaremos a Troyes, sir?

– Entramos em Champagne. Com sorte chegaremos em casa amanhã.

– É bom saber.

– Você está bem agasalhado? Não quero que fique doente de novo.

– Estou, sir.

As nuvens estavam mais pesadas e o sol se punha quando Arthur viu luzes salpicadas na escuridão.

– *Dieu merci*. Graças a Deus.

– O que disse, sir?

– Estamos próximos a um vilarejo. Vamos procurar abrigo numa hospedaria e nos secarmos.

Os cavalos trotavam sobre o cascalho no pátio de uma hospedaria. Uma garota corria de um lado para o outro atrás de uma galinha, que devia ter escapado da gaiola. Dois homens e uma carroça estavam de partida. Pareciam mercadores. O líder estava envolvido numa capa volumosa, segurando uma tocha que zunia cada vez que uma gota de chuva caía sobre a chama. A tocha não duraria muito tempo e Arthur sentiu pelo que os aguardava na estrada, embora algo estranho lhe chamasse a atenção.

Com um pressentimento ruim, Arthur ficou observando-os se aprontar. O líder seguia na frente, o outro ia logo atrás, puxando a carroça. Arthur estudou a carroça que se parecia com tantas outras puxadas pelos mercadores. Viajar naquelas condições de dia era difícil, mas era estranho que tivessem optado por sair à noite. Se fossem mesmo comerciantes, as mercadorias ficariam encharcadas até o final da jornada.

– Boa noite – cumprimentou Arthur, quando o segundo homem passava por ele com a carroça. – A noite não está boa para viajar. Espero que seu destino não seja muito longe.

– E não é mesmo – respondeu o homem, resmungando e sem olhar para Arthur.

A carroça não estava carregada, mas as rodas deslizavam na lama. Havia alguns sacos sem forma definida e várias cordas enroladas que pareciam serpentes. Os sacos tinham sido muito bem presos, então, com sorte, sobreviveriam à chuva. Deviam conter algo valioso para que os homens arriscassem viajar à noite e sob a chuva. Talvez estivessem levando alguma encomenda especial para um lorde local. Meneando a cabeça ao pensar a quê as pessoas se sujeitavam por um pedaço de pão, Arthur voltou a atenção para o pátio. Uma luz fraca atravessava a porta aberta do estábulo. Dois cavalariços se abrigavam da chuva.

– Esta é uma visão animadora – comentou, olhando para Ivo.

– É verdade, sir.

Arthur conduzia seu cavalo na direção do estábulo quando ouviu um som estranho, umas batidas e uns gritos. No mesmo instante, virou-se na direção da carroça.

Uma sombra se movia freneticamente dentro de um dos sacos amarrados.

– Meu cavaleiro! Meu cavaleiro!

O sangue de Arthur congelou nas veias. Era uma voz aguda de criança que nem a chuva conseguia abafar.

– Meu cavaleiro! Socorro! *Socorro!*

Virando o cavalo, Arthur dirigiu-se aos cavalariços.

– Busquem ajuda, há alguma coisa errada por aqui.

– Algum problema, sir? – perguntou um dos cavalariços.

– *Andem logo!*

Um dos rapazes correu para a hospedaria enquanto o outro pegou um forcado.

– Eu o acompanho, sir.

– Bom rapaz. – Arthur esporeou o cavalo e saiu atrás da carroça, empunhando a espada. – Ivo, *à moi*!

O caos logo se estabeleceu com lama voando para todos os lados. A sombra atrás da carroça logo tomou forma de uma menina, que de alguma maneira conseguiu sair do saco.

– Meu cavaleiro! Sir Arthur!

Ela gritava como se sua vida dependesse daquilo. Na certa ela o conhecia, mas estava com o cabelo sujo, colado no rosto molhado, por isso Arthur demorou um pouco para reconhecê-la.

– Meu cavaleiro! Sir Arthur!

– Nell?

Não havia tempo para ficar apenas olhando. *Mon Dieu*, a menina estava com uma mordaça solta no pescoço, e, não havia mais dúvidas, era Nell. As mãos dela ainda estavam amarradas.

O homem que segurava a tocha grunhiu e jogou-a para cima de Arthur. Faíscas voaram durante o trajeto. Logo as espadas de Arthur e do dono da carroça batiam uma na outra. Em seguida, ouviu-se o trotar de mais um cavalo e Ivo se aproximou, puxando a espada da bainha. O outro cavalariço vinha correndo pela lama empunhando o forcado.

As luzes da hospedaria ficaram mais fortes quando as portas se abriram. Ouviram-se gritos e uma comoção de pessoas depois que o outro cavalariço tinha dado o alarme. Com o canto dos olhos, Arthur viu Ivo balançando a espada.

– Mantenha-a firme – gritou. – Lembre-se dos exercícios.

Apenas um dos dois homens era uma ameaça, aquele que tinha atirado a tocha. O outro era lento demais; estava boquiaberto e sem ação.

– Deixe o líder comigo. Você cuida do outro.

Arthur esporeou o cavalo e seguiu em frente. O outro homem, imundo até a raiz do cabelo, cavalgava na direção de Arthur. Mas não estava muito firme sobre a sela e mal controlava o animal, mesmo assim não parava de esporeá-lo. Até que parou e puxou as rédeas como se quisesse que o cavalo empinasse.

– Sinais de conflito – murmurou Arthur, com pena do animal.

A capa do adversário balançava como uma vela de embarcação solta em meio a uma tempestade. O homem se inclinava para um lado e para o outro, tentando manter a espada em riste.

Não demorou que se chocassem. O cavalo de Arthur girou e eles tornaram a se trombar uma segunda e uma terceira vez. Para piorar a situação, a chuva não dava trégua. Por obra de algum milagre, o homem permanecia na sela, movimentando a espada tão sem jeito que não seria surpresa se acertasse o próprio cavalo. Arthur resolveu aguardar a chance de atacar, que não demoraria a chegar. O adversário não tinha treinamento algum.

Logo que os cavalos se chocaram, o homem balançou a espada e, com o peso, inclinou-se demais para um dos lados e acabou caindo na lama com um som surdo, enquanto seu cavalo galopava para longe.

Arthur pulou do cavalo e apontou a espada para o pescoço do homem caído.

– Renda-se.

– Vá para o inferno. Eu me rendo.

O sotaque dele era estranho, não era morador de Champagne. Arthur sentiu um frio na espinha, lembrando-se de que aquele podia ser Lorenzo da Verona. A voz de Clare lhe veio à mente… *Há traficantes de escravos em Troyes. Ele é conhecido como Veronese.* Será que estava diante do homem de quem Clare tinha fugido?

O cavalariço com o forcado corria na direção deles, seguido por uma multidão. Ivo estava na traseira da carroça com mais algumas pessoas da estalagem. Arthur se orgulhou de seu cavalariço e os outros também haviam feito um bom trabalho.

E Nell? Ela tremia ainda na parte de trás da carroça ao lado de três… não, *quatro* outros presos ao corrimão na lateral da carroça. *Mon Dieu*, se aqueles dois estivessem de fato traficando escravos, teriam de responder pelo crime. O conde Henry ficaria furioso quando soubesse que aquele tipo de comércio acontecia em Champagne.

– Sir Arthur! – gritavam as crianças em uníssono e batiam os pés. – Sir Arthur!

Arthur olhou para o cavalariço do forcado e inclinou a cabeça na direção do homem caído na lama.

– Amarre-o. Vamos levar todos para algum lugar seco.

– Deixei-o comigo, sir – respondeu o cavalariço.

Quatro crianças tremiam diante da lareira da estalagem, esfregando os ferimentos da corda nos braços e nos tornozelos. Arthur se sentou num banco com Nell no colo, tentando confortá-la. Enquanto isso, a esposa do estalajadeiro levava uma a uma das crianças para trás de uma cortina, onde procurava limpá-las e tirar a roupa molhada. Os empregados corriam de um lado para o outro levando tinas de água.

Os outros hóspedes murmuravam entre si, olhando de vez em quando na direção do fogo e da cortina. O apuro que as crianças tinham passado chocara a todos. No fundo do salão, os dois bandidos estavam com pés e mãos amarrados a uma viga. Arthur pediu a Ivo e aos outros dois cavalariços que os vigiassem a fim de aumentar a segurança.

– Tenho várias túnicas que não servem mais nos meus filhos – disse a esposa do estalajadeiro. – Algumas estão puídas pelas traças, mas estão limpas e secas.

– É muita gentileza sua ajudar – agradeceu Arthur.

A mulher voltou para trás das cortinas e, apesar do crepitar da lenha da lareira, Arthur ainda podia ouvi-la:

– Meu pobre carneirinho, que ferida grande. Nossa, você foi muito corajoso. Deixe-me colocar um curativo de ervas que ajudará a cicatrizar. Quer fazer isso sozinho?

Com carinho, Arthur passou a mão nos pulsos de Nell. Não podia segurar-lhe as mãos por estarem grudadas no braço dele como se fosse musgo preso a uma pedra. Ela havia enterrado o rosto na túnica dele. Traficantes de escravos. Será que estas crianças lembrarão essa passagem quando crescerem? Deus do Céu, tomara que não, mas eles já estavam bem crescidos para esquecer.

Esse deve ter sido o destino de Clare.

Mas Clare era menor, um bebê, na verdade. Não havia bebês ali, o mais novo era um garotinho de uns dois anos no máximo.

O estalajadeiro veio da cozinha ao encontro de Arthur.

– Com licença, o senhor me pediu comida. Temos presunto, caldo de ervilha e bastante pão. Há também galinha fria e torta de maçã.

– Obrigado, senhor, as crianças vão gostar. Deixe-os comer o que quiserem. Eu pago.

– Está bem, sir.

O estalajadeiro tratou de providenciar logo o pão e o caldo. Arthur acariciou o cabelo molhado de Nell e perguntou:

– Você não está com fome? – Um sorriso brilhou naquele rostinho ensopado. – O que houve, Nell? Por que não está em Troyes?

O sorriso se esvaiu e Nell balançou a cabeça com os olhos marejados.

– *Maman, Maman...* – disse ela em meio ao choro.

O coração de Arthur ficou apertado ao entender que Nicola devia ter morrido.

– O que houve com Nicola?

– Ela estava muito mal – disse ela, entre soluços. – Piorou muito depois que Clare partiu. Então aqueles homens vieram ao nosso chalé perguntando sobre Clare.

– Você sabe o nome deles, Nell?

A menina respirou fundo e meneou a cabeça em negativa.

– Eles bateram em mim – disse, e fez uma pausa. – Bateram nos outros também. São homens maus.

– Eles não baterão em você de novo – garantiu Arthur. – Amanhã vamos levá-los ao conde Henry e ele os punirá.

Nell colocou o dedão sujo de lama na boca. Sem querer assustá-la, Arthur puxou-lhe a mão devagar.

– Vamos arrumar roupas secas para você. Olhe só, você está encharcada. Depois, vamos comer.

– E se eles escaparem? – indagou Nell, olhando para os dois malfeitores. – Vou ser presa de novo.

– Não vai, não. Amanhã vou levá-los à presença do conde Henry.

– Eles vão para a prisão? – perguntou ela, fitando-o com olhos vívidos.

– É provável que sim.

– Você vai me levar para casa?

Um cacho de cabelo úmido escorregou para cima de um olho dela e Arthur o afastou com um gesto de carinho.

– Claro que sim. – Ele a colocou de pé e a virou na direção da cortina, onde a esposa do estalajadeiro estendia a mão para ela. – Está na hora de você se secar.

Antes de entrar atrás da cortina, Nell olhou para trás e esboçou um sorriso.

– Eu rezei para que viesse me salvar, sir Arthur.

Ele sentiu um nó na garganta. Enquanto a esposa do estalajadeiro colocava uma túnica marrom na frente de Nell a fim de verificar o tamanho, ela continuava olhando para Arthur.

– Sir, Arthur? Você encontrou Clare?

– Sim.

– Eu sabia! – O rosto de Nell se iluminou de alegria. – Onde ela está?

– Clare está morando na Bretanha com o pai.

Nell se surpreendeu e na certa tinha várias perguntas.

– Venha, querida, vamos – chamou a esposa do estalajadeiro. – Vocês podem conversar mais tarde.

Nell consentiu com um aceno de cabeça e sumiu atrás da cortina.

No dia seguinte, Arthur liderou uma cavalgada meio desorganizada pelo portão Paris até Troyes. O sargento Hubert estava de guarda na torre da ponte levadiça. O sargento os cumprimentou e arregalou os olhos ao ver a carroça, as crianças, os prisioneiros e a guarda provisória que Arthur tinha reunido naquela manhã. O pelotão era composto por Ivo e os dois cavalariços da estalagem.

— Capitão Ferrer, é o senhor mesmo? – perguntou o sargento, vislumbrando o unicórnio no escudo de Arthur, antes de voltar a olhar para a carroça, confuso. Arthur levantou a viseira do elmo e sorriu. – Bem-vindo de volta, sir.

— Muito obrigado, sargento. O conde Henry está no palácio?

— Sim, sir.

— Avisem-no que cheguei, por favor. Preciso falar com ele o quanto antes. Diga que o assunto é urgente.

Arthur foi levado diretamente ao solário, onde o conde Henry estava sentado a uma mesa lotada de pergaminhos, ditando algo a um escriba. O conde dispensou o rapaz com um aceno.

— Terminaremos mais tarde, Piers.

— Sim, milorde.

Em seguida, o conde se levantou para apertar a mão de Arthur.

— Capitão! Graças a Deus está de volta. Creio que esteja pronto para reassumir seu cargo junto aos Guardiões.

Arthur foi acolhido com tanta alegria que a preocupação em ser substituído por sir Raphael de Reims se esvaiu.

— Sim, milorde.

No entanto, Arthur sentiu certa decepção e espanto. O fato de o conde Henry ter confirmado que Raphael não tinha tomado seu lugar devia tê-lo deixado exultante, mas não era assim que se sentia.

— Sir Raphael se saiu bem, milorde?

— Eu diria que de maneira adequada. O rapaz é um pouco imaturo ainda, capitão, tenho certeza de que você já sabia disso, mas ele se saiu melhor do que eu esperava. Não obstante, estou feliz com a sua volta e explicarei o que houve por aqui mais tarde. Foi tudo bem na Bretanha?

— Muito bem, *monseigneur*.

Arthur relatou rapidamente como Clare havia subido de posição social. E, quando terminou, o conde Henry franziu o cenho.

– Capitão, está me dizendo que o conde Myrrdin aceitou a moça como filha legítima?

– Sem pestanejar. Aparentemente Clare, *lady* Clare, é muito parecida com a condessa Mathilde, o que não deixou dúvidas de sua descendência. – Arthur deu de ombros. – Milorde, lady Clare não tem apenas os olhos incomuns do conde Myrrdin, mas eu soube que a condessa tinha o mesmo tipo de corpo e cor de cabelo. Houve uma comoção entre os criados assim que entramos no pátio do castelo.

– Santo Deus. O que houve com a condessa Francesca? Como ficou a situação dela?

– O conde Myrrdin a aceitou como filha adotiva, milorde. Ele a ama, mas declarou que Clare era sua herdeira.

O conde Henry passou a mão no rosto e deu uma volta pelo solário.

– A condessa Francesca não deve ter achado fácil digerir tudo isso, apesar de que manterá o título graças ao casamento com o conde Des Iles. – Ele apertou os olhos na direção de Arthur. – O conde Tristan é orgulhoso e acha que se casou com a condessa de Fontaine. Vem sendo o mordomo de Myrrdin há anos. Estou curioso para saber como ele reagirá com a sorte de lady Clare.

– Não há como prever, milorde – disse Arthur, dando de ombros. – O conde Des Iles não estava em Fontaine, mas atendendo à jovem duquesa em Rennes.

– Que confusão – comentou o conde Henry, contraindo o rosto. – Seria melhor se lady Clare fosse ilegítima.

Arthur reagiu em defesa de Clare.

– Não concordo com isso, milorde. Graças à semelhança dela com a condessa Mathilde, o conde Myrrdin ficou muito feliz por tê-la encontrado.

Se bem que, se Clare fosse ilegítima, eu poderia pedi-la em casamento de novo e talvez a convencesse a aceitar a proposta. O pensamento surgiu na mente de Arthur sem que ele se desse conta. Continuava a sentir aquele mesmo aperto no coração que não era capaz de identificar. Quando a conhecera, Clare não tinha propriedades. Jamais saberia se ela o teria aceitado depois de descobrir que era uma verdadeira condessa.

– Pense bem, as implicações de tudo isso... – dizia o conde Henry. – Deus do Céu, que confusão. Você sabe o que aconteceu? Como Myrrdin perdeu uma filha? Ele nunca suspeitou de nada?

– Em minha opinião, o conde Myrrdin suspeitava há tempos que a condessa Francesca não era sua filha. – Arthur fitou o conde Henry e escolheu as palavras com cuidado. Clare tinha confessado ter sido escrava e o fizera jurar não contar a ninguém, portanto, era melhor dizer o mínimo possível. – O conde Myrrdin acredita que lady Clare foi tirada do berço logo após ter nascido. Quando deixei Fontaine, ele estava investigando, mas não posso dizer se a verdade surgirá. – Arthur respirou fundo, antes de mudar de assunto: – *Monseigneur*, preciso reportar que quando estávamos chegando a Troyes, meu cavalariço e eu enfrentamos um terrível contratempo com dois foras da lei, mais precisamente, dois traficantes de escravos.

– Traficantes de escravos? – O conde Henry franziu o cenho. – Que coincidência. Sir Raphael tem me reportado os mesmos rumores desagradáveis.

– Algo a ver com os traficantes?

– Essa é a principal razão pela qual sua volta me deixa feliz. Sir Raphael é muito ingênuo em acreditar nos boatos de que alguém estaria roubando crianças para torná-las escravas. Ele insistiu que havia traficantes trabalhando em Troyes. Imagine, isso é impossível, mas sir Raphael estava tão convencido que quase acreditei. Ele trouxe uma mulher histérica à minha presença, que insistia que seu filho havia desaparecido. Desaparecido? Eu disse a ela que a criança devia ter fugido e...

– Conde Henry, lamento informar que sir Raphael estava certo, havia traficantes aqui em Troyes – disse Arthur, meneando a cabeça e interrompendo o conde.

– Você também acredita? – O conde Henry arregalou os olhos. – Capitão, eu confiava na sua experiência para acabar com essa bobagem. – E, puxando um pergaminho enrolado do meio da bagunça sobre a mesa, acenou-o na frente de Arthur. O pergaminho, amarrado com um laço amarelo, estava repleto de selos azuis. Arthur logo reconheceu a natureza do documento. – Troyes é a cidade mais segura em Champagne. Tem de ser. O que acontecerá com nossa reputação como centro de comércio e feiras, se os mercadores não puderem trabalhar em segurança? Mantive correspondência com o rei Louis sobre isso, mas...

– Milorde, os traficantes estavam operando na cidade. A prova são os dois foras da lei que agora estão presos nas celas do castelo.

– Você tem provas? – Perplexo, o conde deixou cair o alvará de comercialização. – Capitão Ferrer, conte-me exatamente o que aconteceu.

O jantar já tinha transcorrido e Arthur ainda repetia a mesma história. Foi inevitável mencionar o nome de Clare e uma pena não poder contar o envolvimento dela na história. Entretanto, sem dúvida, o depoimento dela seria de muita valia quando do julgamento de Veronese e seu comparsa. A palavra dela era mais valiosa do que qualquer defesa que os bandidos pudessem ter. Por outro lado, se Clare não confessasse seu passado ao conde Myrrdin, não suportaria testemunhar na corte do conde Henry.

Arthur não podia culpá-la. Antes de descobrir sua descendência, Clare tivera de enfrentar uma provação atrás da outra. Ela já havia sofrido demais e ele não hesitaria em poupá-la de mais pesares. Clare o honrara ao contar sobre os traficantes de escravos e Arthur não pretendia trair a confiança dela.

Assim, Arthur repetiu a história dezenas de vezes, mas manteve os lábios selados sobre o envolvimento de lady Clare de Fontaine com os traficantes de escravos. Veronese e seu cúmplice permaneciam presos no castelo do conde Henry e lá ficariam até o julgamento.

Nell estava sob os cuidados das criadas da condessa Marie. Já era noite quando Arthur pôde sair para levá-la para casa. Assim que cumpriu suas obrigações, ele a buscou no solário e pouco depois estavam caminhando pelas ruas estreitas da cidade.

Luzes tremeluzentes atravessavam as portas e janelas dos chalés. O vento frio trazia o perfume de pão fresco e carne assada.

– A casa de Aimée é ali – disse Nell, apontando para um chalé alto de madeira. – Ela e Clare são amigas. Você verá quando Clare voltar.

Arthur não teve coragem de contar que era improvável que Clare voltasse, limitou-se apenas em concordar e atravessaram a rua na direção da casa de Nicola.

A casa estava em completa escuridão. Não havia luz alguma. Arthur bateu na porta de leve, mas o silêncio persistiu. Bateu com mais força. Ao se aproximar da porta, não ouviu nenhum barulho. Não havia ninguém ali, o que só podia significar uma coisa.

Nell tinha ficado órfã.

Sem notar nada estranho, Nell tentou abrir a porta, mas Arthur a puxou, levantando-a no colo.

– Nell, eu gostaria de conhecer Aimée. Qual é a casa dela?

– Quero ver minha mãe antes.

Arthur ficou apavorado, sem saber como contar à menina que talvez sua mãe tivesse morrido. Seria melhor enfrentar cavaleiros campeões numa justa a ter de lidar com uma criança de luto. Olhou para Nell com um nó na garganta. O que devia fazer?

– Meu cavaleiro – para surpresa de Arthur, Nell colocou a mão no rosto dele –, não fique triste, veremos Aimée em um minuto. Mas primeiro quero ver minha mãe.

Arthur estava com o coração apertado e engoliu em seco, não tinha como escapar de dizer a Nell o que previra. Deus, era melhor lidar com os traficantes...

– Nell, acho que temos de ser muito corajosos – disse ao abraçá-la.

Os olhos de Nell brilharam à luz de uma tocha do chalé ao lado e a expressão de seu rosto mudou por completo. Ela assumiu o semblante de alguém bem mais maduro e mais experiente e imensamente triste.

– Eu já sei. Antes de ser roubada pelo homem mau, mamãe me disse que talvez tivesse de ir embora. Ela me disse que estava morrendo. – Nell meneou a cabeça e voltou a colocar a pequena mão no rosto de Arthur. – Eu já tinha ouvido minha mãe conversar com Clare sobre o que aconteceria comigo caso ela morresse. – Nell virou o rosto para a porta. Uma lágrima correu pelo rosto miúdo. – Sir Arthur, não precisa se preocupar comigo. Se alguma coisa aconteceu com minha mãe, Clare virá. Ela prometeu.

Capítulo 14

— Lady Clare?

O capitão da guarda do conde Myrrdin a interpelou à entrada do estábulo. No dia anterior, Clare tinha ganhado do pai uma égua e estava ansiosa para montá-la. Ela não iria cometer o erro de escolher um nome errado – Raio era um nome ridículo para o pônei que mais parecia uma lesma que ela havia tomado emprestado para a viagem. Parecia que Sir Arthur Ferrer havia ido além de apenas a ensinar a cavalgar; ele a ensinou a amar os cavalos. A égua era linda, e precisava de um nome adequado.

— Pois não, capitão.

— Milady, um mensageiro veio de Troyes trazer algumas correspondências e uma delas é sua. — O capitão entregou um pergaminho enrolado a ela.

— Obrigada, capitão. — Clare pegou o pergaminho, mas as letras não significavam nada para ela. Ainda não havia iniciado as aulas, por isso só via borrões de tinta em formato de ondas. Aquelas letras deviam significar alguma coisa?

O pergaminho estava fechado com um selo verde estampado com um cavaleiro. Parecia com o convite que recebera para entrar no Torneio da Noite de Reis. Ao passar o dedo sobre o selo, seu coração deu um salto. *Arthur. Foi ele que escreveu para mim.* Não imaginava a razão para tanto, mas verde era a cor dele...

— Você sabe quem mandou isto?

— Sinto muito, milady. — O capitão deu de ombros. — O mensageiro não disse de quem era a carta. Posso servi-la em algo mais?

— Isto é tudo, capitão, obrigada.

Por que será que Arthur me escreveu?

A saudade doía-lhe no coração, tanto que não dormia desde que ele tinha deixado Fontaine. As noites pareciam durar uma eternidade. Havia descoberto que a saudade era um sentimento similar a uma fome recorrente e incessante. Na verdade, ela se sentia muito sozinha e com isso aprendera um novo significado para o sofrimento também. Sofrer era não saber o que Arthur estava fazendo, ou se estava feliz ou não. Tinha ciúmes só em pensar que ele podia ter visitado Gabrielle no Black Boar.

Quando se recolhia aos seus aposentos numa das torres do castelo, Clare se encolhia e tentava afastar o vazio de seu coração. Mas nem a tristeza, nem a saudade a deixavam em paz. Como podia se sentir sozinha se, pela primeira vez, estava desfrutando do convívio de sua família verdadeira? Estava entre pessoas que se preocupavam com ela; o pai a amava, Francesca tinha se tornado uma amiga, gostava de sua criada... Era como se fosse uma ingrata por sentir solidão em meio a tanta gente.

Clare decidiu que cavalgaria mais tarde e foi procurar Francesca. Encontrou-a debruçada sobre uma mesa no solário, desenhando sobre um pedaço de tecido com as mãos sujas de carvão.

— Você sabe ler, Francesca? — perguntou Clare sem preâmbulos.

— Sim, claro. Por quê?

— Recebi uma carta de Champagne. — Ao quebrar o selo, o cavaleiro partiu-se em dois. — Ah, não!

— O que foi? Clare?

— O cavaleiro... Ah, não tem importância. Gostaria que a lesse para mim. — Clare estendeu o pergaminho para Francesca com o coração aos saltos. Se a carta fosse mesmo de Arthur, seria preferível se estivesse sozinha para absorver tudo o que ele dizia. Mas aquilo não poderia acontecer, já que não sabia ler, e Francesca lhe pareceu a escolha mais segura para desempenhar a tarefa. No entanto, Arthur era um cavaleiro e por certo não faria referência aos momentos íntimos que haviam desfrutado no mosteiro. Mesmo assim, ela se sentiria desconfortável em compartilhar a carta com o pai, e mais ainda com o frei Alar!

Francesca limpou o carvão da mão e pegou o pergaminho.

– A carta é de sir Arthur – disse, ao olhar para Clare de soslaio. – Se bem que você já devia saber, não é?

– Eu não tinha certeza. – A ansiedade de Clare aumentava a cada instante.

– Nossa, Clare, a carta é imensa.

– Francesca, *o que ele diz?*

Içando uma das sobrancelhas ante a impaciência de Clare, Francesca começou a ler:

Caríssima Lady Clare, minhas cordiais saudações. Rezo para que milady, conde Myrrdin e a condessa Francesca estejam em plena saúde.

Lamento muito, mas esta carta a deixará triste e com raiva. Resumindo, quando faltava apenas um dia para chegar a Troyes, Ivo e eu encontramos a filha de Nicola, Nell. Chegávamos a uma hospedaria para passar a noite quando surpreendemos dois traficantes de escravos com crianças amarradas dentro de uns sacos atrás de uma carroça. Nell tinha sido raptada com mais algumas crianças. Por sorte, ela reconheceu minha voz e conseguiu chamar nossa atenção...

Francesca parou de ler, levando a mão à boca:

– Traficantes de escravos?

– Santa Maria, Francesca, *continue!* – exclamou Clare, fincando as unhas nas palmas das mãos.

Francesca arregalou os olhos e continuou a ler:

Com a ajuda de alguns cavalariços e aldeões, capturamos os traficantes e libertamos as crianças. Não se preocupe, pois Nell está a salvo em Troyes. As outras crianças foram devolvidas as suas famílias e os traficantes estão sob a custódia do conde Henry, aguardando julgamento. Talvez lhe interessasse saber que um deles é conhecido como "Veronese".

O conde Henry está convocando testemunhas. Segundo dizem, essa rota de comércio de escravos vem sendo usada há anos. Milady deve imaginar como o conde está ansioso em encontrar alguém que ajude a elucidar o caso. Infelizmente não conhecemos ninguém que pudesse cooperar, mas o conde ficará agradecido se alguém se apresentar. Bem, isso está nas mãos de Deus, mas, uma coisa é certa, esses homens irão a julgamento. Estou certo que rezará comigo para que a justiça seja feita.

Nell pergunta por milady sempre e me pediu que lhe contasse que Nicola faleceu...

Francesca fez uma segunda pausa para encarar Clare, preocupada. Mas, logo em seguida, voltou à leitura:

Nell é uma menina corajosa e sábia, e tem superado bem a morte da mãe. Ela pediu para morar comigo. Expliquei que o alojamento da guarda não é lugar para uma menina e ela compreendeu. Ela está com Aimée na casa do outro lado da rua de onde morava. A condessa Isobel d'Aveyron ofereceu-se para acolhê-la, mas Nell me disse que ficaria mais feliz morando com conhecidos. Ela não pede nada, mas pergunta sobre milady constantemente.

Nell acreditava na sua volta por ela. Expliquei que agora seu lar é na Bretanha e ela entende, mas insistiu que eu escrevesse, contando sobre a morte de Nicola.

Se quiser enviar uma mensagem a Troyes, sobre Nell ou o que desejar, por favor, mande através do mensageiro que lhe entregou esta carta.

Continuo sendo seu humilde servo e amigo. Rezo todos os dias para que Deus a abençoe.

Arthur Ferrer

– Nossa, quantas notícias! – disse Francesca, ainda olhando para o pergaminho. – Você não morava em Troyes com Nicola?

– Sim. A morte dela não foi uma surpresa, ela estava muito doente. Mas a menina, oh, Deus...

Clare estava triste e sua mente em turbilhão... *Nicola morreu... Nell ficou sozinha... Traficantes de escravos... Veronese.* Alguns pensamentos a deixaram mais tensa. *Arthur reza para mim todos os dias. Ele manteve meu segredo conforme jurou que faria, mesmo sabendo que ganharia pontos aos olhos do conde Henry se dissesse que sou uma excelente testemunha. Ele manteve a palavra.*

– Clare, é melhor você se sentar, seu rosto está branco como leite. – Francesca colocou a mão sobre o braço da irmã. – Sinto muito pela morte de sua amiga Nicola.

– Ela era uma pessoa boa. – Com olhos lacrimejantes, Clare pegou o pergaminho de volta, piscando para focar os olhos nas letras escritas em tinta marrom. Será que Arthur tinha escrito a carta de próprio punho ou pagara para um escriba?

– Estas letras no final da carta compõem o nome dele?

Francesca sorriu e apontou para a última linha.

– Sim, esta letra maior é "A", a primeira letra do nome dele, e o restante "Arthur Ferrer".

– Cuidado, Francesca, seu dedo está sujo e vai manchar o papel.

– Sei que você o ama.

Embora a voz de Francesca tivesse sido suave, as palavras pairaram no ar. *Você o ama.*

Clare ficou imóvel, mas chegou a abrir a boca para negar e a fechou logo em seguida. *Você o ama.* Aquilo soava como verdadeiro e traduzia seus sentimentos.

– Amor – murmurou. – É esse o nome desta sensação dolorida de solidão, embora eu não esteja sozinha? Sinto um vazio enorme no coração. Será por isso que não durmo desde que ele partiu?

– Isso é amor. – Francesca segurou a mão de Clare e a acariciou.

Amor. Eu o amo.

– Eu não tinha certeza. Achei... – Clare encolheu os ombros com os olhos marejados. – Não estou acostumada com o amor. Cheguei a desconfiar de que o que eu sentia por Nicola e Nell fosse amor. Meu coração dói ao pensar que Nicola se foi.

– Tenho certeza que sim. Clare, há vários tipos de amor. – Francesca olhou para a porta do solário e baixou o tom de voz. – Se quiser ficar com ele, terá de lutar.

– O que quer dizer com isso?

– Logo papai começará a procurar um marido para você. Ele falou nisso há alguns dias.

– *Não!* Eu disse a ele que não quero me casar.

– Clare, não há como escapar. Como filha legítima do conde, você *precisa* se casar.

– Eu não posso!

Clare jamais se esqueceria de como o senhor de escravos judiava da esposa em Apulia. Todas as lembranças ruins voltaram a assombrá-la. As surras. Os gritos eram tão claros como se estivesse ouvindo-a suplicar naquele instante. Clare achava que sua senhora usava véus não por humildade, e sim para esconder os ferimentos.

– Fui testemunha de como o casamento pode transformar um homem em um monstro.

– Um monstro? – Francesca olhou para a carta e franziu o cenho. – Duvido que sir Arthur seja assim. Um monstro jamais teria cuidado tão bem da filha de outra pessoa...

– Ele é bom para Nell. Vi com meus próprios olhos quando fomos ao torneio em Troyes. Claro que não o imagino me tratando mal, mas desconfio muito do casamento.

– Continue...

Clare comprimiu os lábios em uma linha e afastou as lembranças.

– Francesca, tenho um título agora e uma liberdade que nunca sonhei ser possível, principalmente para uma mulher. Não quero perder tudo isso.

– Não sei por que você perderia alguma coisa. O amor devia fortalecê-la e não enfraquecê-la. Se você e sir Arthur se amam...

– Você está tirando conclusões precipitadas. Não tenho ideia do que Arthur pensa a meu respeito.

Francesca apertou a mão de Clare.

– Tenho certeza de que ele gosta de você e se sente atraído. Não creio que não tenha percebido...

Ao enxugar as lágrimas, Clare esperava que a irmã não notasse o quanto estava corada e sem jeito. *Sim, ele estava muito atraído no monastério.*

– Ele me pediu em casamento.

– É mesmo? – perguntou Francesca, apertando a mão de Clare. – Quando?

– Foi durante a viagem até aqui. – Clare mordiscou o lábio antes de continuar: – Eu recusei o pedido.

– Você o ama?

– Agora sei que o amo muito. Eu já o amava quando ele fez o pedido, mas não tinha percebido. Ah, Francesca, como fui tola. Eu achei... Na verdade, eu não sabia muito sobre o amor. Minha experiência até pouco tempo atrás havia sido praticamente nula.

– Sir Arthur falou em se casar depois da sua chegada aqui?

Clare fitou o nome escrito no final da carta. Não fazia ideia se seu amor era recíproco, embora acreditasse numa forte atração física. Arthur nunca tinha falado sobre sentimentos e partiu sem olhar para trás. A impressão que ficara era que ele a pedira em casamento no mosteiro St. Peter num ato de cavalheirismo. Pelo código de honra dos homens, era preciso se casar depois de tirar a virgindade de uma mulher. E ela o recusara.

– Ele confirmou o que você e papai já me disseram, preciso me casar. Mas ele não refez o pedido.

– Claro que não. Imagino que ele seja muito orgulhoso.

– Como assim?

– Clare, antes de chegar a Fontaine, sir Arthur acreditava que você fosse uma filha ilegítima. Ele não ousou pedi-la em casamento depois de saber de sua linhagem familiar. Na certa, ele pensou que papai quisesse fazer um casamento dinástico.

– Arthur mencionou algo assim.

– Ele gosta de você. – Francesca tomou a carta das mãos de Clare. – Olhe isto. Ele começa a carta com "Caríssima lady Clare". Esta não é uma maneira muito comum de se dirigir a uma pessoa.

– Não é? Passei grande parte da minha vida em Apulia, por isso não entendo algumas nuanças da linguagem.

– Acredite, "caríssima" só é usado por amigos bem próximos. Olhe aqui... – Francesca apontou para o papel com o dedo sujo de carvão – ele reza por você todos os dias. Clare, você não pode deixá-lo sozinho em Troyes! Veja só, você está segurando esta carta como se fosse algo sagrado. O que pretende fazer?

Clare enrolou o pergaminho e encarou Francesca nos olhos.

– Fiz uma promessa quando morava em Troyes.

– Sim?

– Prometi que tomaria conta de Nell quando Nicola partisse. Preciso honrar a promessa.

– Vai voltar a Troyes?

– Se papai concordar. – Clare fitou o pergaminho onde Arthur tinha escrito o nome. – Preciso falar sobre meu casamento também.

– Seu casamento? Mas você não acabou de dizer...

– Papai disse que poderia considerar Arthur como meu pretendente e preciso saber se ele não mudou de opinião.

Clare sentiu o coração bater em descompasso. O conde Myrrdin mudava de ideia a toda hora. Por outro lado, e se Arthur não a quisesse mais? *Preciso contar a ele sobre as acusações que pesam sobre mim em Apulia. Já que penso em me casar com ele, preciso contar tudo a meu respeito.*

– Arthur gosta de mim – murmurou, fitando a irmã novamente. *E rezo para que continue amando depois de saber a verdade.* – Francesca, se uma pessoa gosta de alguém, é possível que venha a amá-la?

– Acho que vale a pena tentar. Já que você precisa se casar, por que não escolher o homem que ama?

– Você está certa – concordou Clare, endireitando as costas. – Preciso falar com papai sem demora. Mas irei a Troyes independentemente da decisão dele, preciso ver Nell.

— Se precisar de companhia, eu adoraria ir junto. Sempre quis conhecer Champagne. Meu marido tem uma mansão fora de Provins. Poderíamos ir visitar depois.

— Aceito sua companhia, mas devo avisá-la de que a viagem é longa e difícil.

Francesca sorriu.

— Não se tivermos um guia e uma grande escolta. Então está resolvido. No caminho, teremos tempo para você me contar sobre sua vida em Apulia. Estou curiosa para entender como você não reconhece quando o amor está bem a sua frente. Ah, saiba que não gosto quando você esconde coisas de mim.

Clare alisou o pergaminho com a palma da mão antes de enrolá-lo novamente. *Será que estou tomando a atitude certa? Como Arthur reagirá quando souber sobre Sandro?*

Francesca a observava com olhos brilhantes.

— Aliás, da próxima vez que quiser abrir um *billet-doux* sem quebrar o selo, use uma faca quente.

— Um *billet-doux*?

— Uma carta de amor, e foi isso que você recebeu.

Com o coração se enchendo de esperança, Clare olhou para a carta e disse:

— Uma carta de amor? Pode ser...

Mas o que Francesca não sabia era o que Arthur *não* tinha escrito na carta.

Ele quer que eu testemunhe contra Veronese. Ele sabe que esta é a última coisa que quero fazer, mas esta carta foi uma maneira hábil de pedir...

Clare não poderia testemunhar. Caso contrário, todos os nobres do mundo saberiam que a filha do conde Myrrdin tinha sido escrava durante a maior parte de sua vida. Ela simplesmente não teria coragem de deixar o pai passar tamanha vergonha. Independentemente disso, se o conde Myrrdin concordasse em aceitar Arthur como seu marido, ela teria duas razões para voltar a Troyes. Uma delas era uma proposta para sir Arthur Ferrer, e deixaria nas mãos de Deus seu destino. A outra era honrar a promessa que fizera a Nell. A ideia era oferecer um lar para a menina em Fontaine.

Não estaria voltando para testemunhar contra Veronese.

De jeito nenhum.

O conde Myrrdin insistiu que suas filhas levassem uma escolta respeitável na viagem a Champagne. A escolta compreendia dois cavaleiros da guarda interna do conde com os respectivos cavalariços, seis soldados, dois criados e as aias particulares das filhas. As mulheres, assim como as criadas, cavalgavam com uma perna de cada lado do cavalo. A comitiva chamava a atenção por onde passava, as pessoas nos vilarejos chegavam a parar o que faziam para vê-los. As crianças corriam atrás dos últimos cavalos, rindo e mostrando algo para vender, como um bolo de carne, um pão de trigo adoçado com mel e passas, um queijo de cabra...

Para quem tinha vivido grande parte da vida na obscuridade, Clare estranhava ser o foco de todos os olhares. No entanto, dar uma moeda para uma criança sem um dente em troca de um pão de trigo e receber um sorriso foi a melhor das recompensas. Fugira de Troyes maltrapilha, implorando por uma carona na carroça de um mercador.

A transformação dos últimos meses, durante a quaresma, fora inacreditável. E agora ali estava ela, voltando como filha legítima do conde Myrrdin! Havia ganhado um pai amoroso, embora um pouco excêntrico, e uma irmã, que dia a dia se tornava mais amiga. O mais estranho de tudo, porém, era viajar com uma comitiva tão grande que chamava a atenção por onde passava.

Chegaram a Troyes no final de uma tarde friorenta de primavera, o gelo ainda cobria algumas edificações, deixando-as brilhantes à luz do sol. O vento frio entrava pelas botas e luvas das duas. Ao se aproximarem da cidade, Clare viu os guardas nas muralhas com os rostos cobertos pela nuvem da respiração condensada. O cortejo atravessou o portão Auxerre e seguiu até a praça dos mercadores.

A visão da taverna Black Boar, do outro lado da praça, chamou a atenção de Clare. Por causa do frio, não havia nenhuma mulher sentada no banco do lado de fora, mas os risinhos femininos podiam ser ouvidos à distância. Embora não fosse de sua conta, Clare não deixou de pensar: *Será que Gabrielle está trabalhando hoje? Arthur a tem visitado?*

– O que é aquele lugar? – perguntou Francesca, o couro da sela estalando quando se virou para olhar o motivo da atenção de Clare.

– É apenas uma taverna popular entre os soldados da cidade – murmurou Clare.

Durante o tempo de convivência, Clare ficou mais confiante e aprendeu a se abrir com a irmã. Francesca sabia a verdade sobre a vida de Clare em Apulia, inclusive sobre a escravidão, mas prometera não contar ao pai.

– Essa história é só sua – tinha dito Francesca. – Estou certa de que contará a ele quando estiver pronta.

– Não posso fazer isso, papai ficará envergonhado.

– Bobagem, não foi culpa sua. Sir Arthur sabe?

– Sabe a maior parte.

E logo contaria a ele sobre as acusações de um crime que pesava nas costas dela. Tentativa de assassinato. A cada dia aprendia a confiar mais nas pessoas, especialmente em Arthur, mas aquilo era um segredo grande e vergonhoso. Havia acusações contra ela. *Eu esfaqueei um homem e quase o matei.*

A preocupação a corroía por dentro. *Como Arthur vai reagir quando eu contar a ele?*

Animando-se ao reconhecer a Rue de l'Epicerie, ela deixou os pensamentos sombrios de lado e sorriu.

– Se seguirmos por esta rua, chegaremos à ponte que atravessa o canal. O palácio fica na margem oposta.

O conde Myrrdin só tinha deixado as filhas viajarem se ficassem hospedadas no palácio do conde Henry. Houve troca de correspondências entre os dois condes para que a viagem saísse a contento. Bem, quase tudo tinha sido providenciado. Clare sentiu-se arrepiar ao pensar na possível reação do conde Henry à petição enviada por seu pai por um mensageiro especial alguns dias antes de partirem.

O conde Myrrdin tinha lido a carta em voz alta para Clare antes de colocar seu brasão no selo. A petição não saía da cabeça de Clare. Seu pai havia pedido que o conde Henry liberasse Arthur do juramento de lealdade para que ele voltasse a Fontaine com Clare, isto é, se esta fosse a vontade de Arthur. Clare tinha rezado a cada quilômetro passado da viagem. *Meu Deus, permita que Arthur me aceite. Deixe-o aprender a me amar.*

Com a aproximação do palácio, a angústia logo acabaria com a resposta do conde Henry. Será que Arthur a estaria aguardando para cumprimentá-la? Era melhor não esperar por isso, pois ele certamente estaria no alojamento militar com os outros Guardiões. Clare se lembrava de que o alojamento ficava atrás das antigas muralhas romanas, dentro do castelo de Troyes, bem separado do palácio. De certa forma, o encontro com Arthur podia aguardar. A responsabilidade e a promessa feita a Nell vinham em primeiro lugar.

Clare cavalgava entre a irmã e sir Denis quando chegaram ao canal. Ao olhar para a irmã com carinho, concluiu que a mudança de *status* não tinha sido a única coisa que acontecera nos últimos tempos, pois ganhara riquezas inestimáveis.

– Você pode não acreditar, Francesca, mas eu não tinha amigos ou família até vir morar em Champagne. Fui abençoada com os dois. Meu primeiro amigo foi Geoffrey...

– Esse foi o cavaleiro que a encontrou e trouxe à Troyes?

Clare consentiu, acenando a cabeça.

– Depois veio Nicola, Nell, Aimée...

– Não se esqueça de sir Arthur – disse Francesca, lançando um olhar maroto de soslaio.

Clare corou e continuou:

– Agora tenho um pai... – estendeu a mão para segurar a de Francesca – uma irmã.

As duas não eram irmãs de sangue, mas Clare gostava tanto dela que não levava isso em consideração. Eram irmãs para todos os efeitos.

Durante a viagem, Clare não tinha sido a única a abrir o coração. Francesca retribuiu a confiança abrindo o dela também. Mas Clare preferia não saber que o maior medo de Francesca era que o marido, conde Tristan, pedisse a anulação do casamento quando soubesse que ela não era mais uma herdeira. Aquilo não lhe saía da cabeça. Seria horrível ter de enfrentar a ideia de que sua volta ao lar resultaria na destruição do casamento da irmã.

Quando Clare fora se encontrar com Francesca em St. Méen pela primeira vez, imaginara que a irmã fosse odiá-la, mas tinha em mente apenas a herança, não imaginando que a maior preocupação de Francesca era a anulação de seu casamento. Tomara que Francesca estivesse enganada, tinha de estar...

Onde ele estava? O conde Tristan deve ter ouvido falar da minha chegada a Fontaine. Por que permanece fora de casa? Além de qualquer outra razão, ele devia ter voltado a Fontaine para garantir que nada aconteceria. Onde ele estava?

Clare soltou a mão de Francesca e retomou as rédeas da égua com as duas mãos. Passaram por três freiras andando de braços dados pela rua.

– Francesca?

– Hum.

– Tenho certeza de que está enganada sobre seu marido. Há quanto tempo está casada?

– Dois anos.

– Depois desses anos, o conde Tristan deve ter aprendido a gostar de você. É impossível que não a ame.

Francesca virou o rosto, mas Clare viu as lágrimas se represarem nos olhos dela.

– Você é muito gentil em dizer isso.

– Sir Arthur! Ela chegou! – Ivo entrou correndo no depósito de armas e parou de repente. – Ela chegou ao palácio!

Arthur colocou sobre a mesa a lança que examinava e procurou não expressar nenhuma emoção. Seu coração pulsava em disparada, mas não seria bom que Raphael notasse.

— Um momento, Ivo. — Ele se virou para Raphael. — Precisamos pedir mais algumas dúzias de lanças se quisermos deixar os homens das muralhas bem armados. Acho que pode fazer o pedido a Isodore. Alguma objeção? Você conhece alguém melhor para forjar o aço?

Arthur esperava ouvir algum comentário sobre seu pai ser um forjador, mas Raphael limitou-se a sorrir e menear a cabeça.

— Concordo capitão, Isodore é o melhor.

— Muito bem. — Arthur sorriu, dispensando Raphael. — Pode fazer o pedido.

Em seguida, esperou que o rapaz saísse do depósito para voltar à atenção para Ivo.

— Quando ela chegou?

— Não faz nem uma hora. Ela trouxe a irmã e uma escolta digna de uma princesa.

Arthur deixou o estábulo, aflito. Desde que o conde Henry lhe informara que lady Clare viria fazer uma visita, ele não tivera um momento de paz. Preferia pensar que ela tivesse vindo por causa de Nell, mesmo porque havia passado tempo demais para que descobrisse estar grávida. No entanto, a ideia de Clare lhe dar um filho o fazia sorrir. Era possível, mas nada provável. O sorriso se esvaeceu. Ela já havia dito que esse não era o caso. Seria menos provável ainda que ela tivesse vindo para testemunhar contra Veronese e seu cúmplice, apesar da satisfação do conde Henry em recebê-la.

Apesar de todas as especulações, a dúvida maior era se Nell tinha sido a única razão para Clare estar em Troyes. E não podia mais esperar, precisava descobrir naquele instante. As semanas em que estivera longe dela haviam sido um inferno, mas foram válidas, porque agora ele tinha certeza de que a amava. Viver sem Clare não era vida. Ele a amava e sabia que pertenciam um ao outro.

O retorno de Clare tinha sido providencial. Caso contrário, ele teria voltado a Fontaine para pedi-la em casamento de novo. A diferença de *status* não o preocupava mais. Clare era a mulher de sua vida. Restava apenas saber se ela também o amava, e não havia como descobrir sem consultá-la. Ela se entregara a apenas um homem. Ele. Então, ainda havia esperanças.

Clare podia ter reservas contra o casamento, mas ele a ajudaria a superá-las. *Eu a amo. Não vou perdê-la.* Os pais de Arthur nunca tinham casado e o pai se arrependera pelo resto da vida. E ele não estava disposto a cometer o mesmo erro.

Capítulo 15

Sabendo que não tinha cabimento fazer a corte usando a cota de malha, Arthur parou no acampamento para tirá-la e vestir uma túnica verde não tão bélica. Ao afivelar o cinto e embainhar a espada, ainda não acreditava na atitude que estava prestes a tomar. Pediria Clare em casamento. De novo. Divertindo-se consigo mesmo, ele meneou a cabeça. Nunca imaginara que pediria alguém em casamento e nem que o faria duas vezes...

O aposento no palácio que o conde Henry tinha reservado para lady Clare de Fontaine e a irmã era fácil de ser encontrado, mas ao chegar Arthur ficou sabendo que as duas haviam ido à cidade. Qualquer outra mulher estaria descansando depois da viagem difícil, mas não Clare. Porém, ele sabia exatamente onde ela estaria.

Deixando o palácio, Arthur foi direto para o chalé de Aimée. Não se espantou em encontrar duas sentinelas do conde Myrrdin à porta. Arthur já os conhecia de Fontaine.

— Boa tarde, sargento — cumprimentou ele, batendo na porta.

— Boa tarde, sir Arthur — respondeu o sargento, meneando a cabeça.

Ao entrar, Arthur viu duas velas de sebo iluminando o ambiente e panelas sobre as brasas da lareira. Clare estava sentada num banco com Nell no colo. Havia outras pessoas na sala, Aimée e a condessa Francesca, a quem ele fez uma breve reverência. Mas, na verdade, só tinha olhos para Clare. Ela estava linda em um rico vestido cor de topázio e um véu quase transparente sobre a cabeça. E parecia bem disposta para alguém que tinha acabado de chegar de uma viagem longa.

– Sir Arthur! Eu não esperava vê-lo tão depressa – disse ela, arregalando os olhos.

– Milady...

Ele inclinou a cabeça para a frente e descobriu-se sem palavras e inseguro, como se não estivesse com os pés no chão. *Será que ela sentiu tantas saudades quanto eu?* Se fosse possível, ele a teria tomado nos braços e beijado-a com paixão. Represar um sentimento tão forte era uma tortura insuportável. O mais importante era que ela soubesse o que já estava evidente havia muito tempo. *Nós pertencemos um ao outro.*

Nell pulou do colo de Clare e saiu correndo para dar a mão para Arthur, que só então se deu conta de que estava com as duas mãos fechadas em punho, relaxando-as quando aceitou o carinho de Nell.

– Seja bem-vindo, sir Arthur, meu cavaleiro – cumprimentou ela, balançando as mãos dadas.

– Olá, Nell – disse Arthur sem desviar o olhar de Clare.

Apesar da luz tremeluzente, ele notou que havia sombras escuras sob os olhos extraordinários de Clare.

– Eu... – Arthur deu uma tossidela, ignorando o coração que parecia desafiar qualquer instrumento de percussão. – Lady Clare, se possível, gostaria de lhe falar.

– Estamos entre amigos – disse ela, abrindo o braço, mostrando as outras mulheres.

Francesca meneou a cabeça.

– Clare, acho que sir Arthur não precisa de audiência. – E, com um sorriso, ela se levantou e esticou a mão para Nell. – Venha, Nell, quero conhecer seu antigo chalé. Aimée, acredito que tenha a chave. Você nos acompanha?

Depois de muita movimentação, Aimée encontrou a chave e todas vestiram suas capas. A corrente de ar, que se formou quando a porta foi aberta, por pouco não apagou as velas. E, finalmente, Arthur e Clare estavam a sós.

Arthur deu um passo na direção do banco e conseguiu falar, apesar de ainda estar com a boca seca.

– Está tudo bem em Fontaine? – indagou, sentindo o calor das chamas da lareira nas costas.

– Está sim, obrigada por perguntar.

– E seu pai? Se bem me lembro, você estava preocupada.

– Ele está do mesmo jeito. Alguns dias melhores do que outros, mas... – Clare sentiu o coração apertar.

Os olhos dela refletiam as chamas. E, como se estivesse em um transe, Arthur deu mais um passo, estreitando a distância que os separava, e segurou no pulso dela.

– Clare... – Pronunciar o nome dela o fez titubear por alguns segundos. – Clare, por Deus, venha aqui. – Ele a puxou, levantando-a.

Não foi preciso muita força, pois ela também queria a aproximação. Logo estavam abraçados, olhando um para o outro nos olhos. Arthur ficou tão triunfante quando ela permitiu que seus lábios se tocassem, que suas pernas bambearam.

– Clare... – Arthur segurou o rosto delicado com as duas mãos, escorregando os dedos por baixo do véu e deslizando sobre o cabelo sedoso.

Os olhos dela brilhavam com maior intensidade e o rosto estava corado. E ele não conseguia dizer outra coisa a não ser repetir o nome dela:

– Clare.

– Arthur...

Clare segurou-o pelos ombros, para em seguida enlaçá-lo pelo pescoço. O beijo selou o forte sentimento que os unia. O perfume de feminilidade, o aroma de Clare, o envolveu como uma bruma, levando-o de volta ao mosteiro onde haviam se entregado um ao outro. Sentindo-se também enlevada pela paixão, ela mordiscou várias vezes os lábios carnudos de Arthur, antes de permitir que as línguas se encontrassem sequiosas num beijo voluptuoso. Arthur estava dominando seus instintos desde o momento em que a vira, mas começava a fraquejar e o desejo já se represava em seu baixo-ventre.

Àquela altura, já não se lembrava mais por que era tão importante encontrá-la. Havia algo importante... devia dizer alguma coisa... não, tinha de fazer uma pergunta...

– Meu Deus, Clare.

Ele mal conseguia respirar direito e o som ofegante da respiração dela era um convite ao pecado. Reagindo ao impulso mais primitivo, ele a apoiou na parede, segurando-a pelas nádegas, roçando o tórax nos seios macios. Chegou a levantar a saia até os joelhos dela, deliciando-se com o toque da seda, mas cedeu a um último laivo de lucidez. *Não podemos, não aqui... Elas podem voltar. Os soldados do conde Myrrdin estão do outro lado da porta.*

– Clare. *Ma mie.*

A seda do vestido farfalhou quando ele soltou. Afastando-se um pouco, ele apoiou a testa na dela e sorriu.

– Isto pode esperar. Preciso dizer algo primeiro.

– Ah...

Aqueles olhos sonhadores, um acinzentado e o outro verde, o tiravam da razão, mas ele se fez valer da pouca resistência que ainda tinha para continuar falando.

– Clare, preciso perguntar...

Ela o fitou ao mesmo tempo em que umedecia os lábios com a ponta da língua. Os seios fartos subiam e desciam a cada respiração, evidenciando os mamilos túrgidos, o que não o ajudava muito a continuar resistindo.

– É importante...

– Hum...

– Clare, você me recusou uma vez, mas deve saber que preciso perguntar de novo. Espero que você tenha tido tempo para mudar de ideia. Case-se comigo, por favor.

Ela ficou paralisada e o coração de Arthur retumbava em descompasso. A alegria de ter seus beijos correspondidos foi substituída pela ansiedade por uma resposta. Quando ela soltou os braços ao longo do corpo e deu um passo atrás com o rosto lívido, Arthur sentiu o coração dar um salto.

Ela vai recusar.

Clare piscou algumas vezes, surpresa, ao mesmo tempo em exultante felicidade. *Arthur ainda me quer.* Ele não dissera nada sobre amor, mas isso viria com o tempo. *Arthur me pediu em casamento.*

Como não devia existir segredos entre marido e mulher, chegara a hora de ele saber que havia acusações contra ela em Apulia. Arthur era capitão dos Guardiões e com certeza a protegeria. As acusações eram falsas, e ele acreditaria nela. *Confio nesse homem. Oh, Senhor, permita que ele acredite em mim.* Alisando o vestido e em seguida juntando as mãos, ela endireitou o corpo.

Parecia estar a segundos de ser executada, o que dilacerou o coração de Arthur. Ela recusaria o pedido... Em poucos minutos diria que o pai tinha lhe arrumado um marido perfeito.

– Arthur, preciso dizer uma coisa...

– Clare, você tem de concordar... pertencemos um ao outro.

– Não quer me ouvir? – indagou ela com um sorriso.

Todas as inseguranças engolfaram Arthur como se fossem um maremoto. Não sabia mais se queria ouvi-la dizer alguma coisa. *Ah, Senhor, ela é a perfeita lady Clare de Fontaine, a mulher que me rouba os sentidos.* A luz fraca, que atravessava a janela, incidia no vestido dela deixando-o reluzente como ouro. *Ela podia ser uma fada. Ela está muito acima de mim. Sou um plebeu, enquanto ela é a filha legítima do conde Myrrdin.*

Arthur não queria ouvi-la listar as diferenças entre eles, já as escutara tantas vezes que sabia cada uma delas de cor.

– Peço desculpas pela pergunta inadequada – disse ele com uma voz cortante. – Não pedirei de novo.

– Arthur? Qual é o problema? – indagou ela, aflita.

Ele colocou a mão sobre a empunhadura da espada, sentindo um gosto amargo na boca. Se possível, gostaria de estar em qualquer outro lugar, menos na casa de Aimée diante de Clare.

Mesmo desapontado, não devia se esquecer de que era o capitão dos Guardiões antes de tudo. Era preciso cumprir o dever quanto aos traficantes de escravos.

– Gostaria de saber se você mudou de ideia em testemunhar contra Veronese.

– Arthur? – Ela levou a mão ao pescoço. – Você espera que eu deponha na corte?

– Seria uma grande ajuda para o caso.

– Não posso, Arthur! Isso não! – exclamou ela, balançando a cabeça.

Clare sabia que ele queria seu testemunho, mesmo assim era doloroso demais que o assunto viesse à tona logo em seguida ao pedido de casamento. *Será que ele achou que eu mudaria de ideia depois de noivos? Foi por isso que me pediu em casamento?*

Dúvidas voltaram a assombrá-la. Se ele a pedira em casamento apenas para obter seu testemunho, então podia perder as esperanças de que ele compreendesse as acusações que pesavam sobre ela em Apulia. A voz gélida ecoou nos ouvidos dela. *Peço desculpas pela pergunta inadequada. Não pedirei de novo.*

A recusa dela em testemunhar o tinha desapontado bastante, mas ele não insistiria. O semblante dele, que minutos antes demonstrava o quanto a amava, transformou-se em rocha.

Ele não vai me machucar. Clare sabia que ele jamais a feriria, por mais que estivesse decepcionado. *Sinto muito, Arthur.* As palavras vieram-lhe à mente, mas ela não as verbalizou, embora quisesse muito que ele compreendesse que era impossível testemunhar diante do mundo inteiro.

– Arthur, deixe-me explicar por que não posso testemunhar.

– Não preciso que coloque isso em verso e prosa. Só preciso da sua resposta.

– Não posso.

Clare não poderia explicar se ele não estava disposto a ouvi-la. *Minha cabeça está a prêmio em Apulia. Serei presa por atentado de morte e não quero que o mundo inteiro saiba disso.*

– Está bem – disse ele em um tom formal. – Não perguntarei de novo.

Clare esboçou um sorriso. Sentiu o coração se contrair, mas não tinha escolha. Não podia testemunhar. Francesca acreditava que o pai aceitaria o fato de ela ter sido escrava, mas Clare não tinha tanta certeza.

– Quando será o julgamento?

– Em três dias.

Clare abraçou a si mesma, passando as mãos nos braços. Estava com frio. Será que seu amor era tão evidente a ponto de ele achar que a convenceria a depor com um beijo? Que vergonha. Ela seguiu até a lareira, mas sentia-se vazia, indiferente ao calor.

— Acredito que correrá tudo bem no julgamento, Arthur. Sinto muito se não posso testemunhar. Sei que sua posição em Troyes se fortaleceria se você apresentasse uma testemunha nobre, mas não posso fazer isso.

— Entendo suas dificuldades, milady — disse ele, olhando-a com indiferença.

Milady. Não, Arthur a perdoaria em um minuto ou dois. Ele esquecerá a importância do depoimento dela, sorrirá de novo e lembrará que havia proposto casamento.

Clare o encarava cheia de esperança, mas a fisionomia dele permanecia impassível. Distante. E ela sentiu o corpo inteiro estremecer.

— Arthur, *sir*, meu testemunho fará muita diferença?

Ele assentiu com a cabeça.

— Recebemos alguns relatórios das cidades na rota de comércio. As pessoas sabem o que você passou. O tráfico de escravos vem acontecendo há anos na Bretanha, Champagne e França. É triste dizer, mas muitos nobres acreditam que a escravidão só afeta as classes mais baixas. Não há um interesse comum em combater esse crime.

— Eles preferem fingir que não está acontecendo nada? — Dessa vez, foi ela que contraiu o cenho. — Isso é terrível, Arthur. Não é possível que seja da vontade deles perder seus vassalos.

— Os traficantes são inteligentes, restringindo-se em raptar um ou dois de cada cidade ou vilarejo — explicou ele, sério. — Geralmente eles levavam crianças. Agora, se descobrissem que a filha do conde Myrrdin foi uma escrava, é provável que haja uma comoção maior. Mesmo assim, respeito que não queira depor. — E, fazendo uma reverência, concluiu: — Se me der licença, milady, preciso voltar às minhas obrigações.

Clare meneou a cabeça, quando ele levantou a trave da porta.

— Arthur, lamento se o decepcionei, mas foi muito bom revê-lo. Obrigada por ter cuidado de Nell.

– Não por isso, milady – disse ele virando-se. – Milady dispõe de tudo o que precisa no palácio?

– Sim, obrigada.

– Tenha um bom dia – ele se despediu, fazendo uma reverência de novo.

Assim que a porta se fechou, Clare teve vontade de chamá-lo de volta. Nada mais importava além da sensação daqueles braços ao redor de seu corpo. Acima de tudo, ansiava por vê-lo sorrir de novo.

Arthur havia dito que entendia a razão para ela não depor, mas era certo que mentira. Tinha sido sua recusa que o afastara. Abraçando-se, ela fitou o fogo. As chamas douradas dançavam como estandartes ao vento. Clare sentiu o coração doer.

Se ao menos ele tivesse escutado. Será que tinha sido pedir demais?

Será que o romance terminaria depois de tanta ternura e amor com Arthur se despedindo tão friamente? Eram tantas as esperanças...

Não pode terminar assim. Não permitirei!

Se depor significava tanto para ele, então ela precisaria ser mais forte do que jamais fora em toda a vida. Francesca tinha razão, era preciso lutar por Arthur. Tinha de reunir forças para testemunhar na corte do conde Henry.

Ela me rejeitou. Preciso esquecê-la.

Arthur abriu caminho entre os soldados do conde Myrrdin, sem sequer se despedir, e seguiu direto na direção do castelo e do estábulo. Decidiu que sair a cavalo o ajudaria a se acalmar e, se tivesse de cavalgar a noite inteira para tirar aquela dor intermitente, era o que faria.

Depois de selar o alazão, gritou para que os soldados do portão Preize o deixassem passar e chegou à estrada antes que os sinos da catedral soassem, anunciando as preces do final do dia.

Ela não me aceitou. Por quê? Ela se deixa abraçar e corresponde aos meus beijos com uma paixão semelhante à minha, mas, quando proponho casamento, ela me olha como se eu tivesse pedido para caminhar sobre brasas.

Talvez o pai tenha encontrado um marido para ela. Se isso tiver acontecido, provavelmente seria alguém da mesma linhagem do conde Tristan, proprietário de terras e rendas em seu nome, além de sangue nobre correndo nas veias. O filho ilegítimo de um fabricante de armaduras não servia para marido de lady Clare... Tinha sido loucura imaginar que eles podiam ter um futuro juntos.

O céu assemelhava-se a um veludo escuro salpicado de estrelas brilhantes. A lua cheia emprestava seus raios prateados para a paisagem. A noite estava tão clara que o alazão de Arthur podia seguir o caminho sozinho. Galoparam pela estrada, passando a toda velocidade por um moinho e alguns chalés esparsos. As sombras nos sulcos dos campos de cultivo contrastavam com a terra iluminada pela lua, deixando o terreno listrado de preto e prata como o escudo de Tristan, le Beau.

Ela não me aceitou.

Impossível acreditar, depois de terem se beijado tão apaixonadamente, que isso fosse acontecer. Clare também sentira saudades e correspondera às carícias dele com o mesmo fervor, o que seria errado se de fato o conde Myrrdin tivesse encontrado um marido para ela.

Mulheres! Ninguém jamais as compreenderia.

Mas uma coisa era certa, não a pediria em casamento de novo.

À meia-luz, as sombras das árvores eram aterradoras, assim como a ideia de não ter Clare ao seu lado. Arthur esporeou o cavalo até o portão Paris.

Os dias em que estivera com Clare tinham sido um sonho, um lindo sonho. Seria bom se os preservasse como uma lembrança feliz e deixasse de lado a mágoa e a tristeza de ter se desiludido por não poder se casar com ela.

Entretanto, admitia que seria muito difícil apagar a raiva que agora o dominava. *Eu podia ajudá-la se ela ao menos permitisse.* Afinal, ele não era um partido tão ruim. Tinha a seu favor a experiência de vários anos como mordomo do conde Lucien em Ravenshold e mantivera a propriedade em ordem, apesar da ausência de Lucien e da saúde precária da condessa Morwenna. A tarefa não tinha sido fácil por causa das restrições impostas pelo conde Lucien, mas, quando deixara o cargo, as terras estavam mais produtivas e lucrativas do que quando sob a supervisão do pai de Lucien, o antigo conde d'Aveyron. E Lucien havia ficado satisfeito a ponto de recomendá-lo para o conde Henry.

As luzes do vilarejo pontilhavam o horizonte cercado pela sombra escura da muralha e pelos grandes tocheiros que ladeavam o Portão Paris.

Clare precisaria de apoio nos próximos dias e meses por vir e ele sabia que estava apto a ajudá-la. As pessoas esperariam muito dela, e não era certo que lhe dariam tempo para se ajustar às mudanças. Arthur suspirou, confiante de que ela se sairia muito bem, embora desejasse participar como marido.

– Não era para ser.

Clare e o pai tinham outros planos. E ele precisaria superar a dor e a tristeza que dominavam seu coração.

Arthur gritou para que os soldados abrissem o portão. Entrou no vilarejo e logo viu o Black Boar. Havia luz atravessando as janelas. Gabrielle. *Gabrielle.* As lembranças dos momentos que compartilhara com Clare no mosteiro tornaram-se vívidas em sua mente. Foi-se o tempo em que ele visitava o Black Boar para ver Gabrielle e saciar seus desejos. Mas, naquela noite, vê-la de nada adiantaria. Assim, passou pela taverna e seguiu direto para o acampamento.

– Você não vai me contar o que a preocupa? – perguntou Francesca, ao terminar de subir os degraus da escada em espiral que levava aos aposentos das duas no palácio. – Você quase não comeu.

As duas haviam jantado no salão nobre do conde Henry. Clare não tinha visto Arthur depois do encontro fatídico, mas também não o procurara. O capitão dos Cavaleiros Guardiões devia estar fazendo sua refeição no castelo de Troyes ou em algum lugar no acampamento.

– Eu estava sem fome.

As paredes do aposento estavam cobertas com tapeçarias com motivos florestais. Clare reparou num unicórnio branco com uma guirlanda de flores no pescoço, colocada por fadas que dançavam ao redor do animal.

– Quem olhar para você verá a imagem da tristeza. Clare, o que houve? O que sir Arthur tinha a dizer?

– Ele me pediu ajuda e eu recusei.

– Mas o que ele queria?

– Ele quer que eu deponha no julgamento dos traficantes de escravos, apesar de saber que não posso fazer isso. – Clare suspirou. Decidira não comentar sobre a proposta de casamento, pois suscitaria muitas perguntas que ela não estava preparada para responder antes do julgamento. – Minha recusa vai atrapalhar o julgamento.

Francesca pegou uma almofada no sofá diante da janela, jogou-a no chão diante da lareira e se sentou. Com um tapinha na almofada, convidou Clare para sentar-se ao seu lado.

– Eu ajudaria muito Arthur se testemunhasse – continuou Clare. – Ele ganharia pontos com o conde Henry.

– Acho que o Arthur já tem a aprovação do conde Henry, caso contrário não seria capitão dos Guardiões – disse Francesca, pensativa. – Ouvi dizer que o conde d'Aveyron também o tinha em alta conta.

– É mesmo? – O interesse de Clare aumentou. – Papai me disse que Ravenshold, o castelo do conde Lucien em Champagne, estava em péssimo estado quando Arthur deixou o cargo. Sei que papai pode ter se enganado, por isso é bom ter a sua confirmação.

Francesca sorriu, avaliando a postura de Clare em defesa de Arthur e sabendo que ela tinha mudado de ideia.

– Presumo que você vai depor.

– Sim – afirmou Clare. A cor tinha voltado a seu rosto enquanto dirigia o olhar ao unicórnio na tapeçaria da parede. – Mas, se eu depuser, algo desagradável a meu respeito será revelado. É por isso que eu não queria me expor. Papai vai ficar chocado, e talvez você também...

– Isso é preocupante. O que foi?

Clare hesitou antes de começar a falar:

– Eu fiz algo... E... ah, Francesca eu não suportaria perder seu respeito. – *Se eu perder a consideração de Arthur será pior ainda. Fico amargurada em saber que o desapontei. E não imagino como sobreviverei se perder o respeito dele para sempre.*

– Não consigo imaginar como eu poderia odiá-la – disse Francesca fitando-a séria e tomando-lhe a mão. – Tem certeza de que isso é possível? Eu tinha milhões de razões para não gostar você, por ter me tirado o dote, por exemplo, mas ainda somos amigas.

– Eu a enganei? Pensei que tivesse me desculpado. – Clare se retraiu inteira. – Por favor, diga que me perdoou. Nem ouso pensar no contrário.

– Não seja tola. Claro que fiquei brava no início, mas fiquei chateada com o que aconteceu conosco em nosso nascimento. O mais importante é que papai me ama... e eu ganhei uma irmã. – Francesca fez um carinho na mão de Clare. – E, francamente, só em pensar em brigar com Tristan sobre a melhor maneira de administrar Fontaine me apavora.

– Vocês chegam a brigar? – indagou Clare, arregalando os olhos.

– Se você conhecesse Tristan, entenderia o que estou dizendo. Isso é, ele... tem opiniões muito fortes e ideias fixas sobre como se deve gerenciar uma propriedade. Clare, a tradição nessas terras existe há séculos, mas Tristan reluta em respeitá-la. Estou feliz em lhe entregar Fontaine. Além do mais, Tristan tem muitas terras próprias. Você tem a minha bênção para ficar com Fontaine.

– Sério?

– Sério. Aprendi a amar você, Clare. Nossa amizade é mais forte do que quer que você esteja escondendo. E papai a adora e certamente ficará a seu favor.

– Você não imagina o quanto valorizo sua bondade.

– Clare, por que não me conta logo o que fez? Talvez ajude a tirar o peso das suas costas.

– Logo você saberá. – Clare meneou a cabeça em negativa.

———

Henry, o conde de Champagne, costumava se sentar em um trono pintado e estofado no alto do palanque no salão nobre do castelo de Troyes para iniciar um julgamento.

Francesca e sir Denis acompanharam Clare até o salão. Quando chegaram, a sessão já tinha começado e Clare parou à porta para alisar o vestido cinza com as mãos, como se sua vida dependesse disso. Havia optado por um vestido simples para a audiência e a cabeça coberta por um véu branco.

Para que não pairassem dúvidas sobre a autoridade do conde Henry, as cores de Champagne, azul, prata e ouro, adornavam os estandartes com franjas, atrás do trono. As pesadas vigas que mantinham o teto ficavam aparentes. Um dos lados do salão estava enfeitado com as cores dos cavaleiros internos do conde Henry, com um lugar especial para as cores dos Guardiões. Num dos estandartes havia a imagem de um dragão soltando fogo das ventas, em outro um peixe dourado se agitava diante de uma árvore verde...

Os bancos estavam repletos de nobres vestidos em túnicas bordadas. Uma fileira de pajens uniformizados se alinhava diante de uma das paredes e, na parede oposta, havia uma tropa de cavaleiros em sentido, com as mãos nos punhos das espadas. Clare olhou para o lado em busca de apenas um homem, o capitão Arthur Ferrer.

O capitão estava em pé do lado direito do conde Henry, lendo um pergaminho. Ele se destacava pela altura e pelos trajes formais, uma capa verde sobre a cota de malha. O unicórnio na túnica dele reluzia quando ele se movia, por conta do fio prateado do bordado. Arthur estava virado para os dois homens acorrentados diante da corte.

Clare reconheceu Veronese de longe e sentiu um frio correr-lhe a espinha. Por instinto, segurou a mão de Francesca, mas logo percebeu que não precisava de apoio para o que estava disposta a fazer. Em outra época, a simples visão de Veronese a deixaria com o coração na boca e suando frio, mas não era o que ocorria naquele momento. Ela estava calma e confiante. Olhou na direção de Arthur, que não a tinha visto por estar com a atenção na leitura. Não fazia diferença, pois ela sabia exatamente o que precisava fazer.

— Esses dois homens são acusados de rapto e de tráfico de escravos — dizia Arthur, que continuou listando crimes como sequestro, roubo, perturbação da paz e uso de violência contra os soldados do conde Henry a caminho da corte. – Milorde, há testemunhas prontas a confirmar que crianças foram capturadas nas ruas de Troyes. – Ele fez uma pausa. – Infelizmente não temos provas de qual seria o destino dessas crianças caso não tivessem sido resgatadas. Mesmo assim, acredito que esses dois homens sejam, de fato, traficantes de escravos. – Veronese praguejou, mas Arthur continuou: – Creio também que as crianças que recuperamos seriam levadas a Verona e se tornariam escravas.

Houve um burburinho de espanto vindo dos presentes.

– Isto é mentira! – gritou Veronese, fuzilando Arthur com o olhar. – Você não tem como provar.

– E por qual outra razão você teria levado aquelas crianças presas em sacos? – perguntou Arthur, comprimindo os lábios. – Você as transportava de Champagne para vendê-las como escravas em outra cidade.

– Isso não passa de um rol de mentiras – defendeu-se Veronese. – Alguém foi escravizado? Onde estão suas testemunhas?

Segurando-se no braço de Francesca, Clare se adiantou à frente de todos. Sentiu o olhar de Arthur, mas focou a atenção no conde Henry. Diante do tablado, Francesca e ela fizeram uma vênia.

– Condessa Francesca, lady Clare... – O conde inclinou a cabeça, cumprimentando-as. – Como podem notar, estamos num julgamento. Gostariam de assistir?

Clare já havia falado com o conde Henry algumas vezes desde que voltara a Troyes. Tinha uma curiosidade natural para conhecer o suserano de Arthur, porém, a razão mais importante era saber como ele havia reagido à carta que seu pai enviara da Bretanha. Ela o tinha em grande apreço, mesmo que ele não tenha dispensado Arthur de suas responsabilidades como capitão.

– Obrigada, milorde. – Clare respirou fundo. – Mas, se me permite, tenho algo a acrescentar que pode mudar o curso deste julgamento. Não vim para observar, mas para testemunhar.

A plateia murmurou surpresa, mas o conde pediu silêncio, levantando a mão.

– Por favor, continue, milady.

– Conde Henry, acredito ser a testemunha que sir Arthur tem procurado. – Clare olhou para Arthur de soslaio e percebeu a quantidade de emoções que alteravam seu semblante: confusão, orgulho, triunfo...

– *Você*, milady? – O conde inclinou a cabeça para trás.

Clare levantou o nariz. Suas mãos estavam trêmulas, mas ela continuava calma.

– Conde Henry – começou ela, orgulhosa da voz firme ao apontar a mão trêmula na direção de Veronese –, aquele homem é um traficante de escravos. Eu o vi vender muitas pobres almas a senhores de escravos.

– Ela está mentindo! – exclamou Veronese.

Clare percebeu a aproximação de Arthur.

– Bravo, milady – murmurou ele para os ouvidos dela apenas. – Bravo.

– Milady... – O conde esperava a continuação da acusação.

Clare respirou fundo mais uma vez e sua vida em Apulia veio-lhe à mente, as surras do senhor dos escravos na esposa, os escravos que morriam de tanto trabalhar nas terras de seu senhor...

– Onde disse que isso aconteceu, milady? – insistiu o conde.

– Fui parar em Apulia, milorde, perto de Trani.

– É mentira! Essa vadia está mentindo! – gritou Veronese. – Venho de Verona e qualquer idiota sabe a distância entre Verona e Trani.

– A rota de comércio se estende por um longo caminho, milorde – acrescentou Clare.

– Mentira!

– Você é o único mentiroso nesta corte – disse Arthur, encarando Veronese.

– Essa vadia está mentindo, não acredite em uma palavra que ela diz! É ela quem deveria estar no meu lugar. A cabeça dela está a prêmio. – As correntes que prendiam Veronese tiniam conforme ele apontava para Clare. – Ela é acusada de tentativa de assassinato, você me ouviu? Ela...

– Silêncio! – Todos se assustaram quando o conde Henry gritou e se levantou. – Você está falando com lady Clare de Fontaine, filha do conde Myrrdin da Bretanha.

– Filha do conde Myrrdin? – Veronese empalideceu com a informação.

– Isso mesmo. – O conde acenou para um dos soldados. – Sargento, leve estes homens de volta para o calabouço. Continuaremos com o julgamento mais tarde. – Virando-se para Clare, ele lhe ofereceu o braço. – Lady Clare, gostaria que me acompanhasse até o solário, quero ouvir o que tem a dizer.

Clare apoiou a mão na manga da túnica do conde Henry.

– Será um prazer, milorde.

– Por aqui, por favor. – O conde a conduziu até as escadas e diminuiu o tom de voz: – Ouvirei seu depoimento em particular, antes de voltar ao julgamento. Sir Arthur, gostaria de nos acompanhar?

Capítulo 16

Arthur se encantou com o balanço suave dos quadris de Clare à medida que ela subia os degraus na frente dele. Ainda estava admirado pela coragem de ela ter se apresentado como testemunha. Se seus homens enfrentassem seus medos com bravura igual, Champagne ficaria livre dos bandidos rapidamente.

No entanto, a surpresa maior foi saber que ela havia sido acusada de tentativa de assassinato. Isso era incrível e inacreditável, pois ele sabia que Clare jamais mataria alguém. Mesmo assim... não adiantava apenas tomar ciência das acusações feitas em Apulia sem poder julgar as circunstâncias do crime.

Então essa era a razão por ela não querer enfrentar Veronese, pois sabia que as acusações seriam levantadas. Tentativa de assassinato... *Mon Dieu!*

Desde que a conhecera, não presenciara nenhuma atitude cruel. Clare era um exemplo de bondade. Ela havia cuidado de Nicola e Nell e tinha ganhado o amor da irmã nas condições mais difíceis possíveis.... Clare? Uma assassina? Impossível. Jamais teria proposto casamento a uma mulher que...

De repente, Arthur entendeu o que acontecera. Talvez tivesse sido isso que ela quisera contar na casa de Aimée. Havia acusações fortes contra ela. Forçando a memória, ele se lembrou de tudo o que acontecera.

Eu a pedi em casamento e ela respondeu... Não, na verdade, ela não disse nada...

Mas a expressão do rosto dela era de medo e desespero. Não podia ser diferente, pois ela queria revelar um segredo. Claro, tudo fazia sentido. Clare não fora criada como uma dama, mas tinha seu próprio código de honra... Ela não poderia aceitar o pedido de casamento sem contar tudo ao futuro marido.

Mon Dieu. Não tinha sido à toa que ela relutara tanto em depor. Ela sabia exatamente como Veronese reagiria. Ah, por que não a ouvira antes?

Arthur entrou no solário depois do conde e de Clare e travou a porta. Sentia-se péssimo, culpado. *Eu devia ter dado a ela a chance de me contar.*

— Clare. — Arthur puxou-a antes que ela seguisse até a lareira. — Falhei com você e gostaria que soubesse o quanto estou arrependido.

— Como assim? — perguntou ela, surpresa.

— Você sabia o que aconteceria se depusesse na corte. Veronese se defenderia acusando você.

Clare o fitou com um nó na garganta.

— Imagino que isso vem corroendo sua alma há meses.

— Foram anos de agonia.

Arthur contraiu o maxilar, imaginando o pavor que ela passara de ser recapturada e precisar voltar a Apulia. Ela devia ter passado aqueles últimos anos em sobressalto. E, em vez de estar ao lado dela, apoiando-a, ele a intimidara a depor.

Com o coração corroído pela culpa, Arthur não deixava de pensar que havia falhado. Sabia que a última coisa que ela desejava era enfrentar seu pior inimigo. Então por que mudara de ideia? Seria para agradá-lo? A aparição dela na corte devia significar alguma coisa. Ele a amava e, de repente, entendeu que ela enfrentara os medos por causa dele. Ainda restavam esperanças de ficarem juntos.

Era gratificante saber que a raiz do medo de Clare em testemunhar era o fato de que Veronese revelaria seu terrível segredo. Caso isso acontecesse, ela perderia tudo o que tinha conseguido desde que chegara a Champagne. De repente, a vontade de protegê-la o dominou por completo.

— Clare, você não precisará responder à acusação em Apulia. Não vou permitir e estou certo de que seu pai e o conde Henry concordarão comigo. Tenho certeza de que a acusação não tem fundamento.

Ela estava de cabeça baixa, olhando para as mãos entrelaçadas. A posição dela, o vestido cinza e o véu branco o remeteram a uma freira, mas ele não lhe via o rosto, apenas o topo do véu. Ele ficou imóvel, contendo a urgência de abraçá-la e beijá-la para confortá-la naquele momento tão difícil.

Clare levantou a cabeça e o fitou com aqueles olhos extraordinários. Mesmo banhado pela claridade das chamas da lareira, o rosto de Clare estava sem cor.

— Sir Arthur, lamento, mas a acusação é verdadeira.

Impossível.

O lábio inferior de Clare começou a tremer e Arthur se retraiu para não ceder à vontade de abraçá-la.

— É verdade? – perguntou o conde Henry, com o mesmo tom grave que usara no julgamento.

Arthur estava chocado por Clare ter admitido que Veronese dissera a verdade.

— Isso é impossível – disse Arthur. – Impossível.

O conde Henry levantou a mão.

— Um momento, capitão. Lady Clare...

Clare confirmou, acenando a cabeça e torcendo as mãos. Arthur as cobriu com as mãos dele e percebeu que estavam geladas. Ela esboçou um sorriso, olhou para as mãos juntas e criou coragem para começar a falar:

— Fui uma criada durante anos. Meus senhores tinham um filho, Sandro. Quando eu era criança, Sandro me atormentava todo dia, este era seu passatempo favorito. Quando cresci, o jogo mudou. Ele me observava e me seguia por todo lado. Um dia, quando eu ia até o vilarejo para minha senhora, ele me agarrou e me arrastou até o bosque. Ele pretendia me forçar a... Ele me empurrou na grama e rasgou meu vestido. Aquela mão pesada sobre minha boca me impedia de gritar e até de respirar direito. E, então... – Clare soluçou – eu alcancei o cabo da adaga dele. Eu não conseguia respirar direito e estava prestes a perder os sentidos. Tudo ficou preto...

– Jesus, Clare...

– Deixe-a terminar, capitão.

– Desculpe-me. – A raiva já tomava conta de Arthur, mas ele precisou se conter.

– Quando recuperei os sentidos, Sandro estava caído sobre meu corpo, inconsciente. – Ela encarou Arthur, arregalando os olhos. – Lutei para sair debaixo dele e vi sangue espalhado por toda parte, nas minhas roupas, na túnica dele... Era o sangue dele e não o meu. Acho que eu o esfaqueei. Não me lembro de ter feito isso, mas deve ser o que aconteceu. Eu o esfaqueei.

Arthur cedeu ao impulso e a abraçou. Quando ela espalmou as mãos sobre o tórax largo, o coração dele se derreteu.

– Eu não queria matá-lo. Só queria que me deixasse em paz.

Arthur engoliu em seco.

– *Tentativa* de assassinato – disse ele devagar, olhando por cima da cabeça de Clare para o conde Henry. – Veronese falou em tentativa de assassinato, milorde, não é a mesma coisa que assassinato.

– De fato não é – disse o conde com uma expressão inflexível. – Lady Clare, uma acusação de tentativa de assassinato significa que seu senhor está vivo.

Uma lágrima solitária escorreu pelo rosto de Clare.

– Eu só queria que ele parasse, não queria feri-lo – disse, depois de respirar fundo.

Arthur segurou o rosto dela com as duas mãos e beijou-a na testa. Só então percebeu o quanto estavam próximos e se afastou um pouco, lembrando-se que ela não tinha aceitado seu pedido de casamento. O fato de ela ter deposto não significava que havia mudado de ideia.

– Claro que não, você estava se defendendo de ser violada – disse ele e dirigiu-se ao conde Henry. – Milorde, as acusações contra lady Clare precisam ser revistas.

— Concordo. Eu não confiaria em Veronese nem que ele fosse o último homem na face da terra. Ah, pobres crianças. E pensar que esse tráfico de vidas vem acontecendo há anos. – O conde Henry deu uma tossidela. – Lady Clare, meus sinceros agradecimentos pelo seu testemunho.

— Não há de quê, milorde. – Clare olhou para a porta. – O julgamento será reiniciado?

— Hoje não. E não se preocupe em participar de novo. Se puder ditar seu depoimento a um escriba, sir Arthur e eu seremos testemunhas. Isto será o suficiente.

— Milorde acredita em mim? – perguntou ela com os olhos brilhando e o rosto corado. – Vocês *dois* acreditam em mim?

Arthur sentiu um nó no peito. O simples fato de ela duvidar, *você acredita em mim*, era prova dos horrores que ela havia passado. Segurando a mão dela, Arthur sorriu.

— Acreditamos em você.

Clare sorriu e entrelaçou os dedos nos dele. Arthur amava aquele riso de felicidade, e era como se não o visse há décadas. Era um sorriso tímido... cheio de esperanças. O coração dele bateu em descompasso. Quando aquela boca bem desenhada se abria num sorriso, era como se fosse um convite para ser beijada...

O conde Henry tossiu, trazendo-os de volta à realidade.

— Lady Clare, acredito que o conde Myrrdin apreciaria se eu a poupasse de enfrentar Veronese de novo. Se me permitir, visitarei seus aposentos no palácio amanhã de manhã depois do seu desjejum. Levarei um escriba comigo para anotar os detalhes do seu testemunho formal.

— Sim, milorde.

O conde se dirigia à porta, quando parou e se virou.

— Lady Clare?

— Sim, milorde.

— Em relação a sua petição...

— Sim, milorde. – Clare ficou imóvel.

O conde relanceou o olhar a Arthur antes de dirigir-se a ela de novo.

– Milady, creio que gostaria de saber que finalmente tive notícias de meu soberano, o rei Louis. Ele concordou com o pedido de seu pai. – O conde enfiou os dedos no cinto e prosseguiu: – Imagino que, por ter passado anos fora, não sabe que o rei Henry da Inglaterra é soberano da Bretanha e, por isso, será preciso o consentimento dele também. E, claro, o soldado em questão precisa concordar.

– Petição? Que petição? – perguntou Arthur, franzindo o cenho.

Clare estava focada no conde, sorrindo tímida, e fingiu não ter ouvido a pergunta de Arthur.

A porta batendo chamou a atenção de Arthur. O conde Henry tinha saído do solário.

– Que diabos foi isto? – exigiu. – E por que ele saiu tão apressado? Pensei que ele quisesse seu testemunho o quanto antes.

Dessa vez o sorriso tímido e hesitante foi dirigido a ele, tocando-o no coração.

– Acho que o conde nos deu oportunidade para nos reaproximarmos.

– Não entendi...

Clare baixou os olhos, encabulada.

– Arthur, ele sabe que você... eu... nós... – Sob o vestido, os seios dela subiam e desciam conforme a respiração. – Não vim até Troyes só por causa de Nell. Antes de sair da Bretanha, fiz uma coisa não muito apropriada para uma dama.

– É mesmo?

Clare mordiscou os lábios macios, prontos para serem beijados.

– Você se lembra de como meu pai estava ansioso para encontrar um marido para mim?

– Sim? – Arthur prendeu a respiração por um instante.

– Depois que você partiu, papai e eu conversamos bastante sobre casamento. E como resultado dessas conversas, meu pai mandou uma petição ao conde Henry.

– Uma petição a respeito do seu futuro marido? – perguntou ele, apertando a mão dela.

Clare meneou a cabeça e desviou o olhar.

– Se ele me aceitar... Atualmente ele serve ao conde Henry. Meu pai pediu ao conde que o liberasse de seus deveres em Troyes.

Os deveres dele em Troyes. Arthur sentiu as esperanças se renovarem. Então tinha sido essa a razão de o conde Henry os ter deixado sozinhos...

Clare havia feito um pedido e o conde... *Dieu merci*, ao que parecia, o condado tinha aprovado o relacionamento.

Procurando não transparecer as emoções, Arthur apertou os olhos, observando-a como uma águia. Clare tentava esconder os sentimentos, mas seu olhar tímido e os trejeitos não a ajudavam muito. Entretanto, Arthur não queria se arriscar mais uma vez depois de ela o ter recusado no mosteiro e no chalé de Aimée, por isso conteve a ansiedade. Um cavaleiro precisa estar seguro antes de entrar numa liça para um torneio.

O véu branco ondulou conforme ela mexeu a cabeça, visivelmente nervosa.

– *Se ele me aceitar?* – repetiu Arthur, forçando-se a soltar as mãos dela. – Este homem não está de acordo?

– Ele... – Clare corou. – Ele ainda não sabe.

– Espero que ele seja digno de recebê-la pelo matrimônio.

– Ah, sim... Ele é bem mais que isso.

Arthur aguardou que ela fosse mais clara. Um pedaço de madeira se mexeu na lareira, espalhando brasas, e ouviram passos vindos da escada. Alguém estava descendo da torre. Depois que passaram pelo outro lado da porta do solário, Arthur se pronunciou:

– E...?

Clare brincava com o véu, enrolando-o no dedo.

– Arthur, pare de brincar. Você bem sabe que preciso me casar e que não seria esposa de outro homem além de você.

Arthur imaginou que fosse explodir de tanta alegria, mas ainda assim continuava sério.

– Você deseja se casar comigo?

Ela soltou a ponta do véu e o fitou nos olhos.

– Sim!

– Por quê? – Ele a abraçou de novo, aquecendo-lhe o rosto com a respiração.

– Não posso me casar com um estranho.
– É melhor optar pelo mais seguro em vez do desconhecido, não é?
– Bem, nesse caso eu aceito. Você é o meu porto seguro. Tem sido assim desde que foi me procurar e nos encontramos do lado de fora da taberna – disse ela, empinando o nariz. – Eu queria ter falado sobre isso quando estivemos no chalé de Aimée.

– Ah, Clare, sinto muito por não tê-la deixado falar. – Arthur abriu um sorriso sem jeito. – Mas estou ouvindo agora...

– Eu disse ao meu pai que, se eu não pudesse casar com você, ficaria solteira. Por sorte ele concordou, embora tivesse algumas dúvidas a princípio.

– Ah...?

Clare fez um sinal de desprezo.

– Ele estava preocupado com suas habilidades como mordomo... Segundo rumores, Ravenshold estava em ruínas quando você deixou o cargo.

Arthur contraiu o rosto de desgosto, embora já soubesse do fato. Sim, o castelo estava em péssimo estado quando deixara Ravenshold, mas não por sua culpa. Poucas pessoas sabiam o que de fato tinha acontecido na propriedade do conde Lucien. Um dia contaria a história inteira para Clare.

– Isso não a preocupou?

Clare negou meneando a cabeça, movimentando o véu.

– Como eu podia acreditar num rumor desses? Você é o homem mais honrado e competente que conheço. – Ela hesitou antes de continuar. – Papai não ficou muito convencido, acredito que tenha mencionado Ravenshold na carta enviada ao conde Henry.

– Foi isso a que o conde Henry se referiu há pouco? Ele respondeu a carta do seu pai?

– Sim, respondeu explicando que você estava apenas seguindo as ordens do conde Lucien sobre Ravenshold. Arthur, tanto o conde Lucien quanto o conde Henry atestaram que você será um mordomo adequado para Fontaine. E agora, o rei Louis aprovou nosso casamento. – Ela o fitou com carinho. – Bem, sir, o que me diz? Devemos enviar uma petição ao rei Henry da Inglaterra e pedir sua aprovação também?

— Não é muito comum que uma dama faça uma proposta dessas – disse Arthur, sorrindo.

— Bem, você deve se lembrar de que não sou uma dama.

Arthur estava prestes a refutar quando ela sorriu com tristeza.

— Não fui criada de maneira apropriada. Parte de mim sempre será uma escrava.

— Nunca mais diga isto. *Nunca* – disse ele, abraçando-a.

— Mas é a verdade. – Ela deu de ombros. – Posso saber sua resposta?

— Milady... Clare, o homem com quem você se casar será o conde de Fontaine. Não seria melhor escolher um homem de sangue nobre? – Arthur contraiu o rosto. – Pelo menos alguém que a ouça quando quiser confessar alguma coisa?

— Só tenho olhos para um cavaleiro, o capitão do conde Henry e... – Ela levantou uma das sobrancelhas – ele ouve mais a uma mulher do que a maioria dos homens.

— *Mon Dieu*, não sou um filho legítimo.

— Ainda melhor, pois de certa forma eu também não sou.

— O que quer dizer? *Ma mie*, o mundo todo sabe que você é filha legítima do conde Myrrdin.

— Você não entende, Arthur? Fui criada como uma escrava, parte de mim terá essa herança para sempre. Eu *preciso* de você. Pode não ter nascido nobre e ser filho ilegítimo, mas isso é ainda melhor. Você sabe como o mundo funciona e aprendeu as regras. Conseguiu ter sucesso sem que seu passado importasse.

— Você precisa de mim... – repetiu ele, sem acreditar. Não havia mais nada que desejasse ouvir na vida.

Com os olhos brilhando de alegria, ela o segurou pelo braço.

— Preciso que me ajude quando eu errar. Sou uma estranha neste mundo nobre, você, não. Quero que esteja perto de mim para explicar minha nova e confusa realidade. E devo admitir que... – O sorriso dela o aqueceu até a alma – acontece frequentemente. Quero ouvir você dizer que precisa de mim também.

— Você já recusou meu pedido antes.

– No mosteiro... – Ela suspirou. – Ah, como me arrependo, mas eu não via o mundo como vejo hoje e fui incapaz de reconhecer o amor, quando estava bem diante dos meus olhos.

Arthur respirou fundo e a abraçou com mais força. Quando ela se aninhou nos braços dele, um cacho de cabelo ruivo escapou do véu, reluzindo à luz das chamas. O corpo dela parecia ter sido feito do tamanho exato para caber nos braços dele, e o aroma suave e feminino o envolveu.

– Amor?

Escorregando as mãos por baixo da capa dele, Clare baixou os olhos. Se fosse outra mulher, Arthur traduziria o gesto como um flerte, mas Clare não era uma mulher coquete. Ela conseguia aquecer o corpo dele só em passar a mão sobre a cota de malha. Sentiu um arrepio percorrer-lhe o corpo inteiro ao imaginá-los pele contra pele.

– Sim, Arthur, amor. Eu te amo. Peço que me desculpe por ter levado tanto tempo para perceber.

– Clare, eu... – A voz dele estava rouca, mas palavras não eram necessárias naquele momento, um beijo seria muito mais eloquente.

Ao capturar os lábios dela, quentes e macios, ele a ouviu murmurar de prazer. As línguas se encontraram e deleitaram-se num doce bailado, enquanto seus corpos ardiam de desejo. Arthur deslizou as mãos por aquele corpo curvilíneo e mágico que conhecia tão bem, ciente de que ela se deleitava tanto quanto ele com as carícias. No entanto, apesar da loucura de estarem juntos de novo, ainda havia uma dúvida na mente dele.

Embora relutante, ele afastou a cabeça e ela sorriu com os olhos.

– Aonde você vai? Volte...

– Só um minuto. Quero que saiba o quanto me arrependi por não tê-la ouvido no chalé de Aimée.

Clare franziu a testa, brincando com o lóbulo da orelha dele.

– Fiquei chateada, mas talvez tenha sido melhor.

– Como?

Ela continuou a acariciá-lo por baixo da capa sem desviar os olhos dos dele.

– Depois que você saiu do chalé, eu me senti muito mal. Percebi que minha recusa em depor o tinha decepcionado. – Ela o enlaçou pelo pescoço. – Eu não queria desapontá-lo de maneira nenhuma, por isso mudei de ideia. Meu amor por você me deu forças para depor. – Um sorriso irônico brotou nos lábios dela. – E você descobriu... Eu temia mais perder seu respeito do que enfrentar a corte. Graças a Deus, a justiça será feita quando o conde Henry der a sentença. Bem, agora que você sabe de tudo, ainda me quer, não?

– Claro que sim. – Ao sorrir, Arthur sentiu como se tivesse tirado um peso do coração, tanto que já não percebia mais o peso da cota de malha. – Se bem que não sei se devo me casar com uma moça que me pediu em casamento, contrariando todas as regras...

– Você vai se casar porque me ama.

Arthur fitou aqueles olhos díspares por um longo minuto antes de continuar a falar:

– Como posso amar uma mulher que me ofende?

– Eu o ofendi?

– Naquela hospedaria horrível onde ficamos, você disse que eu parecia uma gárgula.

– Pensei que tivesse esquecido...

– Guardo comigo todas as palavras que trocamos – disse ele, colocando a mão sobre o coração.

Clare olhou para cima por entre os cílios e ele soube que, mais uma vez, não tinha entendido direito, e percebeu que ela sabia flertar, mas só com ele.

– Está bem... Diga que me ama, Arthur.

– Eu te amo, Clare – confessou ele, encostando a testa na dela. – Vou te amar pelo resto dos meus dias, pretendo tratá-la com todo carinho e...

Clare empurrou a capa dele para trás dos ombros e franziu o cenho para a cota de malha.

– Você acha que o conde Henry deu ordens para não sermos perturbados?

Não era difícil adivinhar as intenções dela pelo tom de voz e pelo brilho dos olhos, que fizeram Arthur tremer de desejo. Forçando-se para não sorrir, ele olhou em volta. O sofá diante da janela parecia adequado, mas um pouco estreito.

– Você não está agindo como uma dama de novo.

– Ah, é mesmo? Que pena... – Segurando a mão dele, Clare o empurrou para o sofá. – Não estou muito preocupada. Mais tarde você me ensina como é se comportar como uma dama. Primeiro vou ajudá-lo a se despir. Essa cota de malha não é nem um pouco apropriada para o que tenho em mente...

Ao ouvir vozes na escada, Arthur olhou para a porta.

– *Ma mie*, acho melhor acompanhá-la até seus aposentos no palácio. Podemos deixar Ivo de guarda na porta. Ficaremos mais à vontade...

Arthur reconheceu o brilho determinado nos olhos dela.

– Sabia que não estou à vontade desde que você deixou Fontaine. Na verdade, não estou *à vontade* desde que saímos do mosteiro. Preciso de você. Agora.

Rindo, ele passou a mão por trás do pescoço dela e meneou a cabeça.

– O que foi? – quis saber ela, franzindo o cenho.

– Este vestido deixa você parecida com uma freira, mas seu comportamento... não que eu esteja reclamando, entenda bem. – Em seguida, ele mexeu no véu dela, procurando pelos grampos. – Céus, odeio estas coisas.

– Véus?

– Sim, eles escondem seu cabelo.

Quando o véu branco caiu no chão, ele sentiu os dedos delicados de Clare, tentando soltar o cinturão da espada.

– Bem, eu também não gosto de cotas de malha – murmurou ela. – A primeira coisa que quero que me ensine é como tirá-la. Podemos ir mais tarde para meus aposentos, a cama é suave como penas de ganso e enorme. Você precisa experimentá-la.

Arthur riu.

– O conde Henry ficaria chocado se a ouvisse. Lady Clare de Fontaine não deve se comportar desta maneira. Ainda não somos casa...

Ela balançou a cabeça com veemência, mas seu sorriso era suave.

– Você pode me ensinar as regras mais tarde. Por enquanto, há muitas coisas mais importantes para aprender.
– Milady, estou a seu inteiro dispor.

Publisher
Omar de Souza

Gerente Editorial
Mariana Rolier

Assistente Editorial
Tábata Mendes

Copidesque
Dênis Rubra

Revisão
Mariana Oliveira

Diagramação
Ilustrarte Design e Produção Editorial

Design de capa
Osmane Garcia Filho

Este livro foi impresso em Curitiba, em 2018,
pela Exklusiva, para a Harlequin.
A fonte usada no miolo é Adobe Caslon Pro, corpo 11/16.
O papel do miolo é Avena 80g/m², e o da capa é cartão 250g/m².